UN SECRET BIEN GARDÉ

LES ENQUÊTES DE DÉTECTIVE KAY HUNTER

RACHEL AMPHLETT

CHAPITRE 1

Il y a dix ans, à l'est de Maidstone, Kent

Jamie Ingram traversa la cour obscure de la ferme à grands pas, enfonça son casque sur sa tête et enfourcha sa moto.

Il resta assis un moment, le cœur battant, la colère bouillonnant dans ses veines.

Il réalisa qu'il grinçait des dents et força sa mâchoire à se détendre. Il se pencha en avant, fit jouer ses doigts sur le guidon, puis démarra le moteur et passa la première.

Il pleuvait depuis quatre heures de l'après-midi, une averse régulière qui trempait le paysage et avait continué dans la nuit. Une faible pleine lune tentait de percer à travers les nuages qui défilaient au-dessus, puis céda à la prochaine ondée.

La campagne du Kent avait une certaine austérité, les branches des arbres s'élevant vers le ciel d'un noir d'encre tandis que la promesse d'une gelée matinale s'accrochait à l'air autour de lui.

Un rai de lumière apparut à l'une des fenêtres supérieures de la ferme, avant que la silhouette d'un homme n'émerge.

Jamie resta immobile, fixant à travers la visière, la respiration saccadée.

Enfant, il adorait se réveiller au son de la pluie battant sur le toit de la maison. Les récoltes dépendaient du flux et du reflux des saisons, et malgré le risque d'inondation, il trouvait ce bruit apaisant.

Ce soir-là, cependant, cela semblait plutôt exacerber ses nerfs à vif.

Finalement, la silhouette se retira et le rideau de la fenêtre retomba en place.

Jamie cligna des yeux pour retrouver sa vision nocturne.

Il tourna les roues de la moto dans la boue qui recouvrait désormais ses bottes et la dirigea vers la grille à bétail séparant la propriété de la route.

La ferme n'avait plus abrité d'animaux depuis près

de deux décennies, mais la grille à bétail servait de mesure de sécurité improvisée – le grondement des pneus sur ses barres d'acier pouvait être entendu depuis l'intérieur de la ferme, donnant à ses occupants amplement le temps de voir qui arrivait.

Il vérifia s'il y avait de la circulation avant d'accélérer sur la route, plus par habitude que par nécessité. Il ne s'attendait pas à voir qui que ce soit – c'était le milieu de la nuit, après tout, et les seules personnes qui empruntaient ce chemin étaient les résidents de la ferme et les locataires de quelques cottages plus loin.

Les hauts talus et les haies de chaque côté de la route le protégeaient du pire du vent qui tentait de malmener la moto, mais faisaient peu pour le protéger de la nouvelle rafale de pluie qui balayait maintenant les champs.

N'importe quelle autre nuit, il aurait résisté à l'envie de sortir en moto.

L'appel téléphonique avait mis fin à ça.

Il grogna entre ses dents et inclina la moto dans le premier virage.

Un frisson glacé lui parcourut les épaules alors que la peur commençait à surmonter sa colère.

Ça ne devait pas se passer comme ça.

Tout était hors de contrôle.

La conversation téléphonique avait commencé par des accusations et s'était détériorée à partir de là.

Il avait fait les cent pas en parlant, gesticulant d'une main alors qu'il essayait d'apaiser son interlocuteur.

C'était trop dangereux. Ils devaient arrêter.

Ça ne pouvait plus continuer – plus maintenant.

L'interlocuteur insistait ; il y avait trop en jeu, trop de promesses faites.

Il ralentit la moto en approchant d'un carrefour en T, vérifia ses rétroviseurs et prit un moment pour rouler des épaules et faire craquer son cou.

La tension s'emparait de ses membres, et il ferma brièvement les yeux. Une vague de nausée le saisit, lui nouant l'estomac.

Il leva la main et ouvrit sa visière, avalant l'air frais à grandes goulées, luttant contre le vertige qui s'emparait de sa vision périphérique.

La pluie picota son visage, et il savoura l'eau froide qui aidait à apaiser ses joues brûlantes.

Il avait réprimandé l'interlocuteur pour avoir fait ces promesses en premier lieu. Ce n'était pas ce qui avait été convenu.

Ils avaient toujours su qu'ils vivaient sur du temps emprunté, et il n'était pas prêt à prendre le risque.

Pas maintenant. Il avait déjà tant perdu.

Il prit une profonde inspiration et essaya de se recentrer, serrant ses mains gantées pour tenter d'en extraire la tension. Il leva la main et remit la visière en place, le Plexiglas étouffant les douces nuances de terre humide et d'ozone, le coupant de la réalité.

Il n'y avait qu'une seule personne à qui il pouvait parler qui saurait quoi faire.

Il enroula à nouveau ses doigts autour du guidon.

Il tourna la tête pour vérifier la circulation, et ne fut pas surpris de voir la route déserte.

Seul un fou serait dehors par une nuit pareille.

L'eau de pluie miroitait dans la lumière du phare, et il profita du fait qu'il était le seul sur la route pour zigzaguer entre les flaques profondes, utilisant toute la largeur de la voie pour manœuvrer.

Son cœur battait comme s'il avait couru, et il se demanda s'il avait fait le bon choix. Il n'y avait plus de retour en arrière possible maintenant – quand il avait pris la décision, ça avait été une réaction instinctive. On l'avait poussé trop loin, trop vite.

Ce qu'il avait d'abord considéré comme une blague, puis comme un défi, s'était transformé en quelque chose qu'il ne contrôlait plus. Il y avait trop de personnes impliquées désormais.

La route plongeait et tournait à mesure que le terrain s'aplanissait. Un panneau familier brilla dans le faisceau du phare sur sa gauche, et il commença à ralentir la machine en utilisant les vitesses plutôt que de risquer d'appuyer trop fort sur les freins.

La route principale était déserte, et alors qu'il approchait du croisement, un éclair de mouvement entre les arbres au-delà de sa position attira son regard. Un instant plus tard, un train Eurostar passa en trombe, son pantographe envoyant de vifs éclairs d'électricité dans l'air alors qu'il fonçait vers la côte et au-delà vers Paris.

Une sensation sourde étreignit la poitrine de Jamie.

Il aurait tout donné pour être hors du pays à cet instant.

Résigné, il s'engagea sur l'A20 et dirigea la moto vers Maidstone.

Alors que la pente commençait à monter, il se positionna pour prendre le virage ; c'était facile – il parcourait cette route depuis qu'il avait quitté l'école et obtenu son permis. Son corps et la machine ne faisaient qu'un, s'inclinant dans la courbe alors qu'il accélérait pour contrôler le virage.

Son cerveau enregistra la forme sombre qui se dressait devant lui une fraction de seconde trop tard.

Désespéré, il poussa le guidon gauche loin de lui

dans une tentative de dévier sa trajectoire, son estomac se tordant lorsqu'il réalisa son erreur.

Il cria, sa voix étouffée par le casque lorsque la forme entra en collision avec lui.

Le guidon lui fut arraché des mains, et puis il se retrouva dans les airs, mou comme une poupée de chiffon et incapable de comprendre ce qui avait mal tourné.

Le ciel nocturne tourbillonnait au-dessus de lui et au loin, il entendit le grincement sinistre du métal alors que sa moto glissait sur la route jusqu'à l'arrêt.

Il hurla lorsque ses genoux heurtèrent l'asphalte en premier, le craquement des os inévitable quand son corps s'écrasa au sol.

Un instant plus tard, l'arrière de son casque heurta la surface dure et impitoyable, et l'obscurité l'engloutit.

CHAPITRE 2

Aujourd'hui

L'inspectrice Kay Hunter se fraya un chemin à travers la porte de la salle des opérations du poste de police de Maidstone et retint un soupir de soulagement lorsque l'agente Debbie West tendit les bras pour prendre la pile de dossiers qu'elle essayait de maintenir en équilibre sous son bras.

— Tu ne devrais pas porter ça, ça pèse une tonne, la réprimanda-t-elle. Tu es censée avoir des tâches légères pendant au moins huit semaines encore.

— Merci, Debs.

Elle suivit l'agente en uniforme qui serpentait

entre les tables en direction du bureau dans le coin de la salle des opérations.

— Je pensais que ça irait avec ces dossiers, pour être honnête. En fait, tu peux les mettre sur mon bureau habituel ?

Debbie jeta un coup d'œil par-dessus son épaule et sourit en changeant de direction.

— Tu n'utilises toujours pas ton bureau ?

Kay grimaça.

— Ça me semble irrespectueux, pour être honnête. J'ai l'impression que Sharp va débarquer d'un moment à l'autre et me mettre dehors.

Debbie déposa les dossiers sur le bureau et attendit que Kay s'assoie.

— Des nouvelles ?

— Non, mais tu sais aussi bien que moi que les enquêtes des normes professionnelles sont toujours top secrètes. Je suppose qu'on ne connaîtra pas le résultat avant lui.

— Je trouve toujours ça injuste.

— Oui, moi aussi, Debs.

Kay attendit que l'agente en uniforme soit retournée à son propre bureau, puis contempla la pile de documents éparpillés devant elle et résista à l'envie de gémir.

Ses blessures, infligées par l'un des trafiquants

d'êtres humains les plus diaboliques que le pays ait jamais connus, avaient mis plus de temps que prévu à guérir, malgré des heures de physiothérapie et de repos forcé.

Les cauchemars revenaient régulièrement, mais elle et son compagnon, Adam, avaient choisi de garder cette information pour eux. Elle était déterminée à ne pas laisser Jozef Demiri régir sa vie après sa mort – pas après ce qu'il lui avait fait subir, à elle et à d'autres femmes, de son vivant.

Elle avait finalement repris le travail la semaine précédente, après avoir convaincu le médecin du travail qu'elle risquait de commettre elle-même un crime grave si elle devait passer un mois de plus cloîtrée à la maison.

Un compromis avait été trouvé, et elle était maintenant reléguée à ce que les services de police appelaient des « tâches légères », ce qui signifiait qu'elle était confinée à son bureau pour un avenir prévisible.

De plus, le commandant divisionnaire Angus Larch avait clairement indiqué, lors de son retour au travail, qu'il s'attendait à ce qu'elle suive les ordres et il lui avait rappelé que sa promotion au rang d'inspectrice principale était probatoire.

Son rôle jusqu'à présent n'avait été qu'un exercice

de paperasserie, et elle commençait à s'agiter, tout en ayant le sentiment que les prochaines semaines mettraient ses compétences diplomatiques et sa patience à rude épreuve.

En l'état, elle avait passé la majeure partie de la matinée en formation au quartier général sur Sutton Road, pour être ensuite entraînée dans une réunion de direction après le déjeuner, et elle était soulagée de revenir dans la salle des opérations du poste de police de Maidstone.

Elle leva les yeux lorsqu'une grande tasse de thé et un gros morceau de gâteau aux carottes furent poussés devant elle, et elle sourit.

— Merci, Carys.

— Comment tu te sens ?

— Ça va. Tu veux rassembler tout le monde pour le briefing de l'après-midi ?

— Bien sûr.

Kay but une gorgée de thé et regarda la jeune enquêteuse faire le tour de la salle des opérations, riant et plaisantant avec ses collègues tout en transmettant le message.

Elle se déplaçait avec une grâce déterminée qui reflétait son ambition de gravir les échelons, et lorsqu'elle repoussa une mèche de cheveux noirs derrière son oreille, Kay se détendit.

La confiance de la jeune femme avait été ébranlée au cours des mois d'hiver après qu'un inspecteur qu'elle tenait en haute estime avait été impliqué dans une histoire de corruption contre l'inspecteur principal Devon Sharp et son équipe, et il purgeait actuellement sa peine dans une prison ouverte pour son rôle.

Il semblait que Carys commençait à mettre cette expérience derrière elle.

Les événements de l'année écoulée avaient mis au jour les activités néfastes d'un officier supérieur, le commandant divisionnaire Simon Harrison, dont les actions avaient directement affecté Kay et avaient failli entraîner sa mort.

Le personnel du poste de police du comté mettrait du temps à se remettre de cette trahison, elle en était sûre, mais le fait que Carys semblait guérir lui donnait de la force.

Kay frissonna et boutonna sa veste, essayant d'ignorer le grincement d'une perceuse électrique en provenance du couloir.

Le système de chauffage capricieux du poste de police avait finalement rendu l'âme trois jours avant son retour au travail, et une équipe d'électriciens de fortune essayait encore de localiser la panne dans la climatisation réversible et de la réparer avant que les occupants du bâtiment ne meurent de froid.

Avec sa brusquerie habituelle, l'enquêteur Ian Barnes avait poussé l'équipe à acheter un ensemble de radiateurs électriques pour lutter contre le froid, mais ils avaient peu d'effet dans le grand espace de la salle des opérations.

Elle préférait ne pas penser à quoi ressemblerait la facture d'électricité à la fin du mois.

Alors que Kay faisait signe à l'équipe de la rejoindre à l'avant de la salle pour le briefing du matin, Barnes traîna sa chaise jusqu'à l'endroit où elle se tenait et s'assit avec un long soupir.

— On aurait pensé qu'ils auraient réglé ça maintenant, dit-il. Ça fait combien de temps ? Cinq... non, six jours ? À ce rythme-là, on va avoir besoin de bouchons d'oreilles, ou risquer de devenir sourds avant qu'ils aient réussi à le réparer.

— Je ne les entends pas par-dessus les plaintes d'un vieux détective, dit Gavin Piper en se perchant sur le bord d'un bureau.

Kay rit tandis que Barnes froissait une feuille de papier et la visait sur la tête du jeune enquêteur.

— Bon, ça suffit. On commence ?

— Chef... pardon, Inspectrice, dit Gavin.

Elle agita la main vers lui.

— Tu connais les règles, c'est « Kay » ici, sauf quand on est à l'extérieur.

Il sourit, et Kay remarqua que son bronzage d'été avait enfin eu la décence de s'estomper.

— Je n'arrive toujours pas à m'y faire.

— C'est quoi le diminutif d'« inspectrice », au fait ? dit Barnes en se grattant le menton. « Insp » ? « Spectrice » ?

— Arrête, dit Kay en agitant son doigt vers lui.

Elle ignora le sourire qui commençait à se dessiner au coin de sa bouche et reporta son attention sur Gavin.

— Bien, qu'est-ce qui se passe avec ce cambriolage à Aylesford ? Ça a été plutôt violent, non ?

— Oui, un couple de retraités regardait la télévision tard dans la nuit quand la vitre de la porte de la cuisine a été brisée et un intrus est entré. Il a menacé de brûler leur chien sur la gazinière s'ils ne lui remettaient pas tous leurs objets de valeur. J'attends actuellement les images des caméras installées au bout de leur allée par une société de sécurité près de Sevenoaks, expliqua le jeune enquêteur en passant ses doigts dans ses cheveux blonds hérissés. Le propriétaire a fait installer un système haut de gamme il y a trois mois et n'a pas lui-même accès aux fichiers. Le contact qu'on m'a donné était censé me les faire parvenir vendredi, mais apparemment quelqu'un était malade. Si je n'ai rien reçu d'ici dix-sept heures aujourd'hui, je les rappellerai.

— Fais ça, dit Kay, et si tu as besoin que j'intervienne, n'hésite pas à me le demander.

— D'accord, merci.

— Le chien va bien ? demanda Debbie.

— Oui, il va bien. Il semble que ce n'était qu'une menace, rien de plus.

Kay sourit. Elle avait été tentée de poser la même question et était contente de ne pas être la seule à s'inquiéter du sort du chien.

— Carys, où en est-on avec la série de cambriolages dans la zone industrielle de Parkwood ?

— Nous avons un adolescent du nom de Calvin Westford en garde à vue en bas. C'est sa première infraction, et il est mort de peur. On dirait qu'il s'est joint à ça sur un défi et qu'il ne réalisait pas que ses amis étaient sérieux à propos de l'effraction. Il est actuellement avec l'agent Norris en train de fournir une liste de ses complices.

Un murmure de félicitations emplit la pièce.

— Beau travail, bravo.

Kay lança l'effaceur de tableau blanc à Carys, qui l'attrapa avec aisance et se dirigea vers l'avant de la salle avant d'effacer l'affaire du tableau.

Elle rendit l'effaceur à Kay, un sourire aux lèvres.

— Merci, chef.

Kay la regarda retourner à sa chaise, Gavin offrant un « tope là » à sa collègue alors qu'elle passait devant lui d'un pas nonchalant, puis elle se tourna vers les dossiers qu'elle avait apportés à l'avant de la salle.

— Bon, les tâches pour demain. Barnes, celle-ci est pour toi. Suspicion d'incendie criminel au petit restaurant indien à emporter sur Tonbridge Road hier soir. Les pompiers nous ont demandé notre soutien, alors peux-tu faire le suivi avec eux demain matin ?

— Je m'en occupe.

Il se leva de son siège pour prendre le dossier qu'elle lui tendait, puis commença à feuilleter les pages.

Une demi-heure plus tard, Kay avait attribué des tâches à chacun des membres de son équipe et les avait libérés pour l'après-midi.

Elle retourna à son bureau et ignora la douleur dans son avant-bras, fléchissant ses doigts pour soulager un spasme musculaire tout en bougeant sa souris pour réveiller son ordinateur.

Alors que l'équipe commençait à quitter la salle à la fin du service de l'après-midi, Kay s'affala dans son siège avec un soupir et examina les rapports dans le bac.

— Si c'est ça être inspectrice principale, je n'en veux pas, murmura-t-elle.

Elle leva les yeux quand Gavin s'approcha de son bureau.

— Tout va bien ?

— Oui, répondit-il en se balançant d'un pied sur l'autre.

Il jeta un coup d'œil par-dessus son épaule.

— Je me demandais juste si tu avais parlé récemment à l'inspecteur principal Sharp, et s'il y avait du nouveau ?

Elle secoua la tête.

— Rien à signaler pour l'instant.

Elle ne mentionna pas qu'elle n'avait pas parlé à leur inspecteur principal depuis plus de six semaines, et une vague de culpabilité l'envahit quand elle réalisa qu'elle avait été si occupée à se concentrer sur ses évaluations de santé pour reprendre le travail qu'elle n'avait pas pensé une seule fois à la situation de Sharp.

Gavin s'éclaircit la gorge.

— D'accord. Eh bien, à demain, Kay.

Elle força un sourire.

— À demain.

Elle posa son menton dans sa main en le regardant se frayer un chemin entre les bureaux et sortir par la porte de la salle des opérations, sa voix portant au-dessus de celles de Carys et Barnes alors que tous les trois se dépêchaient le long du couloir vers la sortie.

Elle jeta le dossier qu'elle tenait dans le bac, puis attrapa son sac sous son bureau et vérifia sa montre.

Peut-être était-il temps de rattraper le temps perdu avec l'inspecteur principal Devon Sharp, après tout.

CHAPITRE 3

— Une barbe ?

— Vous n'aimez pas ?

— Eh bien, c'est... différent.

Kay réussit à arrêter de fixer et franchit le seuil de la maison de l'inspecteur Devon Sharp avant qu'il ne ferme la porte et lui fasse signe de se diriger vers la cuisine.

Rebecca, la femme de Sharp, travaillait dans un organisme de garde d'enfants local et, étant donné le son de la musique rock qui arrivait du fond de la maison, elle était encore au travail. Le fonctionnement du centre de garde faisait que le personnel de direction se relayait pour travailler soit tôt le matin, soit tard l'après-midi afin d'être présent lorsque les enfants étaient déposés ou récupérés, au cas où les parents voudraient parler à quelqu'un.

Kay ne savait rien des propres enfants des Sharp, à part les photographies qu'elle avait vues auparavant de jumeaux adolescents en bonne santé qui trônaient sur une étagère dans le salon.

— Une tasse de thé ?

— S'il vous plaît.

— On arrête avec le vouvoiement ?

— Si tu veux.

Elle enleva son manteau de laine et le posa sur le dossier d'une des chaises élégantes qui entouraient une table assortie sur un côté de l'espace ouvert, et elle laissa tomber son sac sur la surface avant de traverser la pièce et de s'appuyer contre l'évier pendant que Sharp baissait le volume de la musique qui résonnait depuis un ensemble d'enceintes sur le rebord de la fenêtre.

— Comment tu tiens le coup ?

— Comme une merde, mais tu dois savoir ce que c'est.

Elle hocha la tête, mais ne dit rien.

— C'est l'ennui, Kay.

Il passa une main dans ses cheveux bruns qui montraient maintenant les plus légères traces d'argent et qui avaient poussé pendant les mois d'hiver, puis il secoua la tête.

— Comment va Bec ?

— Stoïque. Comme toujours.

Kay sourit.

La femme de Sharp était comme son propre partenaire, Adam. Fiable, pas facilement perturbée, et complètement perdue quant à savoir pourquoi sa moitié se jetait corps et âme dans une carrière qui était au mieux ingrate, et au pire éprouvante.

— Et toi ? Contente d'être de retour au travail ?

— Je m'ennuie, Devon. Ils m'ont mise sur des tâches légères.

Elle leva son bras.

— Je mets plus de temps à guérir que prévu, et apparemment je ne peux pas risquer d'en faire trop.

— Je parie que tu fais tout ce qu'il faut.

— Tais-toi et donne-moi une tasse de thé.

Ils rirent tous les deux.

Kay tomba dans le silence tandis qu'il s'affairait dans la cuisine, sortant le lait du réfrigérateur et retirant les sachets de thé des tasses une fois les boissons infusées.

Il avait beau rire et plaisanter avec elle, elle pouvait sentir la frustration et le désespoir sous la surface de ses émotions soigneusement contrôlées.

Malgré ses tentatives de normalité, l'effet des trois derniers mois bouillonnait sous la surface.

Elle savait d'expérience à quel point une enquête des normes professionnelles pouvait peser sur la confiance et la santé d'un officier, surtout si cet officier était innocent de tout méfait.

— Tu ne prends pas de sucre, n'est-ce pas ?

Kay secoua la tête pour clarifier ses pensées et essaya de se reconcentrer.

— Non, pas de sucre, merci.

— Viens dans la véranda. Bec m'a chargé de peindre les rebords des fenêtres, donc je peux travailler pendant qu'on discute et je ne me ferai pas gronder pour avoir négligé mes devoirs.

Il lui fit un clin d'œil, puis la guida à travers la pièce et sous une arche vers un large espace fermé qui donnait sur un jardin.

Kay plissa les yeux à travers la fenêtre et jeta un coup d'œil sur le patio et la pelouse baignés par le crépuscule.

La maison de Sharp se trouvait dans un lotissement du côté opposé de Maidstone par rapport à la sienne, mais la route principale qui traversait les impasses dispersées se transformait vite en chemin de campagne en serpentant vers le village d'Otham, et elle savait qu'il voyait souvent des renards traverser son jardin.

Le jardin était silencieux pour l'instant, cependant, et elle se retourna vers la pièce pour le trouver en train de l'observer prudemment par-dessus sa tasse de thé, les pinceaux ignorés.

Elle posa sa boisson sur la petite table à côté d'un des fauteuils en osier et laissa tomber le prétexte.

— Devon, j'ai besoin de quelque chose à me mettre sous la dent avant de devenir folle. Toute cette histoire d'être inspectrice principale… Après ce que j'ai pu voir se passer politiquement l'année dernière, je n'ai jamais voulu faire partie de ça. J'aime être détective. Tout ce que j'ai fait cette semaine, c'est trier des papiers.

Il haussa les épaules.

— Parfois, c'est tout ce qu'il y a à faire : s'assurer que les effectifs sont répartis équitablement dans la zone. C'est toujours important.

— Mais ce n'est pas *agir*, n'est-ce pas ?

— Donc, Demiri ne t'a pas découragée d'être en première ligne ?

Elle secoua la tête.

— Au contraire, ça m'a rendue encore plus déterminée à mettre des gens comme lui derrière les barreaux, avant qu'ils n'aient la chance de faire ce qu'il a fait.

Ses yeux se plissèrent.

— Qu'est-ce que tu attends de moi ?

Kay croisa les bras.

— Je veux savoir pourquoi il y a une enquête des normes professionnelles contre toi, et je veux savoir ce que je peux faire pour t'aider.

Il rit doucement et fit un geste vers les deux fauteuils.

— Ce n'est pas simplement une ruse pour me faire revenir, pour que je puisse m'occuper de la paperasse ?

Elle leva la main en s'asseyant.

— D'accord, j'ai peut-être un motif ultérieur.

Il posa sa tasse sur la table basse entre eux, puis se pencha en arrière dans son fauteuil avec un soupir.

— Le problème, Kay, c'est que si tu essaies de m'aider, tu pourrais nuire à tes propres chances d'avancement dans la police.

— Encore plus que ce que j'ai fait l'année dernière ?

Ses yeux se durcirent.

— Ne plaisante pas avec ça, Kay. Tu t'es battue durement pour blanchir ton nom et voir la justice rendue l'année dernière, et ça a failli te tuer. Ne gâche pas ça.

Elle prit une gorgée de thé pour digérer ses paroles, puis reposa sa tasse à côté de la sienne.

— Et pourtant, tu as fait la même chose pour moi. Nous sommes une équipe, Devon. Nous le sommes depuis longtemps. Laisse-moi t'aider.

— Tu dois me promettre d'être prudente, Kay. Si tu veux faire ça, fais-le dans les règles. Rappelle-toi, tout est une question de politique et cela signifie que tu vas devoir travailler avec Larch à un moment donné.

Elle grimaça, puis concéda le point.

— Ok.

Il hocha la tête et reprit son thé.

— Par où veux-tu commencer ?

— Que s'est-il passé entre toi et le commandant divisionnaire Simon Harrison ?

CHAPITRE 4

— Harrison a été l'officier principal dans une affaire impliquant la mort d'un jeune motocycliste sur l'A20 entre Leeds et Harrietsham, et il avait déjà la réputation de prendre des raccourcis pour gérer sa charge de travail.

Kay se pencha en avant sur sa chaise et posa ses coudes sur ses genoux.

— C'était quand ?

— Il y a dix ans.

— Tu n'étais pas dans la police du Kent à l'époque.

— Non, j'étais encore dans la police militaire, et tu sais ce que tout le monde pense d'eux.

Elle esquissa un sourire. La police militaire avait sa propre façon de mener ses enquêtes, et n'était pas toujours bien respectée par ses collègues pour cela.

— Continue.

— Comme l'accident s'est produit hors de la caserne, la police du Kent était présente. Je ne pouvais être qu'observateur.

— Que s'est-il passé ?

— Une jeune recrue du nom de Jamie Ingram a été tuée une nuit de décembre. Il pleuvait, les conditions étaient loin d'être idéales, et il était tard. Le conducteur d'un camion articulé est tombé sur la scène quelques instants seulement après l'accident, le moteur de la moto était encore chaud.

Kay sortit son téléphone et sélectionna l'application « Maps ».

— À quel endroit sur cette portion de route ?

— Juste avant le tournant de Broomfield.

Elle parcourut la carte des yeux et fronça les sourcils.

— C'est un endroit étrange pour perdre le contrôle, surtout étant donné que les virages là-bas ont été redressés il y a plus de trente ans. Est-ce qu'il y avait de l'huile sur la chaussée, ou il allait trop vite pour les conditions ?

Elle rangea son téléphone, puis leva les yeux vers Sharp.

Il la fusillait du regard.

— Quoi ?

— Jamie Ingram était l'un des meilleurs motocyclistes que j'aie connus. J'étais à l'école avec son père, qui possède toujours la ferme où Jamie a grandi. À l'âge de neuf ans, Jamie avait une petite moto et filait dans l'un des champs que son père avait réservé spécialement à cet effet. Deux ans plus tard, il gagnait des compétitions de motocross au niveau national.

— Donc, tu dis qu'il pouvait maîtriser une moto dans n'importe quelles conditions, c'est ça ?

Les traits de Sharp s'adoucirent.

— Oui. C'est exactement ce que je dis.

Il se leva de sa chaise et enfonça ses mains dans les poches de son jean tout en arpentant la pièce.

— Désolé. C'est juste qu'à l'époque, et aujourd'hui, je veux faire ce qui est juste pour Jamie et ses parents.

— Nous parlions des conditions routières cette nuit-là.

— L'enquêteur principal a conclu qu'il n'y avait pas d'huile sur la route, et aucun signe d'autres débris qui auraient pu faire perdre le contrôle à Jamie.

— Des animaux sauvages ?

— Les accotements ont été vérifiés, mais ils n'ont

trouvé aucun lapin blessé, et un cerf aurait eu un impact considérable sur la moto. Il n'y avait rien de tel.

— Quelle a été la conclusion de l'enquêteur ?

— Son rapport indiquait que, pour une raison quelconque, Jamie avait fait une déviation soudaine de sa trajectoire en prenant le virage et avait perdu le contrôle.

Kay se pencha en arrière dans sa chaise et se frotta la base du crâne avant de remettre son téléphone dans son sac.

— J'ai un nerf qui se bloque dans le cou.

Sharp comprit l'allusion et s'assit avec un long soupir.

— Et toi, qu'en penses-tu, Devon ?

— J'ai parlé à son commandant le lendemain de l'accident. Apparemment, Jamie avait appelé l'adjudant le matin précédent, demandant une réunion urgente avec le lieutenant-colonel Stephen Carterton. Le seul rendez-vous disponible était pour le jeudi après-midi—

— Et Jamie est mort avant de pouvoir lui parler.

— Oui.

— Une idée de ce dont Jamie voulait lui parler ?

— Non, mais ce n'est pas le plus important. Il est très inhabituel qu'un simple soldat fasse une telle demande. Quelque chose devait inquiéter Jamie pour qu'il prenne ce rendez-vous en premier lieu, sans parler du fait qu'il l'ait fait par téléphone alors qu'il était hors de la caserne.

— Que pense la famille ?

Sharp se gratta la barbe.

— À l'époque, son père a exprimé des inquiétudes sur le fait que Jamie était nerveux quand il est rentré d'Afghanistan.

— Un syndrome de stress post-traumatique ?

— Non, Jamie n'avait été exposé à rien qui aurait pu déclencher cela ; il était impliqué dans l'approvisionnement et la logistique, ce genre de choses. Il n'en parlait pas à ses parents quand on lui demandait, mais ils ont dit que lorsque le téléphone portable de Jamie a sonné ce soir-là, il s'est mis à trembler et a pris l'appel dehors. Il ne voulait pas leur dire de quoi il s'agissait. C'était la nuit de sa mort.

— Je ne comprends pas. Pourquoi y aurait-il une enquête des normes professionnelles sur ta conduite basée sur cela ?

Sharp haussa les épaules.

— Une accusation a été portée contre moi par un officier supérieur, Harrison. Il essaie de suggérer que je ne lui ai pas rapporté tous les faits il y a dix ans, alors que je l'ai fait, et que j'aurais pu *d'une manière ou d'une autre* être impliqué dans ce qui est arrivé à Jamie et avoir essayé de le dissimuler. C'est des conneries, bien sûr. Je suppose que jusqu'à ce qu'ils aient terminé l'enquête sur ses activités, ils réservent leur jugement sur la question de me suspendre indéfiniment ou d'abandonner l'affaire et de me laisser reprendre le travail.

Il fit un geste vers les pinceaux abandonnés.

— En attendant, je reste assis et j'attends.

— D'accord. Que penses-*tu* qu'il s'est passé il y a dix ans ?

Sharp se retourna sur sa chaise au son de la porte d'entrée qui s'ouvrait, puis se tourna de nouveau vers Kay et baissa la voix.

— Je pense que Jamie a découvert que quelque chose se passait au sein de son régiment et qu'il avait l'intention de le signaler. Je pense qu'il a été tué avant d'avoir eu la chance de le faire.

Kay sentit l'air quitter ses poumons lorsque Rebecca Sharp apparut sous l'arcade menant à la véranda, et elle plaqua un sourire sur son visage pour cacher son choc face à la déclaration de son collègue.

— Kay, quel plaisir de te voir.

Kay se leva et accepta la rapide accolade de l'autre femme.

— Comment vas-tu, Bec ?

— Oh, tu sais. Je suis à court de tâches pour Devon. Plus vite il retournera au travail, mieux ce sera.

Son front se plissa.

— C'est pour ça que tu es là ?

Kay intercepta le regard que Sharp lui lança et secoua la tête.

— Non, malheureusement je n'ai pas de nouvelles à ce sujet. Je ne suis moi-même retournée au travail que la semaine dernière, et j'ai passé les six derniers jours à avoir l'impression de pédaler à l'envers.

Bec rit.

— Ouais, c'est l'effet de la promotion.

— Je devrais vous laisser, dit Kay en ramassant son sac sur le sol carrelé. C'était sympa de te voir, Bec.

— Toi aussi, Kay.

Sharp la suivit jusqu'à la porte d'entrée, puis la déverrouilla et se tint sur le côté avant de tendre un morceau de papier à Kay.

— Tiens. Voici l'adresse de la famille de Jamie Ingram. Parle-leur. Essaie de comprendre qui était Jamie en tant que personne. Ensuite, tu comprendras.

— Donc, on se lance, c'est ça ?

— Tu es partante ?

— À ton avis ?

Il sourit.

— Au fait, comment va Adam ?

Kay regarda sa montre.

— Oh, bon sang.

— Qu'est-ce qui ne va pas ?

— C'est son anniversaire aujourd'hui, et je suis en retard pour l'emmener dîner.

CHAPITRE 5

Kay poussa la porte d'entrée de sa maison et fit glisser son manteau de ses épaules avant de l'accrocher au pilier de l'escalier.

— Désolée pour le retard !

— Je suis en haut.

Elle monta les marches deux par deux et se dirigea vers la chambre principale, jetant son sac sur le lit alors que son compagnon, Adam Turner, émergeait de la salle de bain attenante dans un nuage de vapeur.

— À quelle heure est réservée la table ?

Il sourit.

— Elle *était* réservée pour dix-huit heures trente, mais j'ai deviné que tu serais en retard, alors je leur ai demandé de la changer pour dix-neuf heures trente.

— Tu es un amour.

Elle l'embrassa, puis déboutonna son chemisier et le jeta dans le panier à linge à côté de la porte.

Tandis qu'elle parcourait les vêtements suspendus dans sa garde-robe en essayant de décider quoi porter, son rythme cardiaque commença à se calmer. Elle détestait que son travail empiète parfois sur sa vie personnelle, mais surtout lorsque c'était l'anniversaire d'Adam et qu'ils avaient prévu de se faire plaisir dans un restaurant coûteux qu'ils appréciaient pour les occasions spéciales.

— Tu veux que j'appelle un taxi ? suggéra Adam.

Il passa un bouton de manchette à travers la manche de sa chemise et la boutonna.

— C'est bon, j'allais proposer de conduire. Je dois commencer tôt demain, donc je ne peux boire qu'un seul verre de toute façon.

Il tendit la main et lui donna une tape sur les fesses avant d'esquiver alors qu'elle se retournait. Souriant, il se dirigea vers la porte.

— Prends ton temps. Je t'attends en bas.

Kay sourit et reporta son attention sur la garde-robe avant de choisir une robe noire à fines bretelles et un châle rouge pour couvrir ses épaules.

La demeure qui abritait le restaurant était

magnifique, mais pouvait être fraîche pendant les derniers mois d'hiver.

La voix d'Adam filtrait à travers le plancher depuis la cuisine, et elle réalisa qu'il avait ramené un patient à la maison. D'après ce qu'elle entendait, quelle que soit la créature, elle avait été sortie dans le jardin avant qu'ils n'aillent dîner et était maintenant en train d'être rentrée pour la nuit.

Avec un sourire et un peu d'appréhension quant à ce qu'elle allait trouver dans sa maison cette fois-ci, elle finit de s'habiller, puis attrapa un petit sac à main et ses chaussures avant de descendre à pas feutrés.

Un grand berger allemand se leva péniblement de son lit sur le carrelage lorsqu'elle entra dans la cuisine, ses yeux bruns tristes alors qu'il traversait la pièce pour venir lui frotter la main.

Adam était appuyé contre le plan de travail de la cuisine, un verre d'eau à la main.

— Je te présente Rufus. C'était un chien de service de la police du Kent, mais il a été placé en famille d'accueil il y a environ quatre ans. Sa famille d'accueil est absente en ce moment, alors j'ai accepté de le garder.

— Bonjour, Rufus.

Le chien renifla, puis retourna vers la vieille

couette qu'Adam avait pliée et placée dans un coin comme lit de fortune avant de s'y lover en gémissant.

— Qu'est-ce qu'il a ?

Adam soupira et posa son verre.

— Un cancer en phase terminale, malheureusement. Nous avons tout essayé au cours des six derniers mois, mais ça ne fonctionne pas et ce n'est pas juste de continuer à le traiter avec des choses qui ne marchent pas.

Kay baissa la voix, une boule se formant dans sa gorge.

— Tu vas devoir le piquer ?

— Pas encore. Il répond bien aux analgésiques pour le moment, et il semble se déplacer tout seul sans problème. Il n'a pas non plus perdu l'appétit. Je vais continuer à le surveiller, évidemment, et j'aurai une discussion avec la famille d'accueil quand ils reviendront du Pays de Galles pour discuter de leurs options.

Kay prit ses clés de voiture tout en contemplant l'homme devant elle.

L'un des vétérinaires les plus occupés et les plus respectés de la ville, il était aussi l'une des personnes les plus compatissantes qu'elle connaissait. Rufus était entre de bonnes mains, c'était certain.

— Quand est-ce que sa famille d'accueil va

rentrer ?

— Dans une dizaine de jours, je pense. La belle-mère de Graham est décédée hier, et j'imagine que le temps qu'ils règlent tous les papiers et organisent les funérailles, ça prendra au moins ce temps-là.

Il regarda sa montre.

— On ferait mieux d'y aller si on veut arriver à l'heure pour cette réservation.

Trente minutes plus tard, les pneus de la voiture crissaient sur le gravier qui s'étendait autour de la demeure seigneuriale au cœur de la campagne du Kent, puis Kay passa son bras sous celui d'Adam tandis qu'ils avançaient vers les marches en pierre menant au manoir du XVIIe siècle, désormais hôtel et restaurant.

Un membre du personnel élégamment vêtu leur ouvrit la porte, et Kay laissa ses épaules se détendre alors qu'on les conduisait à leur table.

Le cadre luxueux de la salle à manger les isolait du monde extérieur. Des rideaux du sol au plafond couvraient les fenêtres, et l'épais tapis atténuait le bruit des autres tables lorsqu'ils passaient.

Le tintement des couverts et les conversations étouffées parvenaient à ses oreilles, et l'eau lui vint à la bouche à l'idée de savourer la nourriture.

Heureuse de constater qu'on leur avait donné une

table dans le coin éloigné des autres convives, elle sourit lorsque le serveur tira sa chaise pour elle et s'affaira autour d'eux pour verser l'eau et prendre leur commande.

Elle attendit qu'il soit revenu avec leur vin et se soit dirigé vers une autre table, avant de faire tinter son verre contre celui d'Adam.

— Joyeux anniversaire.

— Merci.

Kay but une gorgée de son vin avant de le reposer sur la nappe en lin.

— Alors, parle-moi un peu plus de Rufus. Il semble amical. J'ai toujours pensé qu'il fallait être prudent avec les anciens chiens de service.

— Il est trop vieux maintenant, je pense. Peut-être qu'il réalise qu'il n'en a plus pour longtemps, alors il en profite au maximum. La famille d'accueil a une jeune fille, et Graham dit qu'ils n'ont jamais eu de problèmes. Rufus est très protecteur envers elle.

— Ce sera agréable de l'avoir avec nous. Ça fait un moment que nous n'avons pas eu l'un de tes invités.

— Et aucun aussi recommandé que Rufus, c'était un sacré chien policier à son époque.

Kay dut reposer son verre de vin tandis qu'Adam lui racontait certains des exploits du chien en tant qu'officier en service dans la police du Kent, craignant de recracher sa boisson sur la table.

Au moment où leurs plats principaux furent servis, elle avait mal aux côtes. Elle leva la main.

— D'accord, ça suffit. J'ai mal.

Adam fit un clin d'œil, puis s'attaqua au steak juteux qui avait été placé devant lui.

Ils restèrent silencieux un moment, savourant la nourriture et le bon vin, jusqu'à ce que Kay pose ses couverts et s'éclaircisse la gorge.

— Je veux aider Sharp, Adam.

— Tu t'ennuies déjà ?

Elle leva les yeux, mais il arborait un large sourire.

— C'est si évident ?

— Tu plaisantes ? J'ai su dès l'instant où tu es repartie dans cette salle des opérations que tu allais chercher une occasion de retrousser tes manches. Je suis surpris que tu aies attendu jusqu'à maintenant.

— Combien de temps allais-tu attendre avant d'en parler ?

Sa bouche eut un petit rictus.

— J'aurais tenu plus longtemps que toi.

Elle fit un geste pour lui donner une tape amicale sur le bras, mais il bougea trop vite et rit.

— Évite juste les ennuis cette fois, Hunter.

CHAPITRE 6

Kay attendit la fin du briefing du matin avant de retourner à son bureau et de se connecter à la base de données HOLMES2.

Pendant que l'ordinateur récupérait les informations sur la mort de Jamie Ingram, elle grignotait le bord irrégulier de son ongle de pouce tout en essayant d'élaborer une stratégie pour les jours à venir.

Premièrement, elle devait se mettre à jour sur l'enquête originale menée par Simon Harrison, qui était enquêteur à l'époque.

Deuxièmement, elle voulait se rendre sur le site de l'accident mortel de Jamie – c'était bien beau de lire des rapports et autres, mais elle savait qu'elle aurait une meilleure compréhension des circonstances si elle allait sur les lieux.

Et elle devait parler aux parents de Jamie.

L'écran devant elle clignotait, puis un ensemble de résultats de recherche s'affichait.

Kay parcourut les informations avant de cliquer sur le seul titre de sujet contenant tous les mots-clés qu'elle avait entrés.

Un deuxième écran se chargea, et elle commença à faire défiler les informations résumées de l'enquête de Simon Harrison sur l'accident de moto.

Ayant déjà travaillé avec cet homme, elle sentait qu'il était évident que son attitude téméraire pour résoudre les affaires était déjà bien formée lorsqu'il était devenu enquêteur.

Ses notes étaient sommaires, et il semblait qu'il avait considéré Jamie comme un simple motard qui connaissait les risques, mais les prenait quand même.

La base de données fournissait une série de liens vers trois infractions au code de la route pour excès de vitesse, et Kay nota qu'au moment de sa mort, il ne restait que trois points sur le permis de Jamie.

Elle posa son menton dans sa main et soupira tout en feuilletant les pages et une photocopie d'une carte routière représentant l'itinéraire de l'A20 de la ferme des Ingram à Broomfield dans le dossier devant elle.

— Sur quoi tu travailles, chef ?

La voix de Gavin la tira de sa rêverie, et elle poussa la carte à travers son bureau loin de lui.

— Juste quelques trucs historiques.

— Tu es allée voir Sharp hier soir ?

— Ouais.

— Comment va-t-il ?

— Anxieux. Ennuyé.

— On peut faire quelque chose pour aider ?

Carys s'était approchée et s'était perchée sur le bureau de Barnes en face de celui de Kay.

Kay soupira. Elle travaillait avec la petite équipe depuis plus d'un an maintenant, et il semblait qu'ils la connaissaient mieux qu'elle ne l'avait réalisé. Elle fit un geste vers le dossier des archives, puis vers l'écran de son ordinateur.

— Je n'ai pas tous les détails, mais vous pouvez parier que c'est une dernière tentative de Harrison pour le discréditer. L'enquête des normes professionnelles découle d'une accusation faite par Harrison. Il a fait des allégations sur les actions de Sharp dans une ancienne affaire d'il y a dix ans après que Sharp a signalé les activités de Harrison à la fin de l'année dernière comme faute grave.

— Tu veux dire quand Harrison t'a utilisée comme appât pour attirer Jozef Demiri ? demanda Barnes.

Il posa ses coudes sur son bureau.

— Continue.

— Eh bien, quand je lui ai posé la question, Sharp a dit que lorsqu'il servait encore dans la police militaire, une jeune recrue de l'armée a été tuée dans un accident de moto sur l'A20 entre Leeds et Harrietsham. Comme c'est arrivé hors caserne, la police du Kent a été impliquée. Harrison était en poste à Maidstone à l'époque et était l'enquêteur principal. Harrison prétend maintenant que Sharp a dissimulé des preuves pour protéger la réputation de l'armée, alors que Sharp estimait que l'enquête originale n'avait pas été menée correctement par Harrison, et il a exprimé ses inquiétudes à l'époque.

— Et on connaît tous la réputation de Harrison pour faire n'importe quoi pour obtenir un résultat, dit Gavin.

Kay remarqua comment il passa une main sur son nez déformé.

— Exactement.

— Donc, Harrison a pris des raccourcis pour obtenir un résultat rapide à l'époque, tu veux dire ? dit Carys.

— Oui. Le consensus général était qu'il s'agissait d'une mort accidentelle causée par une imprudence, et cela a été confirmé par l'enquête du médecin légiste. Sharp a maintenu à l'époque, et maintient toujours, qu'il y avait plus que ça.

— Pourquoi Sharp a-t-il été placé sous une enquête des normes professionnelles pour ça ? demanda Gavin.

— À cause de ce qui s'est passé l'année dernière, je suppose que les autorités ont besoin de s'assurer que l'antagonisme entre Sharp et Harrison n'a pas affecté le résultat de cette affaire.

— Eh bien, il n'y a pas d'amour perdu entre la police militaire et la police, dit Barnes, sa bouche tressaillant. Qu'est-ce que tout cela a à voir avec toi ?

Kay haussa les épaules.

— Je connais Sharp depuis longtemps. S'il pense qu'il y a plus dans la mort de Jamie Ingram qu'un simple cas de mort accidentelle, alors je suis encline à faire confiance à son instinct.

Barnes se leva de sa chaise, se pencha et saisit l'un des documents sur le bureau de Kay. Il leva un sourcil.

— Il est écrit ici que Sharp est un ami de la famille Ingram. Tu ne penses pas que cela aurait pu influencer sa réflexion ?

— Peut-être, mais je ne le saurai pas avant d'avoir examiné la situation de plus près et parlé avec eux.

— Une raison pour laquelle tu gardes ça pour toi ? demanda Carys.

Elle croisa les bras.

Kay regarda d'elle aux deux autres détectives debout autour de son bureau.

— Eh bien, je pensais juste qu'il serait probablement plus sûr de vous laisser en dehors de ça. Vous avez tous des carrières prometteuses devant vous, après tout.

Sa bouche se tordit.

— Sauf Barnes, bien sûr.

— Hé !

Elle attendit que les rires se soient calmés, puis redevint sérieuse.

— Écoutez, selon Sharp, cela pourrait révéler des éléments qui pourraient rendre les choses difficiles ici politiquement. Après tout, toute la division est sous un nuage grâce aux actions de Harrison l'année dernière, malgré le résultat que nous avons obtenu. Je ne voulais pas vous entraîner tous là-dedans avec moi. Pas comme la dernière fois.

Barnes renifla.

— Tu ne nous as jamais fait faire quoi que ce soit que nous ne voulions pas faire, Kay. Nous avons toujours été une équipe. Cela signifie que nous veillons aussi sur Sharp. Il ferait la même chose pour n'importe lequel d'entre nous. Il t'a défendue.

Kay regarda par-dessus son épaule et s'assura que les autres officiers travaillant à l'autre bout de la salle des opérations étaient hors de portée de voix.

— Nous devons garder ça entre nous jusqu'à ce que je puisse convaincre le commandant divisionnaire Larch que nous avons des raisons de rouvrir une affaire non résolue et que nous avons rassemblé suffisamment de preuves pour prouver la théorie de Sharp, c'est compris ?

— Compris, dit Gavin.

Il s'approcha puis se pencha et retira la carte routière du bureau de Kay avant de jeter un coup d'œil au site délimité de l'accident.

— Tout pour aider Sharp, n'est-ce pas ?

— Vous êtes absolument sûrs de vouloir faire ça ?

Gavin et Carys hochèrent la tête, leurs visages impatients.

— Un pour tous, dit Barnes.

CHAPITRE 7

Kay avait remarqué à son retour au travail que le commandant divisionnaire qu'elle avait connu l'année précédente avait radicalement changé pendant son absence.

Le supérieur direct et odieux avec lequel elle avait croisé le fer plus d'une fois avait disparu. À sa place se trouvait un homme qui, franchement, semblait diminué, et elle se demandait quel impact les trois derniers mois avaient eu sur lui.

Malgré les apparences, cela avait dû être dévastateur pour lui d'avoir un détective à l'hôpital et un autre détective plus expérimenté et respecté sous le coup d'une enquête interne, malgré le démantèlement de l'une des plus grandes organisations de trafic d'êtres humains de l'histoire du Kent.

Là où autrefois on pouvait compter sur Angus Larch pour lui créer des problèmes, il y avait désormais un homme qui semblait réticent, voire même intimidé.

Elle n'avait pas encore cerné les raisons de ce changement. Son éloignement de l'agitation du commissariat de la ville du comté l'avait préservée des retombées politiques de la précédente affaire sur laquelle elle et Sharp avaient travaillé, et elle avait l'impression de chercher encore ses marques dans son nouveau rôle, malgré l'assurance qu'elle s'efforçait de dégager.

Elle bougea sur son siège et posa le dossier d'enquête sur ses genoux tandis que le commandant divisionnaire prenait place derrière son bureau et joignait les mains devant lui.

— Vous et moi, on fait généralement tout pour s'éviter, Hunter, alors qu'est-ce qui peut bien vous amener à ma porte par un matin pluvieux et venteux ?

— Je pense avoir trouvé un moyen d'améliorer nos objectifs, chef.

— Très bien. Vous avez toute mon attention.

Kay avait passé la nuit précédente chez elle à élaborer sa stratégie d'approche envers son supérieur. Elle savait qu'elle devait flatter son ego et celui de la division, et elle n'était donc pas particulièrement inquiète de cette réunion improvisée. En fait, elle attendait ce défi avec impatience.

— Monsieur, je pense avoir suffisamment de preuves pour suggérer la réouverture de l'enquête sur la mort de Jamie Ingram.

Elle vit les yeux de Larch se plisser.

— Un accident de moto, n'est-ce pas ? Il y a environ dix ans ?

— C'est ça.

Il déjoignit les mains et s'adossa à son fauteuil.

— Continuez.

— À l'époque, l'officier chargé de l'enquête a négligé de prendre en compte l'expérience de la victime en tant que motard. Il n'a pas non plus tenu compte des preuves fournies par la police militaire royale indiquant que la victime avait demandé un rendez-vous urgent avec son officier supérieur, rendez-vous auquel il n'a jamais assisté, son décès étant survenu environ deux jours avant.

Comme Larch restait silencieux, elle poursuivit.

— Ingram avait reçu un appel téléphonique le soir de sa mort. À l'époque, ses parents ont déclaré qu'il semblait extrêmement nerveux à son retour de sa dernière affectation. Il refusait de leur dire quoi que ce soit quand ils l'interrogeaient. Selon les témoins, il est très inhabituel pour un simple soldat de demander un rendez-vous avec son officier supérieur. Quelque chose devait le tracasser.

Larch claqua des doigts et fit un geste vers le dossier sur les genoux de Kay.

— Vos notes ?

— Oui, chef.

Elle lui passa le dossier par-dessus le bureau et croisa les jambes.

— C'était Harrison l'officier chargé de l'enquête, n'est-ce pas ?

— Oui, chef. Il travaillait à Maidstone à l'époque, avant son transfert à la police de Londres.

— Quelle a été la conclusion de la police militaire dans cette affaire ?

— La version officielle était qu'il n'y avait pas assez de preuves pour suggérer un acte criminel.

— Et Sharp était l'agent de liaison avec l'armée ?

— Oui.

Il feuilleta les pages avant de lever les yeux vers elle.

— Vous avez parlé à Sharp ?

— Oui, chef.

— Comment va-t-il ?

— Frustré, chef.

— Hm.

Elle attendit qu'il lise le résumé d'une page

qu'elle avait préparé et laissé sur le dessus des documents, avant qu'il ne se plonge à nouveau dans le contenu du dossier. Après ce qui lui sembla une éternité, elle ne put supporter le silence plus longtemps.

— Chef, j'ai pensé que, étant donné la réputation de Harrison pour son travail d'enquête bâclé, comme en témoignent ses actions de la fin de l'année dernière, et le fait que Sharp fasse actuellement l'objet d'une enquête des normes professionnelles initiée par Harrison, nous devrions réexaminer la mort de Jamie Ingram. Peut-être que Sharp avait raison à l'époque. Il y avait peut-être plus dans cette affaire que ce que Harrison a découvert.

Larch laissa tomber le dossier sur le bureau entre eux et croisa les bras sur sa poitrine.

— Quelle est votre motivation, Hunter ?

— Ma motivation, chef ?

— Pourquoi vous impliquez-vous ?

Kay baissa les yeux, puis releva la tête et croisa son regard.

— Je lui dois bien ça, chef. Nous formons une bonne équipe, et ce qui lui est arrivé n'est pas juste. Ce n'est pas parce que Harrison s'est fait prendre qu'il faut jeter la pierre à Sharp. C'est l'un de nos meilleurs éléments.

Il passa une main sur sa mâchoire, puis se pencha en avant.

— L'enquête des normes professionnelles sur la conduite de Sharp était une manœuvre politique de la division est. Une sorte de représailles pour notre exposition de Harrison. Nous avons été échaudés à cause de l'implication de l'inspecteur O'Reilly avec Harrison l'année dernière, mais pas autant qu'eux. En ce moment, les autorités examinent la répartition du budget de l'année prochaine dans le comté.

— Donc, ce serait dans notre intérêt de prouver que Sharp avait raison à propos de la mort d'Ingram. Après tout, s'il a raison et que Harrison s'est trompé, nous avons un meurtrier qui se promène en liberté depuis dix ans, n'est-ce pas ? Et si nous résolvons cette affaire, cela mettrait la pression sur la division est. Une excellente exposition médiatique pour la division ouest, non ?

— Vous savez, pour quelqu'un qui prétend ne pas s'intéresser au côté politique du rôle, Hunter, vous avez certainement un sens aigu du jeu.

Kay déglutit, à court de mots.

— Je... Je...

Il sourit ; quelque chose que Kay n'avait jamais vu le commandant divisionnaire Angus Larch faire en sa présence.

Il lui fit penser à un requin.

Il tapa du doigt sur le dossier.

— À quel point êtes-vous sûre de ça ?

Elle prit une profonde inspiration et passa les cinq minutes suivantes à passer en revue les faits connus de l'enquête initiale et son plan d'action prévu, puis se rassit dans son fauteuil et attendit.

Larch fit pivoter son fauteuil d'avant en arrière, fixant le plafond tout en réfléchissant à ses paroles. Finalement, il baissa les yeux vers elle et se pencha en avant.

— Très bien. Je suis d'accord, vous avez suffisamment d'éléments pour rouvrir l'affaire. Que comptez-vous faire en termes de ressources ?

— J'ai parlé aux inspecteurs Barnes, Miles et Piper, dit Kay. Ils sont tous enthousiastes à l'idée de participer à l'enquête, et compte tenu de leur charge de travail actuelle, je pense que cela ne prendrait pas plus d'une à deux heures par jour dans les paramètres actuels.

— Donc, pas de budget supplémentaire nécessaire ?

— Non, chef.

Elle ne mentionna pas que l'équipe avait déjà accepté de travailler en dehors des heures de bureau si cela permettait de prouver l'affirmation de Sharp selon laquelle la mort de Jamie Ingram n'était pas un accident.

Ils feraient tout ce qu'il faudrait pour que Sharp revienne au travail.

— Très bien.

Il poussa le dossier vers elle.

— Considérez que vous avez mon approbation.

Kay se leva de sa chaise et glissa le dossier sous son bras.

— C'est super, chef. Merci.

Il hocha la tête.

Elle se détourna de son bureau, mais s'arrêta et jeta un coup d'œil par-dessus son épaule.

— Chef ? Je sais qu'on n'a pas toujours été sur la même longueur d'onde, mais...

Elle s'interrompit, ne sachant pas comment continuer.

Larch leva un sourcil.

— Crachez le morceau, Hunter.

— Vous avez l'air fatigué, chef. Tout va bien ?

Il renifla.

— À part le fait de vous avoir de retour ici, à me harceler pour que je vous sorte des tâches légères, vous voulez dire ?

Elle força un sourire, mais ne dit rien.

Il soupira et la congédia d'un geste.

— Rien qui ne doive vous inquiéter pour le moment, Hunter. Maintenant, sortez de mes pattes et ne me laissez pas vous surprendre à semer la pagaille comme vous avez l'habitude de le faire.

Elle se dirigea vers la porte et se retourna au dernier moment.

— On est tous du même côté, chef. N'oubliez pas ça.

CHAPITRE 8

Quatre visages pleins d'attente se tournèrent vers elle lorsqu'elle entra dans la salle des opérations à dix-huit heures ce soir-là.

— Debbie ? Qu'est-ce que tu fais encore ici ?

— Tu as besoin de toute l'aide possible, répondit l'agente de police en uniforme. Et je veux aider.

— Merci.

— Qu'a dit Larch ? demanda Barnes, se retournant sur sa chaise alors que Kay passait devant lui en direction du bureau de Sharp.

— C'est parti.

— *Yes*.

Gavin tapa dans la main de Carys.

— Venez. Par ici.

— Je croyais que tu n'allais pas utiliser le bureau

de Sharp ? dit Carys.

Kay attendit que les quatre l'aient rejointe.

— De cette façon, nous gardons notre enquête séparée du fonctionnement quotidien de la salle des opérations, dit-elle. Même si Larch a approuvé l'enquête, je pense qu'il est politiquement nerveux que la division est ne l'apprenne. Ils sont encore vexés que nous ayons démasqué Harrison l'année dernière.

— Œil pour œil, dit Barnes.

— C'est exactement ce qu'il a dit. Il n'y a pas d'heures supplémentaires disponibles non plus, donc si vous avez des doutes, dites-le-moi. Ce n'est pas un problème, vous avez tous une vie en dehors du travail et d'autres responsabilités.

Elle fit signe à Barnes de l'aider, puis tira un tableau blanc de rechange de la salle des opérations dans le bureau de Sharp et le plaça contre le mur, poussant son bureau sur le côté pour faire de la place.

Gavin déplaça une chaise de visiteur élimée près de la fenêtre tandis que Carys et Debbie apportaient des chaises supplémentaires, puis Kay ouvrit son dossier et épingla une photo de Jamie Ingram sur le tableau blanc.

— Un rapide récapitulatif de certaines informations que vous n'avez pas encore entendues, dit-elle. Jamie Ingram a été tué dans un accident de moto il y a dix ans. Cela s'est produit sur l'A20 entre Leeds et Hollingbourne, près de l'intersection en T pour Broomfield. Comme je l'ai dit, à l'époque, l'enquête de la police du Kent était supervisée par Simon Harrison.

Un murmure de mécontentement parcourut la pièce, et elle vit la lèvre supérieure de Barnes se relever en un rictus.

— Oui, je sais ce que vous pensez tous de lui, mais laissez-moi continuer. Sharp était encore dans l'armée à l'époque, dans la police militaire royale. L'armée ne pouvait pas revendiquer la compétence sur l'enquête parce que cela s'est passé hors de la caserne, mais Sharp connaissait les parents de Jamie, et a mené sa propre enquête en parallèle de celle de la police du Kent. Je pense que c'est de là que vient l'antagonisme entre Sharp et Harrison. Harrison avait déjà la réputation à l'époque de faire n'importe quoi pour clore une affaire rapidement, et Sharp avait soulevé des inquiétudes qu'il pourrait y avoir plus dans l'accident de Jamie que ce qui avait été initialement établi.

— Qu'est-il arrivé quand l'enquête du médecin légiste a conclu à un accident ? demanda Carys. Qu'a dit l'armée à ce sujet ?

— L'armée a accepté la décision. J'ai l'impression,

en lisant le dossier original, qu'ils pensaient que l'insistance de Sharp sur la possibilité d'un acte criminel était un peu exagérée.

— Que sait-on de Jamie Ingram ? dit Barnes.

— Un soldat modèle, apparemment. Aucun dossier disciplinaire, aucun souci quand il était hors de la caserne. À part quelques amendes pour excès de vitesse, il n'a causé aucun problème d'après ce que je peux voir. Alors, pourquoi a-t-il été tué ?

— Raisons pour un mobile, dit Gavin, en comptant sur ses doigts. Vengeance, argent, jalousie...

— D'accord, monsieur j'ai-réussi-mon-examen-l'année-dernière, dit Barnes. Maintenant, affine ça et dis-nous pourquoi.

— Tu dis que Sharp a mentionné que Jamie avait pris rendez-vous avec son commandant avant de mourir, dit Carys. Et si quelqu'un avec quelque chose à cacher avait découvert que Jamie était sur le point de le dénoncer, et avait décidé de le tuer ?

— Ok. Quoi ?

— Ça devait être quelque chose de gros, pour vouloir le faire taire définitivement, dit Barnes.

— Sharp a dit que le père de Jamie avait déclaré que son fils avait reçu un appel téléphonique la nuit de sa mort, et semblait secoué par celui-ci. Il n'a pas pu entendre ce qui se disait, parce que Jamie a jeté un coup d'œil au numéro et est sorti pour répondre au téléphone, dit Kay.

Elle griffonna dans son carnet.

— Je demanderai aux parents si le téléphone portable de Jamie leur a été rendu après l'enquête.

— Tu penses qu'ils l'auraient gardé tout ce temps ? dit Gavin.

— Tu serais surpris de ce que les familles endeuillées conservent. Surtout les téléphones portables, souvent le message de la boîte vocale est la dernière fois qu'ils entendront la voix de cette personne.

— Je vais parcourir la base de données et voir si quelque chose a été conservé au quartier général, dit Debbie.

— Merci, c'est une chose de moins sur ma liste. Bien, les tâches pour demain alors. Carys, peux-tu retrouver l'enquêteur principal de la police de la route ? Harrison n'aurait pas eu ce rôle, mais aurait fait la liaison avec cette personne. S'il te plaît, fixe un rendez-vous pour que je le ou la rencontre sur le site original de l'accident, car j'aimerais le voir par moi-même.

— Je m'en occupe.

— Barnes, je prévois de rendre visite aux parents de Jamie Ingram demain. J'aimerais que tu viennes avec moi, nous nous présenterons officiellement et leur ferons savoir que nous rouvrons l'enquête. Tu seras mon adjoint sur cette affaire, ok ?

— Ça me va.

— Gavin, tu peux passer en revue les déclarations originales avec Debbie et me dire si nous devons revenir clarifier quoi que ce soit ? J'aimerais aussi qu'une liste soit établie des personnes à qui nous devrions parler à nouveau, en particulier ses collègues de l'armée. Découvre où est son officier commandant ces jours-ci, je veux lui parler cette semaine, si possible.

— Oui, madame.

Il lui fit un sourire en coin alors qu'elle ouvrait la bouche pour le corriger.

— Ouais, ouais, je sais.

Ils rirent tous.

Kay se frotta l'œil droit.

— Bon, ça suffit pour aujourd'hui. Tout cela doit être fait après vos tâches quotidiennes habituelles. Nous ne pouvons pas laisser nos engagements précédents de côté, c'est compris ?

Un murmure d'accord résonna contre les murs du bureau.

— D'accord, à demain matin. Voyons si Sharp avait la main sur quelque chose.

CHAPITRE 9

— À en juger par la façon dont tu as bondi par la porte d'entrée, je suppose que Larch t'a donné son feu vert.

Kay sourit en posant son sac à main sur le plan de travail de la cuisine et ébouriffa la fourrure entre les oreilles de Rufus.

— Tu as bien deviné.

Adam lui tendit un verre de vin tandis qu'elle s'installait sur l'un des tabourets de bar et retirait ses chaussures. Il fit un geste vers son bras.

— Tu penses pouvoir gérer cette enquête en plus de tout ce que tu as déjà à faire ? Après tout, tu viens à peine de terminer ta kinésithérapie.

— Ça va aller. Si la semaine passée est représentative, j'ai passé la plupart de mon temps à déléguer le travail aux autres pendant que je devais assister à des réunions au quartier général.

— Tu devras toujours y aller ?

Elle fronça le nez.

— Probablement.

— C'est dommage que tu ne puisses pas déléguer ça à quelqu'un.

Elle reporta son attention sur le chien à ses côtés.

— Comment il va aujourd'hui, celui-là ?

Adam haussa les épaules.

— Un peu grognon. Je le surveille. Comme les gens quand ils sont malades, il a ses bons et ses mauvais jours. Ne t'inquiète pas, il n'a pris que la dose faible d'antidouleurs jusqu'à présent, et je l'ai un peu augmentée. Il mange toujours, et il adore aller dans le jardin pendant la journée.

Kay but une gorgée de vin et se massa la nuque. Un *clic* satisfaisant parvint à ses oreilles alors qu'un muscle se détendait, et elle ferma les yeux.

— J'ai entendu ça, dit Adam. Tu es trop tendue.

Elle ouvrit les yeux et sourit.

— J'étais trop tendue à ne rien faire. C'est bien mieux d'avoir quelque chose sur quoi me concentrer, et le mieux c'est que les autres sont tous intéressés pour aider aussi.

— Comment ça va se passer ?

— Eh bien, Larch m'a clairement fait comprendre que je dois gérer ça sur mon temps libre. Gavin m'a surprise en train de regarder les anciens dossiers, et avant que je ne m'en rende compte, ils voulaient tous participer à l'enquête. Ils font beaucoup du travail de terrain pour moi entre leurs autres engagements professionnels, et on peut faire un briefing chaque soir pour suivre les progrès. Sharp nous manque à tous, Adam. On veut qu'il revienne.

La réponse d'Adam fut interrompue par la sonnette.

— J'y vais, ça doit être Deepak avec la nourriture.

Kay attendit pendant qu'Adam allait à la porte d'entrée et discutait avec le vieil homme dont la famille gérait leur restaurant indien préféré.

L'homme laissait ses neveux gérer l'entreprise, préférant s'occuper du côté livraison et discuter avec les clients réguliers comme Kay et Adam qui comptaient sur le service de plats à emporter local quand ils étaient trop occupés – ou trop fatigués – pour cuisiner eux-mêmes.

Elle pouvait entendre Adam plaisanter avec lui maintenant alors qu'il lui remettait l'argent pour le repas avant que la porte d'entrée ne se ferme et que le bruit des pas d'Adam ne parvienne à ses oreilles.

Elle leva les yeux quand il revint dans la cuisine, puis haussa un sourcil.

— Trois portions ?

Il réussit à avoir l'air un peu contrit.

— J'ai pris un biryani au poulet pour Rufus.

— C'est sage ?

Les yeux d'Adam se posèrent sur le berger allemand qui avait relevé la tête de la couette dans le coin.

— C'est bon, je leur ai demandé d'éviter les oignons ou tout ce que les chiens ne devraient pas manger et ce n'est pas très épicé. Je me suis dit qu'il le méritait. Il n'a plus qu'un temps limité, après tout. Autant qu'il en profite.

Kay sourit tandis qu'Adam posait le sac à emporter sur le plan de travail à côté d'elle, sortait des assiettes du placard au-dessus du micro-ondes puis servait leur nourriture avant de prendre la moitié du contenu du troisième récipient et de le verser dans le bol de Rufus.

Il ébouriffa les oreilles du chien en plaçant le bol à côté de la couette pliée, puis sourit alors que Rufus plongeait son museau dans le riz.

— Je crois qu'il l'inhale, dit Kay en remplissant à nouveau leurs verres de vin.

— Je t'avais dit qu'il aimerait ça.

Ils restèrent silencieux un moment, savourant chacun les épices et les saveurs de leurs plats préférés avant que Kay ne pose sa fourchette et ne prenne une gorgée de son vin.

— Mon Dieu, c'est délicieux. J'espère qu'ils ne vendront jamais l'entreprise.

— Je sais.

Adam repoussa son assiette vide et se cala sur son tabouret de bar, l'air satisfait.

— Quelles sont les prochaines étapes de ton enquête ?

— Barnes et moi allons nous rendre à la ferme des Ingram demain midi pour parler aux parents de Jamie. Nous devons de toute façon les informer que l'affaire est rouverte par courtoisie, et je veux aussi revoir leurs déclarations d'il y a dix ans avec eux pour voir si je peux découvrir quelque chose que Harrison n'a pas pris en compte.

— Larch est d'accord pour que tu fasses ça ?

— Oui, en fait, il semblait assez favorable. Je pense que je l'ai convaincu que le risque de rouvrir une affaire qui avait été précédemment classée par Harrison dans la précipitation pourrait lui être utile si on peut prouver la théorie de Sharp.

— Tu veux dire en donnant à Larch une bonne image ?

— Ouais.

Adam prit son verre de vin et le fit tinter contre le sien. Il lui fit un clin d'œil.

— Tu deviens une vraie politicienne, Hunter.

Kay avança le menton et reposa son verre.

— Ne t'y mets pas. C'est ce qu'il a dit.

Adam rit.

— Ne le prends pas mal. C'est bien, ça veut dire que tu apprends à utiliser leurs ambitions pour servir tes propres besoins. Tu récupères Sharp si tout se passe comme prévu, non ?

Elle sourit, puis soupira.

— Oui, tu as raison. Il me manque.

Il devint sérieux.

— Tu n'aimes vraiment pas cette promotion, n'est-ce pas ?

— Pas si ça doit être comme ça l'a été cette semaine, non. Je ne veux pas être coincée dans un bureau à envoyer tout le monde faire les choses intéressantes. J'ai l'habitude de retrousser mes manches et de me plonger dans le travail.

— Comment penses-tu qu'ils réagiront si tu démissionnes de ce poste et que tu redeviens inspectrice ?

Elle haussa les épaules.

— Je doute qu'ils me le proposent à nouveau.

— Ça te dérange ?

— Je ne sais pas.

— Eh bien, dit-il en rassemblant leurs assiettes et en les portant à l'évier, peut-être que tu devrais terminer cette affaire et voir comment tu te sens. N'agis pas trop hâtivement, d'accord ? Je ne voudrais pas que tu regrettes quoi que ce soit.

CHAPITRE 10

Kay faisait défiler un nouveau lot d'e-mails fraîchement arrivés sur son téléphone tandis que Barnes conduisait la voiture de service le long des virages sinueux et étroits menant à la ferme des Ingram.

Elle soupira avant de jeter son téléphone dans son sac à ses pieds, puis tourna son attention vers le paysage qui défilait alors que les essuie-glaces battaient à un rythme intermittent.

De hautes haies de chaque côté de la route cachaient les champs à la vue, mais de temps en temps, la voiture passait devant une percée causée par un portail, et un aperçu de terre dénudée surgissait en un instant, les restes squelettiques des arbres se détachant nettement sur le ciel gris.

— Au moins, il ne pleut pas fort, dit Barnes. Je n'ai pas envie de traverser une fichue cour de ferme par ce temps.

Kay se détourna de la fenêtre et examina son pied sur l'accélérateur.

— Bon sang, ça ne m'étonne pas avec ces chaussures.

Sa bouche se pinça.

— Emma a insisté pour que je les achète. Elle dit qu'elles conviennent mieux à un détective que ma paire habituelle. Elle est devenue plutôt opiniâtre depuis qu'elle est entrée à l'université.

— Vraiment ?

— Elle me les a offertes pour mon anniversaire le mois dernier, alors je ne pouvais pas dire non, n'est-ce pas ?

— Et qu'en penses-tu ?

— J'ai les pieds en compote.

Kay rit, puis pointa du doigt un panneau dont ils approchaient.

— C'est là. La ferme devrait être à environ un kilomètre et demi par ici.

— J'ai lu la déposition que Harrison a prise auprès du père de Jamie il y a dix ans, dit Barnes en actionnant le clignotant et en freinant avant de tourner à gauche. Je ne savais pas que Sharp avait servi avec lui dans l'armée.

— Oui, ils se sont engagés en même temps, apparemment. Michael Ingram a été démobilisé au bout de trois ans quand son père est mort subitement, et il a repris la gestion de la ferme familiale à sa place.

Barnes ralentit alors qu'une structure basse de grange apparaissait au-dessus d'une haie.

— Comment veux-tu procéder ?

— J'y ai réfléchi. J'aimerais commencer par expliquer que l'enquête sur la mort de Jamie a été rouverte, puis les laisser nous raconter ce qui s'est passé à l'époque, plutôt que de revoir les anciennes déclarations qu'ils ont faites.

— Tu penses que ces dix dernières années ont pu révéler de nouvelles informations ?

— Peut-être. Je suis sûre qu'ils ont ressassé maintes et maintes fois ce qui s'est passé.

— Je n'ai pas eu l'impression, d'après leurs déclarations initiales, qu'ils pensaient qu'il y avait eu un acte criminel.

— Non, mais je pense que Sharp et le père de Jamie ont gardé cette théorie pour eux et en ont peut-être discuté après le verdict du médecin légiste. Je suppose qu'ils ne voulaient pas bouleverser la mère de Jamie, surtout si leurs soupçons s'avéraient infondés.

— Tu as raison.

Le vent s'engouffra dans les cheveux de Kay alors qu'elle descendait du siège passager, et elle glissa une mèche rebelle derrière son oreille avant de fermer la portière de la voiture.

L'odeur douceâtre du fumier s'échappait d'un tas empilé à côté de la grange, et Kay se souvint de ses leçons d'équitation pendant les vacances, quand elle était enfant. Une bâche en plastique bleu claquait dans la brise, exposant le mélange puissant de paille et de bouse.

Un hangar à machines s'étendait le long du côté droit de l'espace ouvert, ses larges portes doubles laissant entrevoir un grand tracteur vert et divers équipements. Le toit semblait avoir été récemment réparé par endroits, la nouvelle tôle ondulée contrastant avec l'originale.

Quelque part au loin, elle entendait un autre tracteur dans les vergers, rappel que le travail dans une ferme était constant, quelle que soit la saison.

Elle réprima un sourire en voyant Barnes slalomer entre les nids-de-poule gorgés d'eau à la surface de la cour de la ferme, puis porta son attention sur la ferme de style géorgien de forme carrée.

Elle imaginait qu'au printemps, ce serait un endroit idyllique, éclatant de vie tandis que les ouvriers agricoles s'efforçaient de profiter au maximum du temps plus chaud.

Maintenant, cependant, les terres environnantes étaient peu accueillantes, un froid glacial s'emparant de la campagne.

Elle frissonna lorsque Barnes la rejoignit sur le pas de la porte.

— Prête ?

— Allons-y.

Elle tendit la main et appuya sur la sonnette placée du côté droit du cadre, tendant l'oreille pour entendre ses tons mélodieux résonner à l'intérieur de la maison.

Après ce qui semblait être une éternité, elle entendit des pas approcher avant que la porte ne soit brusquement ouverte et qu'un homme ne regarde à l'extérieur.

Son visage s'adoucit quand il la vit, et il tendit la main.

— Vous devez être l'inspectrice Kay Hunter.

Surprise, elle lui serra la main avant de réaliser que sa mâchoire s'était décrochée.

— Sharp... ?

— M'a téléphoné hier soir, dit-il en haussant les épaules. Probablement pas très protocolaire, mais—

— Vous vous connaissez depuis longtemps.

— Exactement.

Kay fit un geste vers Barnes et le présenta.

— Entrez, et s'il vous plaît, appelez-moi Michael.

Le fermier s'écarta pour les laisser passer.

— Ne vous inquiétez pas pour vos chaussures. Nous avons deux épagneuls, alors vous n'avez rien à craindre. Allons dans la cuisine, Bridget a mis la bouilloire en route.

Kay le suivit, Barnes sur ses talons, tandis que Michael Ingram les conduisait le long d'un couloir dallé.

Il portait un jean usé avec un pull vert élimé dont le col laissait apparaître celui d'une chemise froissée, et il marchait avec l'allure d'un homme qui n'aimait pas traîner.

Elle accéléra le pas pour le suivre.

Une femme se leva d'une chaise autour d'une table à manger en pin pour six personnes lorsqu'ils entrèrent dans une énorme cuisine qui occupait les deux tiers de la longueur de la ferme.

— Voici ma femme, Bridget.

— Merci de nous recevoir ce matin, dit Kay en serrant la main de la femme.

— Je vous en prie, dit Bridget. Asseyez-vous. Vous prendrez bien un thé ?

— Volontiers, dit Barnes en s'installant au plus près du grand fourneau Aga qui jouxtait les placards de la cuisine.

Les deux chiens levèrent la tête de leurs paniers lorsqu'il s'assit, mais perdirent rapidement tout intérêt une fois qu'ils réalisèrent qu'ils n'auraient pas de friandises.

Kay attendit pendant que les Ingram s'affairaient à préparer les boissons, et une fois qu'ils furent tous installés autour de la table, elle porta son attention sur le couple en face d'elle.

— Je ne sais pas exactement ce que l'inspecteur Sharp a pu vous dire, mais je peux confirmer que, sur la base de nouvelles informations et à la lumière d'autres facteurs, j'ai été chargée de rouvrir l'enquête sur la mort de votre fils Jamie.

Bridget porta une main tremblante à sa bouche.

Son mari tendit le bras et entremêla ses doigts à ceux de son autre main avant de se tourner vers Kay.

— Sharp nous a dit que nous pouvions compter sur vous.

— C'est le cas.

Elle déglutit tandis que Michael serrait la main de sa femme, et elle lutta pour enfouir ses propres souvenirs qui menaçaient de refaire surface. Elle surprit Barnes qui la fixait, mais secoua la tête.

Ce n'était pas le moment.

— Très bien, alors quelles nouvelles informations avez-vous reçues ?

CHAPITRE 11

— Je ne peux pas donner de détails spécifiques, car cela concerne une enquête interne en cours sur d'autres affaires. Ce que je peux vous dire, c'est que mon examen des événements de l'époque et cette révision actuelle du dossier ont le plein soutien de mon commandant divisionnaire.

— Donc, nous pourrions passer par tout ça, et vous pourriez quand même ne pas être en mesure d'annuler le verdict du médecin légiste ?

— Je suis désolée, oui. C'est exact. Cependant, je vous promets que je travaillerai diligemment avec mon équipe, que nous réinterrogerons tous ceux qui connaissaient Jamie à l'époque, et que nous examinerons tous les angles.

— Bien, dit Bridget. Je me souviens de l'homme

de la police à qui nous avons parlé il y a dix ans. Il semblait avoir déjà conclu que c'était un accident, malgré ce que Michael lui avait dit à l'époque.

Elle porta sa tasse de café à ses lèvres et évalua Kay par-dessus le bord.

Kay se détendit, réalisant que la mère de Jamie l'avait acceptée. Elle s'adossa à sa chaise, tenant sa propre tasse de thé sur ses genoux. Après s'être assurée que Barnes était prêt à prendre des notes, elle commença.

— Ce serait d'une grande aide si je pouvais avoir quelques informations sur vous, comme où vous vous êtes rencontrés et comment vous vous êtes adaptés de la vie militaire à la vie à la ferme.

Michael tendit la main vers celle de sa femme et sourit.

— Eh bien, vous avez probablement déjà remarqué l'accent de Bridget même si elle vit ici depuis trente-cinq ans. J'étais en poste en Allemagne quand je l'ai rencontrée. C'était dans les années quatre-vingt. J'étais basé à Rheindahlen pendant six mois, et quand mon unité est retournée en Angleterre, Bridget est venue avec moi. Nous nous sommes mariés un an plus tard.

— Mes parents étaient mortifiés, dit Bridget, parvenant à lâcher un petit rire. Heureusement, nous leur avons prouvé qu'ils avaient tort, et avant leur mort, ils aimaient passer les étés ici à la ferme avec nous et les enfants.

— Je comprends que vous avez hérité de la ferme, Michael. Combien de temps cela s'est-il passé après votre retour d'Allemagne ?

— Environ neuf mois. J'avais reçu un message de ma sœur disant que mon père était tombé malade, et nous savions dans nos cœurs qu'il n'en avait plus pour longtemps. J'ai parlé à mon officier commandant, et nous avons convenu que je démissionnerais de mon poste afin de prendre en charge la gestion de la ferme. Ma sœur n'était pas intéressée par l'entreprise, elle vit en Écosse et elle avait deux jeunes enfants à l'époque.

Il haussa les épaules.

— C'était naturel pour moi de reprendre l'entreprise familiale.

— Quand Jamie est-il arrivé ?

— Nous vivions ici depuis environ un an quand j'ai découvert que j'étais enceinte, dit Bridget. Apprendre que j'attendais des jumeaux a été un peu un choc, la récolte n'avait pas été bonne cette année-là, et l'argent était serré.

Michael reprit l'histoire.

— J'ai réussi à emprunter un peu d'argent à la banque pour nous en sortir. Heureusement, j'ai pu rembourser ce prêt intégralement l'année suivante, mais en y repensant, c'était une période assez effrayante pour nous.

— J'imagine que ça a dû être un sacré numéro d'équilibriste pour vous, de gérer une ferme avec deux bambins qui courent partout, dit Kay.

— Sauf qu'on n'y pense pas sur le moment, dit Bridget. En y repensant maintenant, ça semble assez idyllique, mais vous avez raison, c'était un travail sacrément dur.

Kay posa sa tasse sur la table et attrapa son carnet, feuilletant les pages.

— Je ne me souviens pas que le fait que Jamie et sa sœur soient jumeaux ait été mentionné dans les déclarations originales.

— Cela montre à quel point le détective chargé de l'enquête a prêté attention à l'affaire, dit Bridget. Nous le lui avons dit, même si Natalie a les cheveux légèrement plus foncés que son frère, et qu'elle a une personnalité assez différente.

— Têtue, dit Michael.

Il arborait un sourire penaud.

— Et elle réussit toujours à m'enrouler autour de son petit doigt.

— Comment s'entendaient-ils, elle et Jamie ?

— Ils étaient très proches. Quand Jamie s'est mis

à la moto, c'était souvent Natalie qui construisait des sauts de fortune et l'aidait à construire des ponts sur les ruisseaux du coin pour qu'il puisse tester ses compétences.

— J'aurai besoin de parler à Natalie, ainsi qu'aux amis de Jamie, mais pourriez-vous me parler des jours précédant sa mort ?

Michael soupira et repoussa sa tasse de café.

— Je suppose que c'est avec le recul, mais quelque chose semblait le tracasser. Il était revenu d'Afghanistan quelques semaines auparavant, et nous ne l'avons pas vu pendant plusieurs jours. Quand il est finalement venu ici, il semblait distrait et incapable de se poser.

— Nous avons essayé de lui parler, dit Bridget, mais il ne voulait pas nous dire ce qui se passait. Au début, je pensais qu'il était peut-être gêné par quelque chose qui s'était produit ; peut-être qu'il s'était séparé d'une fille ou quelque chose comme ça. Je suis devenue plus inquiète au fil des jours, car il semblait se replier sur lui-même. Il traînait autour de la ferme, refusant d'aider Michael. Je le trouvais debout, là, devant l'évier de la cuisine, à regarder dans le vide à travers la fenêtre. Je lui demandais ce qui n'allait pas, mais il ne voulait pas me le dire.

Elle s'interrompit et renifla.

— Avait-il déjà été traité pour un trouble de stress post-traumatique ?

— Non, heureusement pour nous, il n'est jamais parti en patrouille, dit Michael. Son rôle était dans l'approvisionnement et la logistique, donc il était toujours à la base. Son travail consistait à s'assurer que les véhicules et l'équipement étaient disponibles à tout moment et maintenus en bon état.

— A-t-il parlé à sa sœur pendant cette période ?

— Oui, dit Michael. Natalie était ici trois jours avant la mort de Jamie. Elle a aussi essayé de son mieux de le sortir de sa mauvaise humeur, mais il semblait que ça n'ait fait qu'empirer les choses. Ils se sont disputés en fin d'après-midi, je n'ai pas entendu de quoi il s'agissait, mais connaissant Natalie, elle le harcelait probablement.

Il haussa les épaules.

— Elle n'est pas la personne la plus patiente, et je pense que peut-être elle l'a un peu brusqué. Quoi qu'il en soit, ça s'est terminé par elle qui est partie en trombe, et Jamie ne s'est pas donné la peine de la suivre.

— Est-ce qu'ils se disputaient souvent ?

— Ils se chamaillaient, comme tous les frères et sœurs, dit Bridget. C'était plus comme ça que ce qui s'est passé. Ça ne semblait pas être une grosse dispute. Juste des voix élevées. Je sais que Natalie a été dévastée quand Jamie est mort, leurs derniers mots ont été prononcés dans la colère, après tout.

— Je suis désolée, je sais que c'est difficile pour vous. Le jour où Jamie est mort, s'est-il passé quelque chose d'inhabituel ?

Michael poussa un soupir.

— Nous l'avons dit au détective à l'époque. Jamie a reçu un appel sur son téléphone portable tard dans la soirée alors qu'il était encore ici. Il n'a pas voulu nous dire qui c'était après, et quand il a vu le numéro sur l'écran, il est sorti pour répondre. Je n'ai aucune idée de ce qui a été dit, mais quand il est revenu à l'intérieur, il avait l'air physiquement malade. Son visage était pâle, et j'ai remarqué que ses mains tremblaient.

Bridget tamponna ses yeux avec un mouchoir.

— Il n'a plus voulu nous parler le reste de la soirée. Il a disparu dans sa chambre, et je pouvais l'entendre bouger. Je suis montée une heure plus tard, et quand j'ai frappé à sa porte, il m'a dit de m'en aller.

Elle renifla.

— La dernière fois que nous l'avons vu, nous regardions la télévision, je regardais la fin d'un vieux film en noir et blanc. Il a passé sa tête par la porte du salon et a dit qu'il sortait un moment, et qu'il ne savait pas quand il rentrerait.

— La police est arrivée ici à cinq heures du matin. Nous venions de prendre une tasse de thé quand ils ont frappé à la porte et nous avons appris que Jamie avait été tué. Il n'avait pas d'identification sur lui, et il y avait eu un retard pour vérifier les détails d'immatriculation de la moto pendant qu'il avait été transporté d'urgence à l'hôpital. Le temps qu'ils retrouvent nos noms et notre adresse, il était trop tard, il était déjà décédé des suites de ses blessures.

Michael tendit le bras et tira un mouchoir en papier d'une boîte, puis se moucha.

Kay leur laissa un moment pour se recomposer, puis consulta ses notes.

— Puis-je vous demander, après l'enquête, le téléphone portable de Jamie vous a-t-il été rendu ?

— Oui, dit Bridget. J'étais réticente à jeter quoi que ce soit lui appartenant, mais finalement, nous avons décidé qu'il fallait aller de l'avant, il ne reviendrait jamais, n'est-ce pas ?

Le cœur de Kay se serra.

— Et le téléphone ?

— Nous l'avons donné à l'une de ces associations caritatives de recyclage environ trois ans après sa mort, dit Michael. Je pense que nous avons réalisé que nous avions du mal à continuer nos vies sans lui, alors nous avons passé un week-end ensemble à trier sa vieille chambre ici.

Bridget parvint à esquisser un petit sourire.

— Cela nous a rapprochés. Je ne souhaiterais à personne de vivre ce que nous avons vécu, mais nous devions le laisser partir.

Kay vérifia à nouveau ses notes et, satisfaite d'avoir tout couvert, leva les yeux vers les Ingram.

— Michael, Bridget, merci beaucoup d'avoir pris le temps de nous parler aujourd'hui. Je sais que c'est difficile de parler de Jamie, même après tout ce temps.

— Détective, s'il vous plaît, soyez prudente lorsque vous parlerez à notre fille. Elle a très mal vécu la mort de Jamie, dit Michael.

— Ils étaient très proches, voyez-vous, dit Bridget. Natalie a perdu tout contact avec ses amis. Elle s'est repliée sur elle-même pendant longtemps après. Elle a dû suivre trois mois de thérapie pour l'aider à surmonter son chagrin après l'accident.

— Je comprends. J'en tiendrai compte.

Kay recula sa chaise et fit signe à Barnes que l'entretien était terminé.

Michael les raccompagna à la porte d'entrée et

s'arrêta un instant sur le seuil avant de se tourner vers Kay.

— Trouvez qui a tué mon fils, détective. Quelqu'un là-dehors sait quelque chose, et son meurtrier se promène en liberté depuis dix ans.

— Je vais faire tout ce qui est en mon pouvoir, monsieur Ingram.

CHAPITRE 12

Barnes ralentit la voiture en entrant dans le village de Yalding, puis freina en approchant d'un pont étroit qui traversait la rivière Beult avant qu'elle ne rejoigne la plus large rivière Medway.

Il tambourina des doigts sur le volant en attendant que la circulation venant de la direction opposée passe, maugréant dans sa barbe lorsqu'un bus passa trop près à son goût.

— Au moins la rivière n'a pas débordé cet hiver, dit Kay. Pendant un moment, à Noël, j'ai cru que tout ceci serait à nouveau sous l'eau.

Alors que le dernier véhicule passait devant sa fenêtre, Barnes passa une vitesse et accéléra.

— Je ne suis pas venu ici depuis des années. Où habite Natalie Ingram ?

— Son nom de femme mariée est Stockton. Elle et son mari ont une maison sur Vicarage Lane.

Elle regarda par-dessus lui la grande église du XVe siècle qui dominait la limite du village, ses briques de pierre de taille et de grès contrastant avec le ciel sombre au-dessus.

— Par ici, sur la droite.

Alors qu'ils progressaient le long de la rue, les maisons de chaque côté devenaient plus grandes et s'espaçaient davantage de leurs voisines.

— Ils doivent bien s'en sortir s'ils peuvent se permettre de vivre dans ce coin du village, dit Barnes.

— Au moment de la mort de Jamie, Natalie travaillait dans la régulation financière dans la City. Je ne sais pas ce qu'elle fait maintenant, mais je suppose qu'elle gagnait pas mal d'argent à l'époque.

Elle fit une pause et désigna la fenêtre.

— C'est celle-ci, la prochaine sur la gauche.

Deux piliers de brique soutenaient un portail en fer forgé noir, qui était ouvert et menait à une allée circulaire en gravier. Au milieu du cercle se dressait une fontaine ornementale et des herbes de la pampa. L'ostentation du décor était adoucie par une sélection de jouets d'extérieur pour enfants éparpillés sur la pelouse centrale.

Kay tourna son attention vers la maison – avec

des pignons surplombant les fenêtres de façade et un porche qui saillait de la porte d'entrée, elle estima qu'elle avait été construite dans les années 1930, puis améliorée au fil des ans.

— Belle propriété, dit Barnes.

La bouche de Kay tressaillit lorsqu'il arrêta le moteur et ouvrit sa portière.

— Belle allée aussi. Tu ne vas pas salir tes chaussures cette fois-ci.

Il lui fit une grimace avant de claquer la portière, et elle rit.

Une femme à l'air harassé jeta un coup d'œil par la fenêtre à droite du porche, et Kay entendit des pas avant que Barnes n'ait eu le temps d'atteindre la sonnette.

Quand la porte s'ouvrit, la femme se tenait sur le seuil, ses cheveux arrangés en un chignon désordonné qui menaçait de s'échapper.

Elle portait une chemise en jean bleu sur un legging noir, avec des chaussettes colorées couvrant ses pieds, et elle tendit la main avant que Kay n'ait pu ouvrir la bouche.

— Natalie Stockton. Maman et Papa m'ont dit que vous seriez en route.

Kay reconnut de l'anticipation dans la voix de la femme et se présenta ainsi que Barnes.

— Pouvons-nous entrer ?

— Bien sûr. Allons dans le bureau. C'est un peu le bazar, je suis désolée. J'ai deux grosses commandes qui sont toutes les deux à rendre cette semaine.

Les yeux de Kay parcoururent la décoration de bon goût tandis qu'elle suivait Natalie dans la pièce à l'avant de la maison, sur sa droite.

Elles entrèrent dans ce que Natalie avait appelé le bureau – essentiellement un salon qui avait été réquisitionné pour un usage différent.

Les murs avaient été peints dans une nuance de blanc cassé, complétés par des œuvres d'art et des bibelots qui, soupçonnait-elle, ne venaient pas du supermarché local. L'effet aurait pu être prétentieux, mais était sauvé par les peintures d'enfants qui avaient été encadrées et accrochées à côté des offres professionnelles. Un bureau sur mesure occupait la longueur d'un mur, sa surface cachée sous des bouts de tissu, des carnets de croquis et des magazines de décoration intérieure.

Natalie leur fit signe de s'asseoir sur un canapé deux places sous la fenêtre.

— Mettez-vous à l'aise. Vous voulez boire quelque chose ?

— Non, ça ira, merci. Et merci de nous recevoir sans rendez-vous. Nous apprécions.

Natalie attrapa la chaise à côté du bureau et la fit pivoter jusqu'à ce qu'elle fasse face aux deux détectives. Elle s'assit avec un soupir et repoussa une mèche rebelle de son front.

— Pas de problème, ça me fait une pause bienvenue de l'ordinateur et de tout le reste. Parfois, je me rends compte que des heures sont passées et que je suis restée penchée sur mon travail. Et après je me demande pourquoi j'ai mal au dos.

Elle sourit.

— Après avoir eu les enfants, je m'ennuyais, alors j'ai lancé ma propre entreprise de design d'intérieur. C'est comme on dit toujours, on est stressé seulement quand on est occupé, pas tellement quand il n'y a pas de travail.

Barnes fouilla dans sa poche pour trouver son carnet et l'ouvrit.

— Ça vous dérange si je vous demande quel genre de clients vous avez ?

— Pas du tout. C'est surtout du stylisme pour des magazines. Parfois on me demande de styliser des maisons entières, des propriétés locatives par exemple, quand les propriétaires veulent s'assurer d'obtenir le meilleur prix de vente possible en rendant les pièces parfaites, avec des lits magnifiquement faits, de beaux tissus, une décoration impeccable. En gros, rien à voir avec l'aspect de cette maison quand les enfants sont dans les parages.

— J'imagine que vous avez du pain sur la planche en gérant une entreprise depuis chez vous avec deux jeunes enfants.

— Oh mon Dieu, oui. Heureusement, ils vont à la crèche trois jours par semaine maintenant.

— Je crois comprendre d'après la déclaration originale que vous avez faite que vous travailliez dans la régulation financière dans la City. Est-ce que ça vous manque ?

— Pas du tout.

Elle laissa échapper un rire étranglé.

— Beaucoup trop stressant, et très chauvin. Quitter ce boulot a été la meilleure chose que j'aie jamais faite. Je ne garde même pas contact avec les gens avec qui je travaillais. Je suis bien plus heureuse à faire quelque chose de créatif.

— Que fait votre mari ?

— Giles ? Il travaille toujours dans la City, il est économiste dans une des banques américaines. Heureusement, il occupe un poste assez élevé dans ce rôle depuis quelques années maintenant, donc il ne fait la navette que pendant la semaine. Ça signifie qu'il peut passer du temps avec les enfants le week-end.

— Depuis combien de temps êtes-vous mariés ?

Natalie sourit.

— Six ans. On se connaît depuis huit ans, mais je pense qu'il lui a fallu un moment pour trouver le courage de me demander en mariage.

Kay devint sérieuse.

— Comme je l'ai dit à vos parents, je suis désolée que nous ayons à vous déranger ce matin, et que certaines de nos questions puissent vous bouleverser, mais nous avons été autorisés à réexaminer l'accident de moto de Jamie.

— Puis-je vous demander pourquoi ?

— Je ne peux pas divulguer de questions opérationnelles, mais je peux dire que cette enquête découle d'un processus d'audit interne en cours.

— D'accord.

— Il est possible que nous ayons d'autres questions dans les jours à venir, à mesure que nous en apprendrons davantage sur Jamie et les circonstances de son accident. Mais pour l'instant, pourriez-vous me dire sur quoi portait votre dispute avec lui, la dernière fois que vous l'avez vu ?

Les épaules de Natalie s'affaissèrent.

— C'était stupide, vraiment. Surtout après ce qui s'est passé. J'essayais d'organiser une fête surprise pour l'anniversaire de mariage de nos parents, et je tentais de coordonner ça pour que Jamie puisse être présent. Il n'était de retour que pour quelques semaines, et je savais que s'il repartait en Afghanistan, on pourrait ne pas le revoir avant six mois. Je voulais organiser la fête avant son départ.

Elle poussa un soupir tremblant, au bord des larmes.

— Il était pénible, pour être honnête. Il n'avait aucun intérêt à m'aider et disait qu'il valait mieux que je m'en occupe seule. Il a proposé de partager les frais, bien sûr, mais il n'était pas très sociable. Il semblait distrait, comme s'il avait des choses plus importantes à faire.

— Pourquoi avez-vous eu l'impression de ne pas pouvoir en parler à vos parents après sa mort ?

— Je me sentais en partie responsable de son accident. Il m'évitait après notre dispute, et je ne voulais pas gâcher son temps avec nos parents, alors je ne suis plus retournée à la ferme pendant qu'il y était.

— Vous dites qu'il n'était pas très sociable à ce moment-là. Connaissiez-vous certains de ses amis ?

— Quand nous grandissions, oui. Après son entrée dans l'armée, il semblait s'être éloigné. Les fois où il venait en visite, il retrouvait un ou deux d'entre eux pour boire un verre, mais on aurait dit qu'il n'avait plus rien en commun avec eux. Je pense qu'il avait quelques amis dans l'armée, des gens avec qui il travaillait, mais c'est à peu près tout.

— Êtes-vous restée en contact avec certains de ses amis après sa mort ?

Natalie secoua la tête.

— Maman et Papa vous l'ont probablement dit, mais j'étais dans un état terrible après la mort de Jamie. J'ai dû suivre une thérapie pendant un moment pour m'aider à gérer le deuil. On dit toujours que les jumeaux sont plus proches que des frères et sœurs normaux, n'est-ce pas ? C'est peut-être ce qui a rendu les choses si difficiles.

— Je comprends que c'est difficile pour vous, et je suis encore désolée de devoir poser ces questions, mais pouvez-vous penser à quelqu'un qui aurait voulu faire du mal à Jamie ?

— Lui faire du mal ? Que voulez-vous dire ?

— S'il vous plaît, essayez simplement de répondre à la question.

— Non, je n'imagine personne voulant lui faire du mal. C'est Papa qui a toujours été convaincu que quelqu'un d'autre était impliqué dans l'accident de Jamie, mais Jamie n'était pas le genre de personne à s'attirer des ennuis. Même à l'école, il se tenait à carreau. C'était généralement moi qui écopais des retenues ou des devoirs supplémentaires.

Kay ferma son carnet et se leva du canapé.

— Je pense que cela suffira pour le moment, mais voici ma carte de visite. Je vous tiendrai informée de tout développement, et en attendant, si vous vous souvenez de quoi que ce soit qui pourrait nous aider, n'hésitez pas à m'appeler.

— Je le ferai, merci.

Elle les raccompagna dans le couloir et leur serra la main.

— Détective Hunter, je comprends que vous avez une tâche difficile étant donné le temps qui s'est écoulé depuis la mort de Jamie, mais sachez qu'il est important pour moi de connaître la vérité.

Kay jeta un coup d'œil par-dessus son épaule vers Barnes qui se dirigeait vers la voiture, puis se retourna vers Natalie et lui offrit un sourire rassurant.

— C'est important pour moi aussi.

CHAPITRE 13

Lorsque l'équipe se réunit pour le briefing du jour, l'obscurité enveloppait la ville du comté depuis plus de deux heures.

Kay réprima un bâillement tandis que Gavin et Carys entraient dans le bureau de Sharp, et elle décida de garder la réunion courte.

Elle attendit que Debbie ait fermé la porte avant de commencer son résumé des deux entretiens qu'elle et Barnes avaient menés plus tôt dans la journée.

— Il semble que sa famille ait remarqué qu'il avait quelque chose d'autre en tête à son retour d'Afghanistan, mais il n'en a parlé à personne. Michael et Bridget Ingram ont confirmé que le soir de sa mort, Jamie a reçu un appel téléphonique, auquel il a répondu en privé. Il ne leur a jamais dit qui était l'appelant, ni de quoi il s'agissait. Natalie Ingram confirme qu'après leur dispute trois jours avant, ils ne se sont plus parlé.

— Ont-ils mentionné s'il semblait effrayé ? demanda Carys.

— Natalie ne l'a pas fait, mais ses parents ont certainement remarqué le changement chez Jamie après cet appel, dit Barnes. Il semble qu'il ait refusé de leur dire de quoi il s'agissait, et ils n'ont pas insisté.

— Bref, dit Kay. Qu'avez-vous réussi à faire aujourd'hui ? Des progrès ?

Gavin brandit un document imprimé.

— Debbie et moi avons passé en revue la liste des amis et connaissances de Jamie de l'enquête initiale, et nous l'avons mise à jour avec les numéros de téléphone et les nouvelles adresses lorsque les gens ont déménagé.

— J'ai laissé un message à la caserne où Jamie était basé, dit Carys. Cela m'a demandé un peu de travail, mais j'ai finalement réussi à savoir où son officier commandant travaille actuellement, et je lui ai laissé un message pour qu'il me rappelle de toute urgence. Dès qu'il le fera, j'organiserai un rendez-vous pour que nous allions lui parler.

— Excellent travail, dit Kay.

— J'ai également contacté le service du personnel

ici, et ils m'ont donné les coordonnées de l'enquêteur en collision médico-légale qui s'est rendu sur les lieux de l'accident de Jamie. Je t'ai transféré l'e-mail.

— Fantastique, merci. Bien, voici nos prochaines étapes. Gavin et Carys, pouvez-vous passer en revue cette liste des amis et connaissances de Jamie, noter les questions pour nous aider à démarrer, et les répartir entre nous afin que nous puissions commencer à les réinterroger dès que possible ? Nous travaillerons par paires pour les entretiens, ce qui signifie que nous devrons les mener entre tout ce qui est sur nos bureaux là-bas. Mettez en haut ceux qui ont déjà fait des déclarations, et tous les autres après. Debbie, une fois que ce sera fait, peux-tu commencer à passer des appels pour organiser des rendez-vous avec ces personnes ?

Elle se tourna vers Barnes, mais il leva la main.

— Désolé, Kay, je dois être au tribunal des magistrats demain, et peut-être le jour suivant. C'est l'audience pour une affaire que nous avons clôturée en novembre.

Elle haussa un sourcil.

— On dirait que le retard ne s'est pas amélioré depuis la dernière fois que j'étais ici.

— En effet.

Kay étouffa un autre bâillement.

— Très bien. Nous allons sauter le briefing de demain, vous avez tous beaucoup à faire. Nous nous retrouverons après-demain et nous verrons les progrès que nous aurons faits d'ici là.

— Et toi, Kay ?

Elle laissa tomber le stylo sur le plateau métallique sous le tableau blanc et se tourna vers Barnes.

— Je vais essayer d'organiser une rencontre avec l'enquêteur en collision médico-légale de la police de la route demain matin pour savoir ce qu'il pensait de l'accident de Jamie.

———

Le lendemain, Kay se tenait dans une aire de repos criblée de nids-de-poule sur le bord de l'A20, son parapluie faisant peu pour la protéger des effets d'une averse de fin d'hiver qui lui envoyait une pluie horizontale au visage.

Elle tendit la main à l'homme qui courut vers elle après avoir garé sa voiture, la capuche de sa veste obscurcissant son visage jusqu'à ce qu'il s'approche.

— Jeff Bishop, dit-il, avant de remettre ses mains dans les poches de sa veste.

— Merci d'être venu. Je m'attendais à moitié à ce que vous annuliez.

Il haussa les épaules.

— J'avais l'habitude d'être dehors par tous les temps. Pour être honnête, je préfère être ici, ma femme me fait refaire le carrelage de la salle de bain en ce moment.

Kay sourit.

— J'apprécie.

— Pas de problème. Par où voulez-vous commencer ?

— J'ai lu votre rapport original plusieurs fois, mais ce serait utile si vous pouviez me faire revisiter la scène de l'accident telle que vous l'avez découverte. Comme je l'ai dit au téléphone hier soir, on m'a chargée de revoir l'affaire à la lumière de nouvelles informations, et c'est beaucoup plus facile pour moi de le faire si je peux visualiser à quoi tout ressemblait cette nuit-là plutôt que d'essayer de le déduire d'un rapport.

— Est-ce que vous avez parlé à Sharp ?

Kay fit un pas en arrière de surprise, et il leva les yeux au ciel.

— Vous l'avez fait, n'est-ce pas ? Vous savez qu'il soutient la théorie d'un acte criminel depuis cet accident ? C'en est arrivé au point où j'essayais de l'éviter aux fêtes de Noël.

Elle ouvrit la bouche pour protester, puis remarqua que le coin de ses yeux se plissait d'amusement.

— Ce n'est pas grave, dit-il, et il indiqua du pouce par-dessus son épaule. Venez. Nous devons commencer là-bas, vers le carrefour d'Ulcombe.

Kay verrouilla sa voiture et marcha péniblement derrière lui. Elle grimaça lorsqu'une camionnette bleu foncé passa à toute vitesse devant eux, projetant le contenu d'une grande flaque d'eau sur ses chaussures et le bas de son pantalon.

Bishop adopta un rythme rapide, se retirant sur l'accotement herbeux chaque fois qu'un véhicule approchait, puis repartant une fois que c'était sûr.

Le croisement d'Ulcombe était à moins de quatre cents mètres, et ils s'arrêtèrent au panneau routier à côté du carrefour en T.

— C'est ici qu'il aurait commencé son approche dans le virage, dit Bishop. Comme vous pouvez le voir, la route principale commence à monter à partir d'ici, donc il aurait commencé à accélérer. Le temps cette nuit-là était similaire à celui-ci, donc la visibilité aurait été réduite. Avez-vous déjà été sur une moto ?

— Non.

— D'accord, eh bien je peux vous dire que quand il pleut comme aujourd'hui, ce n'est pas très amusant. On a amélioré les visières des casques, mais ce n'est pas seulement l'eau de pluie qui frappe contre, il faut imaginer le bruit d'une forte averse sur votre tête. Quoi qu'en disent les gens, peu importe à quel point vous êtes un bon motard, des conditions comme celles-ci entravent votre capacité à réagir, car vos sens sont malmenés.

— Y avait-il une indication qu'il roulait trop vite ?

— C'est probable, vu le nombre d'infractions enregistrées sur son permis. Comme vous le savez d'après le dossier, il n'y avait pas de témoins, donc c'est une conjecture de ma part.

— Donc, il s'est aligné pour prendre le virage. Que s'est-il passé ensuite ?

Bishop regarda à sa droite puis à sa gauche, avant de faire signe à Kay de traverser la route.

— Venez, nous allons parcourir l'itinéraire.

Kay était reconnaissante qu'un vrai chemin ait été construit de l'autre côté de la route, rendant plus facile de suivre Bishop. Elle s'arrêta pour gratter le plus gros de la boue de ses bottes, puis rattrapa Bishop qui s'était arrêté au sommet de la colline.

— C'est ici que tout a mal tourné. Avez-vous

entendu parler du point de non-retour concernant les avions ?

— Non, je n'en ai pas entendu parler.

— C'est quand un avion décolle. Le pilote a une fraction de seconde avant que les roues avant ne quittent le sol pour annuler le décollage. Une fois que le nez de l'avion se soulève dans les airs, il n'y a plus de retour en arrière. C'est pareil quand vous dirigez une moto dans un virage. Une fois que vous vous êtes engagé dans la manœuvre, vous ne pouvez pas simplement tourner dans l'autre sens si quelque chose se passe mal. Toute déviation de votre trajectoire, et la machine va se retourner sous vous. Regardez des courses de moto à la télévision un de ces jours, vous verrez ce que je veux dire.

Il pointa du doigt la surface de la route.

— Et, avant que vous ne demandiez, nous avons évalué l'état de la route cette nuit-là. Il n'y avait pas d'huile sur l'asphalte au point où il a perdu le contrôle, et il n'y avait pas de nids-de-poule qui auraient pu le faire dévier de sa trajectoire. Les seules traces d'huile provenaient de l'endroit où sa moto a heurté le sol et glissé de l'autre côté.

— Donc, étant donné que Jamie avait la réputation d'être un si bon motard, même s'il aimait rouler vite, que pensez-vous qu'il se soit passé ?

Il haussa les épaules.

— C'est comme je l'ai dit dans mon rapport. Il connaissait très bien cette route, peut-être trop bien. Il accélérait, le temps était atroce, et il a simplement mal jugé le virage.

— Et s'il avait dû faire un écart au dernier moment pour éviter de heurter quelque chose ?

— Non. C'est comme je l'ai indiqué dans mon rapport. Si un lapin avait traversé devant lui, nous aurions trouvé le corps. S'il était entré en collision avec un cerf, il y aurait eu des dommages importants à la moto en plus de ceux causés par l'impact de la chute sur la route. Et encore une fois, si cela s'était produit, il est probable que nous aurions trouvé le corps du cerf à proximité. Nous n'avons rien trouvé.

Kay secoua la tête.

— Ce n'est pas ce que je voulais dire. Et si une voiture s'était engagée devant lui et qu'il avait essayé de l'éviter ?

Bishop se gratta le menton et parcourut la route du regard.

— Il n'y avait pas de traces de freinage ou de débris d'autres véhicules dans les environs. Nous avons vérifié.

— Et si le conducteur n'avait pas eu l'intention de freiner ?

Sa tête pivota brusquement, ses yeux rencontrant les siens.

— Un délit de fuite, vous voulez dire ?

— Peut-être, ou peut-être qu'il a été délibérément visé.

Bishop leva les yeux vers le ciel gris, puis pointa du doigt leurs voitures plus haut sur la route.

— Il y a un bon pub sur la route vers Ulcombe. Allons-y et protégeons-nous de ce temps. Vous pouvez m'offrir une pinte et m'expliquer votre pensée.

CHAPITRE 14

Bishop but une gorgée de sa pinte, puis reposa le verre sur la table entre eux, en faisant claquer ses lèvres.

Quand Kay avait suivi son véhicule dans le parking à l'extérieur, elle avait scruté à travers le pare-brise la vue panoramique sur un champ détrempé, essayant d'imaginer à quoi l'endroit ressemblerait en été.

Alors que la pluie s'intensifiait, elle abandonna, s'élança hors de la voiture et se dépêcha de rattraper Bishop.

À l'intérieur, le pub offrait un répit face aux éléments, et ils avaient chronométré leur visite à la perfection – l'établissement n'avait ouvert que depuis une demi-heure, prêt à accueillir quiconque serait assez courageux pour s'aventurer dehors pour déjeuner.

Des plaques de laiton ornaient la cheminée à hotte, tandis que les murs du pub étaient décorés de photographies encadrées de la région à travers les âges. Du houblon séché enlaçait les poutres de soutien, et le son faible d'une station de radio filtrait depuis la cuisine.

Bishop lui avait fait signe de le rejoindre sur les deux canapés près de la cheminée, et avait commandé leurs boissons avant de s'enfoncer dans le canapé en face d'elle. Il passa une main dans ses cheveux gris, qui étaient mouillés malgré les vêtements imperméables qu'il portait.

Kay sirotait sa limonade et promenait son regard autour du pub tout en savourant la chaleur du feu ouvert. Elle réalisa qu'elle ressemblait probablement elle-même à un rat mouillé, et glissa ses pieds sur le tapis pour essayer de sécher ses bottes.

Elle se retourna au son d'un aboiement bref et aigu, puis se pencha et tendit la main à un Jack Russell terrier qui accourut de derrière le bar. Elle lui ébouriffa les oreilles avant de reporter son attention sur Bishop.

— J'avais oublié cet endroit, je crois que je n'y suis pas venue depuis des années.

— Ils font un excellent déjeuner le dimanche. C'est toujours la propriété de la même famille qui a acheté l'endroit dans les années 1950, aussi. Parfait pour une journée comme celle-ci.

Il ajusta son manteau imperméable sur l'accoudoir du canapé et puis, une fois satisfait qu'il ne glisserait pas sur le sol, prit son verre.

— Bon. Expliquez-moi d'où diable vous est venue l'idée que Jamie avait été victime d'un délit de fuite.

Elle soupira, puis se pencha en avant et posa ses coudes sur ses genoux. Elle jeta un coup d'œil vers le bar, mais il n'y avait personne à portée de voix.

— Ça me trotte dans la tête depuis environ un jour, depuis que j'ai parlé avec ses parents et sa sœur et que j'ai lu le dossier original. Je veux dire, ses parents et Sharp n'ont cessé de me dire quel excellent motard il était et à quel point il connaissait bien les routes du coin. Alors, comment se fait-il qu'il se soit tué ?

— La malchance.

— Oh, allez ! Vous ne pouvez quand même pas croire ça ?

Il posa son verre sur la table, à moitié plein.

— Si, en fait. Vous pouvez être le meilleur conducteur, ou motard, du monde, et quand même avoir des ennuis. Croyez-moi, j'ai vu tellement de cas où des véhicules ont fini dans des positions impossibles, et vous restez là, à les fixer, essayant de comprendre comment diable c'est arrivé. J'ai géré des enquêtes où des conducteurs ont perdu le contrôle et ont fini la tête en bas dans des arbres au bord de la route, bon sang. La chance joue un rôle énorme dans nos vies chaque jour.

Kay se mordit la lèvre.

— Y avait-il une indication que la moto de Jamie avait été trafiquée ?

— Aucune. Nous avons démonté ce truc pièce par pièce dans l'atelier. Nous devions le faire, nous avions la police militaire de Sharp qui nous harcelait, ainsi que l'équipe de Harrison. Mais au final, c'était une erreur du conducteur.

Elle fit tourner son verre dans la condensation qu'il avait créée sur la surface de la table, avant de lever les yeux quand Bishop fit glisser vers elle un dessous de verre en carton avec le logo d'une brasserie imprimé dessus.

— Je travaillais derrière un bar à l'université. Vous n'imaginez pas à quel point c'est pénible de nettoyer le bazar que les gens font.

Il lui fit un clin d'œil, et elle sourit en retour.

— Comment êtes-vous devenu enquêteur en accidentologie ?

— Je suis tombé dedans par hasard, en fait. J'ai étudié l'ingénierie à l'université, c'est à ce moment-là que je travaillais dans des bars pour gagner un peu d'argent à côté, et j'appréciais aussi le côté physique du diplôme d'ingénieur. Je n'aime pas le froid, alors quand j'ai obtenu mon diplôme, je n'avais pas envie de faire ce que la plupart de mes contemporains faisaient, monter à Aberdeen pour travailler sur certains des grands projets gaziers, et j'ai vu une annonce pour un poste d'enquêteur junior dans un cabinet de conseil privé dans le Hertfordshire. J'ai toujours aimé bricoler mes propres voitures, et mon père était mécanicien, donc c'était une étape logique, je suppose. Et vous ? Pourquoi avez-vous rejoint la police ?

Elle haussa les épaules.

— J'aime résoudre des problèmes, et j'aime les défis que le rôle apporte.

— J'ai vu l'histoire dans le journal à votre sujet avant Noël, dit-il. Vous avez failli mourir.

Elle frissonna.

— Presque. Ce n'est pas une expérience que je veux répéter de sitôt, je peux vous l'assurer.

— Eh bien, je dois admettre que si n'importe qui d'autre m'avait demandé de faire ça pendant mon temps libre, la réponse aurait été non.

Il fit un geste vers elle avec son verre.

— Vous, cependant, vous avez la réputation d'être tenace, et c'est une qualité difficile à conserver de nos jours.

Elle le regarda prendre une gorgée.

— Merci.

Il réprima un rot et posa le verre vide au bout de la table.

— Je vous en prie.

— Pour en revenir à Jamie. Vous êtes convaincu qu'un autre véhicule ne l'a pas percuté, mais si quelqu'un l'avait délibérément fait dévier ?

— Comment ?

— Si quelqu'un approchait en sens inverse, depuis le rond-point de Leeds, et avait dévié dans la trajectoire de la moto de Jamie, il n'aurait eu nulle part où aller.

— Comment auraient-ils su que c'était lui ? Il faisait nuit, rappelez-vous.

— Et s'ils l'attendaient ?

— Même si ça avait été le cas, il aurait vu la voiture approcher, les phares se seraient reflétés sur les arbres à mesure qu'ils se rapprochaient.

— Et s'ils n'avaient pas allumé leurs phares ?

Bishop émit un long sifflement entre ses dents.

— Vous avez l'esprit sacrément tordu, Hunter.

Kay vida sa limonade avant de poser son verre sur la table.

— Est-il possible que ce soit ce qui aurait pu se passer ?

— Peut-être. Oui, c'est possible.

— Donc, maintenant nous avons un scénario où Jamie Ingram aurait pu être tué intentionnellement, basé sur le fait que vous dites qu'il est possible qu'il ait dévié pour éviter un véhicule venant en sens inverse. Dont le conducteur ne s'est pas arrêté sur le moment, ni ne s'est manifesté pendant l'enquête.

— Hé, j'ai seulement dit peut-être.

— Je sais.

Elle jeta un coup d'œil par-dessus son épaule et tourna son attention vers la route au-delà de la porte d'entrée du pub au son d'un moteur alors qu'une moto passait à toute allure, puis elle se retourna vers Bishop.

— Ça fait réfléchir, n'est-ce pas ?

CHAPITRE 15

Le lundi suivant, Kay s'extirpa avec précaution du siège passager de la voiture et commença à se frayer un chemin entre les autres véhicules garés devant le bloc administratif de la caserne de Worthy Down, Carys sur ses talons.

Elle fit rouler son cou, décontractant les nœuds qui s'étaient formés pendant le trajet matinal du Kent aux profondeurs du Hampshire.

Carys avait choisi de conduire, passant prendre Kay chez elle alors qu'il faisait encore nuit.

— Tu conduiras au retour, avait-elle dit. Je pourrai utiliser ce temps pour taper mes notes sur mon ordinateur portable.

Elle avait appelé Kay la veille au soir, ayant

retrouvé l'ancien officier commandant de Jamie Ingram pendant le week-end.

Après une promotion et deux déploiements supplémentaires, l'homme avait accepté un poste d'enseignant à l'université militaire d'administration et de logistique, et Carys avait arrangé un rendez-vous entre ses cours.

Kay poussa la porte vitrée du bâtiment, la tenant ouverte pour Carys avant qu'elles ne se dirigent vers le bureau d'accueil.

Un jeune homme en treillis terminait un appel téléphonique alors qu'elles approchaient.

— Je peux vous aider ?

— Inspectrice Hunter et enquêteuse Miles. Nous sommes là pour voir le colonel Stephen Carterton. Il nous attend.

— Vous pouvez vous asseoir là-bas. Je vais l'informer de votre arrivée.

Tandis que Carys fouillait dans son sac pour mettre son téléphone portable en mode silencieux avant de sortir son carnet et un stylo, Kay observait la pièce.

Une peinture originale d'une scène désertique était accrochée au mur derrière le bureau d'accueil, représentant un char aux couleurs du désert surgissant à toute vitesse d'une dune, l'artiste ayant parfaitement capturé la poussière et la chaleur. À sa droite, un grand cadre en bois contenait une plaque en laiton énumérant tous les commandants des différents régiments désormais basés dans la caserne.

Le décor semblait avoir été astiqué jusqu'à la corde, et elle se dit que le soldat derrière le bureau ferait une crise s'il voyait l'état de la salle des opérations à Maidstone.

Si elle travaillait ici, elle aurait peur de toucher quoi que ce soit de crainte de le salir ou de le casser.

Cinq minutes plus tard, et précisément à l'heure fixée pour leur rendez-vous, un homme grand en treillis identique à celui du soldat à l'accueil apparut au bout du couloir à côté de la zone de réception.

Ses cheveux clairs étaient coupés dans un style similaire à la coupe habituelle de Sharp, et sa peau portait les traces d'un long séjour sous un soleil impitoyable dans des contrées lointaines. Il traversa le sol carrelé d'un pas efficace, comme un homme à l'aise avec le rang qu'il occupait désormais.

— Vous êtes de la police du Kent ?

Kay tendit la main.

— Inspectrice Hunter. Vous avez parlé à ma collègue, l'enquêteuse Miles, hier.

Stephen Carterton leur serra la main à toutes les deux et leur fit signe de le suivre.

— Vous avez de la chance. Cette semaine, c'est le calme avant la tempête.

Kay plissa les yeux alors qu'il ouvrait la porte à leur gauche et leur indiquait deux sièges face à un bureau.

— Que voulez-vous dire ?

Il sourit.

— Les examens commencent la semaine prochaine. C'est déjà assez stressant pour les étudiants, encore plus pour nous, les tuteurs.

Il poussa de côté une pile de paperasse et un clavier d'ordinateur, puis posa ses bras sur le bureau.

— Alors, comment puis-je vous aider ?

— Comme l'enquêteuse Miles vous l'a dit, j'ai rouvert une enquête sur la mort de Jamie Ingram. De nouvelles preuves sont apparues, et nous réexaminons les déclarations des témoins de l'époque.

Carterton passa une main sur sa mâchoire.

— C'était une sale affaire. Un accident de moto, n'est-ce pas ?

— C'est exact. Nous essayons d'en apprendre davantage sur Jamie et son rôle dans le corps logistique de l'armée britannique, ainsi que de parler à sa famille et ses amis. Puis-je vous demander quel était votre rôle à l'époque ? Je sais que vous avez fourni une déclaration de témoin, mais il est utile de revoir les informations.

— Bien sûr. J'étais lieutenant-colonel à l'époque, et officier commandant du régiment, nous étions responsables de la gestion des pièces critiques pour la brigade et les forces déployées dans le monde entier. Comme vous pouvez l'imaginer, lorsque nous sommes basés dans des endroits comme l'Afghanistan, l'usure des équipements et des véhicules peut être catastrophique.

— Quand avez-vous rencontré Jamie pour la première fois ?

— Il est venu directement chez nous après sa formation de base. Je pense que son passé, le travail à la ferme, je veux dire, lui a donné une aptitude naturelle pour la planification et le travail logistique. C'était presque une seconde nature pour lui.

— Quel était son rôle ?

— Il faisait partie d'un groupe de personnes qui gérait le retour des pièces endommagées, trouvait des remplacements et s'occupait de toutes les responsabilités administratives associées. Nous utilisons des systèmes similaires à ceux des entreprises de logistique du monde entier, tout est informatisé, et nous fournissions un service de bout en bout.

— Il y aurait donc une trace papier pour chaque pièce d'équipement ?

— C'est exact, oui.

— Des anomalies ont-elles été découvertes dans le système pendant le temps où Jamie y travaillait ?

Carterton se pencha en arrière dans son fauteuil et l'évalua du regard.

— Dites-moi, qu'est-ce qui vous fait dire ça ?

Son cœur fit un bond, avant qu'elle ne force un sourire.

— Je crois que c'est moi qui pose les questions aujourd'hui. Y a-t-il eu des anomalies ?

— Rien que nous puissions prouver. Ce n'était pas dans ses habitudes non plus. Quand il nous a rejoints, il était extrêmement consciencieux dans son travail et respecté par ceux qui travaillaient avec lui.

— Qu'est-ce qui a changé ?

— Je ne suis pas sûr. Cela semblait coïncider avec son troisième ou quatrième déploiement en Afghanistan. Évidemment, c'est une situation stressante pour n'importe quel soldat, mais Jamie n'a jamais été exposé aux combats. Son rôle était à la base, pour aider à s'assurer que ceux en première ligne étaient correctement équipés, et si quelque chose était cassé, c'était remplacé ou réparé le plus rapidement possible. Quand il est revenu de ce déploiement, il semblait différent.

— De quelle manière ?

— Arrogant, plutôt que sûr de lui. Comme s'il savait quelque chose que personne d'autre ne savait. Son changement d'attitude l'a éloigné de beaucoup de ses pairs. Ça s'est aggravé avec le temps.

— Combien de fois a-t-il été déployé avant sa mort ?

— Environ quatre ou cinq fois au total.

Kay feuilleta ses notes.

— Nous allons parler à ses amis et collègues au cours des prochains jours. Avait-il des amis proches au sein du corps ?

— Eh bien, malgré le fait qu'il ait froissé quelques susceptibilités avec son attitude, il est resté proche de deux hommes avec lesquels il avait servi : Carl Ashton et Glenn Boyd.

— Vous dites qu'il paraissait arrogant. Avez-vous remarqué autre chose ?

— Maintenant que j'y pense, oui. Dans les semaines précédant sa mort, son travail a commencé à devenir négligé, ce qui était inhabituel pour lui. C'était presque comme s'il avait constamment quelque chose en tête. Il semblait avoir du mal à se concentrer.

Comme je l'ai dit, il n'était pas comme ça quand il nous a rejoints.

Kay ferma son carnet.

— Il semble étrange qu'en l'espace d'un an environ, Jamie Ingram soit passé du soldat parfait à quelqu'un qui se fichait complètement de son travail.

Carterton laissa échapper un rire sans joie.

— Il n'était pas un soldat parfait, inspectrice. Sharp ne vous a pas dit que Jamie Ingram faisait l'objet d'une enquête pour trafic de drogues dures ?

CHAPITRE 16

Kay se tenait sur le pas de la porte de Sharp, bouillonnante de colère.

Elle et Carys étaient revenues à Maidstone deux heures plus tôt, et après avoir rendu les clés de la voiture de service au sergent Hughes à l'accueil, elle avait renvoyé Carys chez elle avant de se diriger vers la salle des opérations.

Elle avait fait les cent pas devant le tableau blanc dans le bureau de Sharp, les poings serrés, alors qu'elle assimilait la révélation que l'ancien officier commandant de Jamie lui avait faite.

Finalement, elle avait attrapé son sac sur le bureau et avait quitté le bâtiment en trombe, appelant Adam pour lui faire savoir qu'elle rentrerait tard.

Une ombre apparut derrière la vitre dépolie de la

porte d'entrée une fraction de seconde avant qu'une lumière ne s'allume au-dessus de sa tête, et la porte s'ouvrit.

La mâchoire de Sharp se crispa lorsqu'il la vit.

— Hunter. Je ne m'attendais pas à te voir ce soir.

Elle le fusilla du regard.

— Tu as des explications à me fournir.

Elle vit ses épaules se soulever tandis qu'il prenait une profonde inspiration.

— Rebecca est sortie dîner avec des collègues. Entre.

Elle franchit le seuil d'un pas lourd, puis attendit qu'il ferme la porte d'entrée et le suivit jusqu'à la cuisine.

— Tu veux un verre de vin ?

— Non, je ne veux pas d'un foutu verre de vin.

Il se retourna et croisa les bras sur sa poitrine.

— Ok. Que se passe-t-il ?

— J'ai passé l'après-midi à parler avec l'ancien officier commandant de Jamie, Stephen Carterton. Pourquoi ne m'as-tu pas dit que tu enquêtais sur Jamie pour trafic de drogues de classe A ?

— Parce que je voulais que tu mènes ta propre enquête. Pour voir si tu trouvais une autre raison à sa mort.

Elle prit une profonde inspiration.

— Dis-moi tout ce que tu sais sur Jamie Ingram. Tout, cette fois.

Il lui fit signe de s'approcher d'une table ronde qui occupait un coin de la cuisine et attendit qu'elle s'assoie avant de tirer une chaise en face d'elle et de s'y laisser tomber.

— Je ne voulais pas y croire à l'époque, dit-il, le regard fixé sur le carrelage. Je le connaissais depuis qu'il était tout petit. Je l'ai vu grandir et devenir un jeune homme. Il était intelligent, travailleur et gentil. On ne voit pas assez ces qualités chez les gens de nos jours. Je ne te l'ai jamais dit, mais Rebecca et moi n'avons jamais pu avoir d'enfants, alors Jamie et Natalie sont devenus comme nos neveux préférés.

Kay laissa échapper un gémissement.

— Alors, quand j'ai traversé tout ça l'année dernière, ça a dû toucher une corde sensible. Pourquoi tu ne m'as rien dit, Devon ?

— Tu l'as dit toi-même. Tu avais déjà assez de soucis comme ça. Mais tu as dû te poser des questions, non ?

— J'ai toujours présumé que les photos sur l'étagère du salon étaient celles de vos enfants.

— Michael et Bridget nous ont demandé d'être les parrains de Jamie et Natalie à leur naissance. Nous ne pouvions pas refuser.

Kay se pencha en avant sur sa chaise.

— Ok. Revenons à Jamie et à la drogue. Quand as-tu commencé à avoir des soupçons ?

— Environ une semaine après son retour d'Afghanistan, c'était son quatrième déploiement là-bas, il est arrivé chez nous avec une nouvelle moto. Je lui ai demandé comment il l'avait financée, et il a ri en disant qu'il l'avait achetée comptant. Ça m'a tracassé pendant des jours, je savais qu'il ne pourrait jamais se le permettre avec une solde de l'armée. J'ai fait quelques recherches discrètes quand je suis retourné à la caserne le lendemain, et il s'est avéré que la moto n'était pas la seule chose que Jamie avait achetée cette semaine-là, une des filles qui travaillait au pub près des quartiers des couples mariés arborait une paire de boucles d'oreilles en diamant qui avait l'air coûteuse. Apparemment, Jamie les lui avait offertes. Je ne savais même pas qu'il sortait avec elle.

— Donc, il étalait son argent pour impressionner tout le monde, tu veux dire ?

— Exactement.

— Carterton nous a dit que l'attitude de Jamie avait aussi changé, il commençait à frôler l'arrogance.

— C'est vrai. Et là encore, ce n'était pas dans son caractère. C'était presque comme s'il pensait que l'armée n'était plus assez bien pour lui.

— Qu'est-ce que tu as fait ?

— J'ai commencé à le surveiller de plus près. À l'époque, le corps logistique était basé à Deepcut dans le Surrey. Jamie voyageait de là à la ferme de ses parents dans le Kent quand il était en permission, je pense qu'il aimait la familiarité de l'endroit entre deux affectations, et je sais que Michael était toujours reconnaissant d'avoir une paire de mains supplémentaire. Cette fois-ci, Jamie n'est pas allé à la ferme. Il traînait autour de la caserne, comme s'il attendait quelque chose.

— Ou quelqu'un.

— Oui. Quoi qu'il en soit, environ trois jours avant qu'il ne doive repartir pour l'Afghanistan, il a reçu un appel téléphonique de sa sœur. C'était l'anniversaire de Bridget, et Natalie avait organisé une fête surprise pour elle. Rebecca et moi étions aussi invités, alors j'ai pu garder un œil sur Jamie sans qu'il ne me soupçonne.

Il soupira et se redressa.

— Enfin bon, rien ne s'est passé à ce moment-là. Tout a éclaté quand il est revenu six mois plus tard.

— Que s'est-il passé ?

— Un conteneur de pièces détachées avait été renvoyé du front pour être reconditionné. J'étais dans mon bureau à la caserne ce matin-là, et soudain, ce fut le chaos total, il y avait des chiens qui aboyaient, des gens qui criaient. Je suis sorti en courant pour voir ce qui se passait, pour découvrir que le conteneur avait été descellé dans la zone logistique, et deux des chiens antidrogue étaient devenus fous. Jamie était là, avec un autre soldat, et leurs visages étaient absolument livides.

— De la drogue ?

— Cachée dans le réservoir vide d'un Jackal, un véhicule 4x4 que le corps logistique utilise en Afghanistan.

— Quelle quantité ?

— Suffisamment.

Les lèvres de Kay se pincèrent.

— Secret défense ?

— Non. Tu n'as pas besoin d'en savoir plus.

— Tu plaisantes, n'est-ce pas ? Devon, j'essaie de t'aider là. Quelle quantité ?

— Un peu moins d'un demi-kilo de cocaïne.

Kay sentit sa mâchoire tomber.

— Bon sang. Qu'est-ce qui s'est passé ensuite ?

— Nous avons bouclé l'endroit, effectué une fouille de tous les dortoirs, on les a retournés, en fait. Et les quartiers des couples mariés, y compris le mien. Jamie et l'autre soldat, un gars du nom de Carl Ashton, ont été interrogés, de manière approfondie, je dois ajouter, mais nous n'avions rien contre eux. Nous n'avons trouvé ni argent, ni preuve de qui pourrait être impliqué, rien. Jamie a tout nié, et bien sûr, comme il était seulement responsable de l'ouverture du conteneur en premier lieu sous surveillance, nous ne pouvions pas porter d'accusations sans preuves.

Il joignit ses mains sur la table.

— Jamie est mort deux semaines plus tard.

— Qui d'autre était soupçonné à l'époque ?

— Le soldat qui avait ouvert le conteneur avec Jamie, Carl. Il devait avoir de l'aide plus haut placée, aussi, pour faire passer tout ça à travers les contrôles la première fois. Je n'ai jamais soupçonné Carterton, mais j'avais des doutes sur son adjoint, Glenn Boyd.

— Pourquoi n'as-tu pas poursuivi cette enquête après la mort de Jamie ?

— On n'a jamais découvert comment ils s'y prenaient. On ne pouvait rien prouver. Après cet incident, plus aucune drogue n'a jamais été découverte. Jamie devait être le cerveau de l'opération.

— Mais Harrison a raison, alors, tu as bien dissimulé les informations sur cette enquête quand Jamie est mort ?

— Faux, Hunter. Je n'ai rien dissimulé. Au risque de perdre un ami de longue date en la personne de

Michael, j'ai parlé de nos inquiétudes à Harrison, mais ça ne l'intéressait pas parce qu'on n'avait aucune preuve et qu'il ne voulait pas se donner la peine d'enquêter lui-même. C'est pour ça que la mort de Jamie a été classée comme accidentelle, personne n'a jamais cherché à savoir si sa mort aurait pu être causée par quelqu'un d'autre.

— Tu n'en as pas parlé quand tu as rejoint la police du Kent.

Il frappa du plat de la main sur le plan de travail, les yeux flamboyants.

— Parce que Harrison était toujours un officier supérieur et m'aurait écrasé. La seule raison pour laquelle je t'ai parlé de tout ce bordel en premier lieu, c'est parce que tu exigeais de savoir pourquoi Harrison avait une vendetta contre moi. S'il essaie de traîner mon nom dans la boue pour se venger du fait qu'il fait l'objet d'une enquête pour sa conduite dans l'affaire Jozef Demiri, alors je veux m'assurer que sa gestion abominable de la mort de Jamie soit révélée une bonne fois pour toutes. Je veux récupérer mon poste.

Kay se pencha en arrière sur sa chaise, abasourdie.

—Bon sang, Devon.

CHAPITRE 17

Kay arpentait la pièce, incapable de rester assise à son bureau.

Elle regarda sa montre. Barnes et Gavin avaient été convoqués à une démonstration de sécurité et ne reviendraient pas avant une demi-heure.

Leur frustration était palpable.

Elle était arrivée tôt au commissariat ce matin-là, souhaitant parler en privé à la petite équipe de la direction qu'avait prise l'enquête, mais jusqu'à présent, d'autres engagements professionnels les avaient empêchés d'avoir le temps.

Elle soupira et se dirigea vers le bureau de Sharp. Debout devant le tableau blanc, elle écrivit les noms que Stephen Carterton lui avait donnés la veille sur le côté droit du tableau, et commença à élaborer une stratégie sur la façon de procéder.

Elle se retourna au son des voix lorsque Barnes poussa la porte et la tint ouverte pour Carys et Gavin.

— Quelle perte de temps, dit-il. À quoi bon faire une démonstration de sécurité des nouveaux gilets pare-balles quand on doit encore utiliser les anciens pendant six mois ?

— Contente d'avoir raté l'invitation, dit Kay. Asseyez-vous. Il y a eu des développements intéressants.

Elle attendit qu'ils s'installent avant de prendre une profonde inspiration.

— Il s'avère que Jamie Ingram faisait l'objet d'une enquête pour trafic de drogue.

Barnes et Gavin jurèrent à voix basse.

— D'où est-ce que tu tiens cette information ? demanda Gavin.

— L'ancien officier commandant de Jamie nous l'a dit, et Sharp l'a confirmé. Il s'est avéré qu'ils n'avaient pas assez de preuves pour inculper Jamie à l'époque, et puis il a été tué. Sharp dit qu'il en a parlé à Harrison avant l'enquête du médecin légiste, parce qu'il pensait que cela avait un rapport avec la mort de Jamie. Harrison a choisi d'ignorer l'information, et donc cela n'a jamais été complètement examiné.

Elle tapota le tableau blanc avec le bout de son stylo.

— Ces deux personnes sont désormais au centre de notre enquête. Les trois hommes ont servi dans le corps logistique de l'armée britannique. Carl Ashton était présent avec Jamie lorsqu'un conteneur de pièces détachées en provenance d'Afghanistan a été ouvert. Un demi-kilo de cocaïne a été découvert dans le réservoir vide d'un des véhicules tout-terrain que l'armée utilise en Afghanistan.

— Bon sang, dit Gavin. Quelle était la valeur marchande de ça il y a dix ans ?

— Beaucoup, dit Barnes, et il fit signe à Kay de continuer.

— Sharp a confirmé que la découverte avait eu lieu après le cinquième tour de Jamie en Afghanistan. La fois d'avant, il s'était acheté sa moto, un modèle haut de gamme qu'il n'aurait pas dû pouvoir s'offrir avec un salaire de soldat. De plus, la serveuse du pub local arborait une nouvelle paire de boucles d'oreilles en diamant.

— Donc, tu dis que Jamie faisait passer de la cocaïne dans le pays avec les pièces détachées ? demanda Gavin.

— Exactement, mais il devait avoir de l'aide. Ça aurait été trop risqué de placer la drogue à la base en

Afghanistan, puis de s'assurer que le conteneur passe la douane sans encombre avant d'être ouvert à la caserne en Angleterre. Carterton a fourni un autre nom, Glenn Boyd. Nous devons les interroger tous les deux maintenant en priorité.

— Est-ce qu'on va pouvoir le faire, étant donné qu'ils sont dans l'armée ? demanda Carys.

— Tous deux ont été démobilisés dans les six mois suivant la mort de Jamie, et tous deux vivent dans la région. Cela signifie que nous avons juridiction.

— Quels étaient leurs rôles à l'époque ? dit Barnes.

— Ashton était un simple soldat. Boyd était l'adjudant de Stephen Carterton à l'époque. Jamie aurait eu besoin de quelqu'un plus haut placé pour protéger l'opération, et Sharp soupçonne qu'il se passait quelque chose entre lui et l'adjudant avant que la drogue ne soit découverte.

— Sur quelle preuve ?

— Apparemment, six mois avant la découverte de la drogue, Jamie était de retour à la caserne dans le Surrey et Sharp a trouvé Boyd en train de le tabasser un soir derrière le dépôt. Lui et ses policiers militaires ont dû les séparer. Ils ont eu de la chance, apparemment, aucune accusation n'a été portée.

— Je me demande bien ce qui s'était passé alors… dit Barnes.

— Cela a été mis sur le compte de différends personnels à l'époque, dit Kay. Sharp a dit qu'ils pensaient que Jamie était devenu arrogant au cours de cette année-là, alors peut-être que Boyd estimait qu'il fallait le remettre à sa place. Ce n'est qu'après coup que Sharp s'est demandé s'il n'y avait pas plus.

— Nous avons leurs adresses ?

— Oui. Quand le personnel quitte l'armée, ils sont toujours considérés comme réservistes pendant vingt ans, donc l'armée a des coordonnées à jour pour eux en permanence. J'ai parlé avec Carterton ce matin, et il m'a obtenu les dossiers.

Elle posa le stylo sur le bureau, puis s'appuya dessus.

— Quelle disponibilité pouvez-vous me donner pour aller interroger ces deux-là ?

— Je suis libre maintenant que l'affaire judiciaire est terminée, dit Barnes. J'ai quelques petites choses à régler, mais rien d'urgent.

— Je ne peux pas, dit Carys.

Elle pointa son pouce par-dessus son épaule.

— Je suis revenue hier à une montagne d'e-mails, et l'un de mes dossiers de cambriolage est examiné par le ministère public cet après-midi.

Gavin leva la main.

— Compte sur moi. Je peux aider pour l'un d'entre eux.

— D'accord, super. Je vais organiser les deux entretiens, et je vous donnerai les détails plus tard aujourd'hui. Carys, si tu as besoin que je revoie quoi que ce soit à propos de ton affaire, tu ferais mieux de me le faire savoir dans l'heure, car je pourrais ne pas être disponible demain.

— Merci, je le ferai.

— Bien, alors nous envisagerons d'avoir un autre briefing demain soir. Ça devra suffire pour aujourd'hui, j'ai un rendez-vous que je ne peux pas rater. Barnes, Gavin, je vais demander à Debbie d'organiser les entretiens et de nous confirmer en temps voulu. Gardez un œil sur vos e-mails et vos textos.

Elle les regarda quitter la pièce, puis redressa les épaules.

Le prochain rendez-vous allait demander toute son intelligence, et elle espérait être préparée.

CHAPITRE 18

— Kay, contente de vous voir. Asseyez-vous.

Kay ferma la porte et évalua du regard la femme debout derrière un bureau, qui lui tendait la main.

Le cabinet était installé dans la maison du Dr Zoe Strathmore, accessible par une entrée séparée de la porte principale, assurant ainsi la confidentialité de ses patients. La salle de consultation conservait néanmoins une atmosphère chaleureuse et, tandis que Kay prenait place dans un fauteuil élégant et confortable devant le bureau, Strathmore se dirigea vers une machine à café d'apparence coûteuse et haussa un sourcil.

— Je peux vous tenter ? Le café français est particulièrement bon, même si je suis peut-être un peu biaisée.

Kay sourit.

— Dans ce cas, oui, je me laisse tenter.

— Super. Je ne bois généralement pas de café l'après-midi, donc je peux vous utiliser comme excuse.

Strathmore rit, un son charmant qui emplit le petit espace, et Kay sentit ses épaules se détendre tandis qu'elle jetait un coup d'œil autour d'elle.

Elle n'avait jamais consulté de psychiatre auparavant, même durant les tourments émotionnels des deux dernières années. Elle n'en avait jamais vraiment compris l'intérêt. Si quelque chose la tracassait, elle en parlait simplement à Adam, et vice versa.

Si elle était honnête avec elle-même, la perspective de ce rendez-vous l'avait rendue nerveuse, mais le comportement amical de Strathmore et le décor non clinique des lieux commençaient à apaiser son anxiété.

Strathmore revint au bureau, déposa deux tasses de café fumant et poussa le sucrier vers Kay.

— Servez-vous si vous en avez besoin.

— Merci.

— Bien, si nous commencions par une explication du processus, puis nous allons discuter, et si vous avez des questions après, n'hésitez pas à les poser. Qu'en pensez-vous ?

Kay haussa les épaules, puis prit une gorgée de café tout en rassemblant ses pensées.

— D'accord, je suppose.

Strathmore joignit les mains sur le bureau.

— J'imagine que comme beaucoup de vos collègues que j'ai rencontrés auparavant, une partie de vous pense que c'est une perte de temps, et l'autre partie est intriguée. Dans votre cas, on ne vous a assigné qu'une seule séance, ce qui signifie que votre équipe de direction est convaincue que vous vous remettez complètement et que vous êtes plus que capable d'assumer vos fonctions. Mon rôle est de m'assurer qu'ils n'ont pas mal interprété les signaux que vous leur avez inconsciemment envoyés, et que vous vous sentez prête à reprendre un rôle de première ligne.

— C'est le cas.

— Bien, dit Strathmore.

Elle fit un geste vers le dossier fermé à côté d'elle.

— J'ai lu ce qui vous est arrivé avant Noël. Ça ne vous dérange pas de me le raconter avec vos propres mots ?

Kay soupira. Elle posa sa tasse à moitié vide sur le bureau.

— Je suppose que si je ne le fais pas, ça figurera dans mon dossier, n'est-ce pas ?

— Pas du tout. Votre rendez-vous, et tout ce dont nous allons discuter aujourd'hui, est confidentiel. Mon rapport à votre direction ne confirmera que votre présence et si je pense que vous êtes capable d'assumer vos fonctions. C'est un processus, c'est tout. Alors, voulez-vous bien me parler des événements des derniers jours de l'affaire Demiri ?

Un frisson parcourut les épaules de Kay, et elle lutta contre l'envie de trembler.

Elle n'avait jamais discuté des événements de cette nuit-là avec qui que ce soit, à l'exception des deux officiers supérieurs chargés de l'interroger pendant qu'elle se remettait à l'hôpital. Même Adam n'avait pas entendu toute l'histoire, elle ne voulait pas le bouleverser, de peur qu'il n'essaie de la persuader de quitter la police.

Maintenant, une parfaite inconnue lui demandait de plonger dans ses souvenirs les plus sombres.

— Kay ?

Elle cligna des yeux.

— Il n'y a pas grand-chose à dire. J'ai été piégée. Un officier supérieur s'est avéré plus déterminé que moi à arrêter Demiri, et je me suis retrouvée prise entre deux feux.

Strathmore pencha la tête.

— Donc, vous avez été trahie par l'un des vôtres ?

— Oui. Et, avant que vous ne me demandiez comment je me suis sentie, j'étais sacrément en colère quand je l'ai découvert.

— Êtes-vous toujours en colère ?

— Oui, je le suis. Ça fait des mois que c'est arrivé, et ils enquêtent toujours sur lui. Je veux dire, nous étions assez nombreux à ce moment-là pour voir ce qui s'est passé, et comment il nous a tous piégés. Je ne comprends pas ce qui leur prend tant de temps.

— Que s'est-il passé quand vous et Demiri étiez seuls sur la plage ?

— Il a essayé de me tuer. J'ai été stupide, je suis tombée droit dans le piège. J'ai cru aux informations qu'on m'avait données par quelqu'un qui s'est avéré travailler pour lui. J'ai renvoyé mon collègue chercher des renforts, et au lieu d'attendre, j'y suis allée sans lui. Demiri m'attendait et m'a attaquée. Il m'a cassé le bras, deux côtes, et a ensuite essayé de me noyer.

— Et pourtant, vous avez demandé à reprendre le travail un mois plus tôt que prévu.

— Je le devais. Je devenais folle à la maison. J'avais besoin de sortir et de retourner au travail.

— Votre mari, Adam. Ça ne le dérangeait pas que vous repreniez le travail plus tôt ?

Kay secoua la tête.

— Non, il sait comment je suis. Nous avons tous les deux décidé qu'il valait mieux que j'écourte mon congé.

— Vous avez eu des cauchemars ?

— Non.

— Vous pouvez me le dire si vous en avez eu, ou si vous en avez encore.

— Non, pas de cauchemars.

— Comment s'est passé le retour au travail ?

— Les premiers jours ont été terribles, je m'ennuyais tellement.

Kay laissa échapper un rire étranglé.

— J'ai réussi à trouver une affaire non résolue dans laquelle me plonger. Ça m'aide. Avec un peu de chance, si j'obtiens un résultat sur celle-ci, ils me remettront en service complet.

Elle tendit la main et prit son café avant de froncer les sourcils, surprise qu'il soit devenu froid. Elle regarda sa montre et vit qu'une demi-heure entière s'était écoulée.

Strathmore sourit.

— Ça passe beaucoup plus vite qu'on ne le pense.

— En effet. Que se passe-t-il maintenant ?

— Bien, je vais terminer mon rapport et je l'enverrai par e-mail à votre équipe du personnel avant la fin de la semaine. En attendant, dit-elle en glissant une carte de visite sur le bureau vers Kay, prenez ça avec vous, et si jamais vous sentez le besoin de parler à quelqu'un en toute confidentialité de ce qui vous est arrivé, de manière plus détaillée que ce que nous avons fait aujourd'hui, ou si vous commencez à faire des cauchemars, alors appelez-moi. Vous êtes une policière extrêmement courageuse, Kay, mais nous avons tous nos limites.

Kay mit la carte dans sa poche et se leva de son siège.

— Je m'en souviendrai, merci.

Strathmore contourna son bureau et ouvrit la porte. Elle tendit une nouvelle fois la main à Kay lorsqu'elle passa.

— Prenez soin de vous, Kay.

— Merci.

Kay ajusta son sac à main sur son épaule, puis sortit par la porte latérale de la maison et se précipita vers sa voiture.

Elle s'assit derrière le volant un moment, les mains tremblantes tandis qu'elle avalait une grande bouffée d'air. La sueur lui picotait la base du crâne, et elle enfonça ses ongles dans la peau tendre de ses paumes.

Elle aperçut un mouvement du coin de l'œil et remarqua que les stores de la fenêtre du bureau de Strathmore reprenaient leur place.

— Merde.

Elle cligna des yeux pour chasser les larmes qui menaçaient de couler, tourna la clé dans le contact et dirigea la voiture hors de la courte allée pour rejoindre la route principale.

À cet instant, tout ce qu'elle voulait, c'était être chez elle.

CHAPITRE 19

Kay inséra sa clé dans la serrure et poussa la porte, l'épuisement s'emparant d'elle dès qu'elle l'eut refermée derrière elle.

Elle accrocha son manteau à la rampe, laissa tomber son sac sur la première marche de l'escalier et retira ses chaussures avant de se diriger vers la cuisine.

— Comment ça s'est passé ?

Adam se tenait devant la cuisinière, deux casseroles bouillonnant sur les plaques, ce qui mit les papilles de Kay en émoi.

Elle s'approcha et l'enlaça, lui donna un baiser, puis se blottit dans ses bras.

— Aussi bien que ça, hein ?

— Je ne sais pas ce qui me dépasse le plus :

retourner au travail, cette enquête sur une affaire non résolue, ou devoir répéter sans cesse aux gens que je vais bien et que je peux faire mon travail.

— Qu'a dit la psychiatre ?

Malgré elle, Kay sourit et leva les yeux vers lui.

— Pas grand-chose. L'idée, c'est que ce soit moi qui parle pendant ces séances. Elle se contente d'écouter.

Il rit.

— Dans ce cas, je suis surpris que tu ne sois pas rentrée il y a une heure. De quoi diable as-tu parlé ?

— Elle m'a fait raconter ce qui s'est passé l'année dernière. Sur la plage.

Ses yeux s'assombrirent tandis qu'il s'écartait d'elle.

— Ça va ?

— Je suppose que oui. J'essaie de tourner la page, mais chaque fois que j'ai l'impression d'avancer, quelqu'un d'autre en reparle et je dois recommencer à y penser.

Elle haussa les épaules.

— Je suppose qu'il va me falloir du temps.

— Tu lui as parlé des cauchemars ?

Kay se mordit la lèvre.

— Tu ne l'as pas fait. C'était une bonne idée ?

Kay tendit la main vers lui, enroulant ses doigts autour de son bras.

— Je veux que ce soit comme avant, Adam. Je vais m'en sortir, je te le promets. Mais pas avec une psychiatre. On s'en sort bien ensemble, toi et moi. Gardons ça comme ça, d'accord ?

Il pressa ses lèvres contre les siennes, puis lui serra la main.

— Si tu changes d'avis, si tu sens que tu as du mal, dis-le-moi. Tu me le promets ?

— Je te le promets.

— Bien. Maintenant, va mettre un jean. Je sers dans vingt minutes.

Elle sourit, fit volte-face et se dépêcha de monter pour se changer.

Tandis qu'elle retirait ses vêtements de travail et enfilait son jean et un t-shirt à manches longues, elle jeta un œil aux somnifères sur sa table de chevet.

Elle avait refusé de prendre des médicaments sur ordonnance, mais avait accepté d'essayer un remède naturel avec Adam pour voir s'ils pourraient l'aider à éloigner les cauchemars qui la tourmentaient depuis trois mois. Elle ne pouvait pas se permettre que ses collègues pensent qu'elle ne pouvait pas faire son travail – de toute façon, les cauchemars étaient sporadiques, et elle ne voulait donc pas qu'ils apparaissent dans son dossier médical.

Une fois le plâtre retiré de son bras et le feu vert donné par son kinésithérapeute, elle avait repris sa routine de course à pied. Après seulement six semaines, elle sentait déjà que l'exercice contribuait à réduire les cauchemars.

Elle n'allait certainement pas en parler à la psychiatre.

Elle redescendit et, voyant qu'Adam était occupé à la cuisinière, elle s'approcha de Rufus, s'accroupit et le gratta derrière les oreilles.

— Et comment va celui-ci aujourd'hui ?

Adam jeta un coup d'œil par-dessus son épaule.

— Il a repris du poil de la bête, en fait. J'ai préparé des légumes supplémentaires pour lui ce soir, et il pourra avoir un peu de cet agneau rôti.

Les yeux bruns du chien s'écarquillèrent et Kay rit.

— Il a entendu ça.

— Ouais, son père d'accueil, Graham, a dit qu'il n'avait aucun problème à comprendre les mots qui mentionnent de la nourriture. Je découvre qu'il a un vocabulaire assez étendu.

Kay se redressa et se dirigea vers l'évier pour se laver les mains.

— J'en déduis donc que son éducation continue a inclus beaucoup de nourriture gratuite cette semaine ?

Adam haussa les épaules avant de baisser la voix.

— Je ne sais pas combien de temps il lui reste, Kay. Ça ne me dérange pas de le gâter.

Elle s'approcha et lui tapota le bras.

— Je sais. Il n'y a rien de mal à ça.

Elle se retourna et ouvrit un tiroir, sélectionnant des couverts et un couteau à découper pour Adam, avant de les poser sur le plan de travail. Ensuite, elle laissa son regard errer sur la sélection du casier à vin, choisit un Syrah et versa deux généreuses portions.

— Pile au bon moment, dit Adam, et il commença à servir leur repas.

Une fois assis, ils mangèrent en silence pendant un moment, jusqu'à ce qu'Adam repousse son assiette et rote.

— Charmant.

Un instant plus tard, un bruit similaire surgit du coin de la pièce où se trouvait Rufus, et ils éclatèrent de rire.

— C'est bien, mon grand, dit Adam.

Il tapota son ventre.

— C'était bon, même si ce n'est que moi qui le dis. Comment avance cette affaire non résolue ?

— Nous continuons les interrogatoires demain.

Nous avons parlé à la famille, ainsi qu'à l'ancien officier commandant de la victime dans l'armée. Je pense que Sharp a raison, il y a plus dans cette histoire qu'un simple accident de moto.

— Donc, Harrison a bien dissimulé quelque chose ?

— Absolument.

— Quand pourras-tu en parler à Larch ? Ne voudra-t-il pas savoir le plus tôt possible si Harrison est responsable ?

Kay secoua la tête.

— Ce n'est pas aussi simple que ça. Ça ne sert à rien que j'en parle à Larch maintenant, pour que notre enquête révèle ensuite qu'il s'agissait vraiment d'un accident. Je dois examiner à nouveau tous les angles, et ensuite nous devrons rassembler suffisamment de preuves pour démontrer que Jamie a été assassiné avant que le ministère public ne s'y intéresse. Je veux donner à Larch autant de munitions que possible contre Harrison.

— Ça doit être dur pour la famille de voir tout cela ressurgir après dix ans.

— Je sais. C'est pourquoi je veux m'assurer que nous faisons les choses correctement, pour ne pas les décevoir.

CHAPITRE 20

Le lendemain matin, Kay regardait par la fenêtre côté passager, perdue dans ses pensées tandis qu'elle berçait son bras sur ses genoux.

— Ça te fait encore mal ?

— Hm ?

Elle se tourna vers Barnes, qui lui jeta un coup d'œil avant de reporter son attention sur la route.

— Est-ce que ton bras te fait mal ? Tu le tiens comme ça depuis qu'on a quitté Maidstone.

— Il me lance parfois, plutôt qu'il ne me fait mal. Je suppose que je trouve juste confortable de rester assise comme ça. Je m'y suis habituée depuis trois mois.

Il sourit.

— Content que tu te sois remise, Hunter. Ce n'était plus pareil sans toi dans les parages.

— Merci, Ian.

— Ouais. J'ai dû faire mon propre thé, acheter mes propres stylos—

Elle rit et lui donna une tape sur le bras.

— Espèce d'idiot.

— C'était quoi ce rendez-vous hier, si ce n'est pas indiscret ? Tu avais l'air préoccupée quand tu es arrivée ce matin.

Elle haussa les épaules. Elle savait que Barnes ne colporterait pas de ragots.

— L'évaluation de santé au travail fin février a recommandé que je consulte un psychiatre à mon retour.

— Ça va ? Tu ne fais pas de cauchemars ou quoi que ce soit ?

— C'était plus une précaution qu'autre chose. Probablement plus pour leur bénéfice que pour le mien. Jozef Demiri est mort. Il ne peut plus me faire de mal, et pour être honnête, Ian, je devenais folle d'ennui à la maison.

— Pas possible.

— Arrête, dit-elle en souriant.

Elle pointa du doigt le pare-brise.

— Tu devrais peut-être prendre cette sortie. J'ai

entendu aux infos ce matin qu'il y avait des retards à la prochaine à cause de travaux.

— D'accord.

Kay se pencha et fouilla dans son sac à la recherche de ses notes tandis que Barnes dirigeait la voiture hors de l'autoroute pour les mettre en route vers le centre-ville de Faversham.

— Ça semble un peu ironique qu'on soit sur le territoire de la division est, vu l'implication de Harrison l'année dernière. Terrain hostile.

— T'inquiète pas. Larch nous a obtenu l'autorisation. Vu les circonstances, une fois qu'il a mentionné le nom de la commissaire, ils ne pouvaient pas vraiment refuser. On les tiendra informés si quelque chose en ressort, ne t'en fais pas.

Vingt minutes plus tard, Barnes serra le frein à main et sortit de la voiture.

Quand Kay revint de l'horodateur, il tapotait des doigts sur le toit du véhicule.

— Comment veux-tu procéder ?

Kay lui tendit le ticket et ajusta son sac sur son épaule.

— Avec précaution, parce que s'il était impliqué dans le trafic de drogue avec Jamie, je ne veux pas qu'un avocat de la défense le tire d'affaire parce qu'on n'aurait pas fait notre boulot correctement. Pour l'instant, c'est un témoin, rien de plus.

— Tu veux dire, voir ce qu'il dit et ensuite décider si on le convoque pour un interrogatoire formel ?

— Exactement.

Barnes hocha la tête, puis verrouilla la voiture et ouvrit la marche de l'autre côté de la rue, le long d'un sentier qui séparait le jardin d'un pub et une autre propriété.

Ils débouchèrent dans une rue piétonne, le tracé médiéval de la ville commerçante encore visible dans la surface inégale des ruelles.

— Bon flic, mauvais flic ?

Kay sourit et tendit son poing avant de sortir deux doigts.

La main de Barnes resta serrée.

— Tu es le bon flic, alors. Allons-y, le bar qu'il possède est dans cette rue.

Ils entrèrent dans une ruelle étroite qui se terminait en impasse, avec une agence de voyages et un bureau de paris d'un côté, et le bar à vin de l'autre.

Une enseigne pendait au-dessus de la porte dans le style d'un vieux pub anglais, mais l'extérieur indiquait un établissement moderne qui semblait faire des affaires florissantes malgré l'heure matinale.

Barnes poussa la porte, la tenant ouverte pour Kay.

Alors que ses yeux s'habituaient à la faible luminosité, elle remarqua une femme debout derrière le bar au fond et commença à se frayer un chemin entre les tables.

En plus d'être un bar à vin, l'établissement de Carl Ashton semblait également proposer du café et d'autres boissons chaudes, car la plupart des tables étaient occupées par ce qui semblait être des touristes plutôt que des habitués.

Kay remarqua que les quelques habitués présents à cette heure préféraient s'asseoir au bar, loin des étrangers.

Elle s'approcha du bout d'une rangée de six pompes à bière et, après avoir montré sa carte de police, demanda à voir Ashton.

— Il est à l'étage dans le bureau, dit la femme.

Elle jeta un coup d'œil à la foule, comme pour s'assurer que tout était sous contrôle, puis se retourna vers Kay.

— Je vais aller le chercher pour vous. Attendez.

Barnes s'appuya contre un distributeur automatique de cigarettes et sortit son carnet de sa veste. Quelques instants plus tard, il fit un signe du menton par-dessus l'épaule de Kay.

Ashton était de la même taille que Barnes, sauf que ses épaules étaient plus larges et son ventre arborait une bedaine sans doute favorisée par son occupation actuelle. Ses cheveux châtain clair commençaient à s'éclaircir, et elle remarqua que ses ongles étaient rongés jusqu'au sang.

Ses yeux allèrent de Kay à Barnes, puis il tendit la main.

— Inspecteurs ? Comment puis-je vous aider ?

— Y a-t-il un endroit où nous pourrions parler en privé ? demanda Kay, ignorant la main tendue.

Il jeta un coup d'œil par-dessus son épaule à la femme derrière le bar, puis leur fit signe de le suivre.

— On peut utiliser le bureau. C'est exigu, mais ça fera l'affaire. On ne peut pas utiliser la cuisine, j'ai une friteuse en réparation.

Il les conduisit à travers une porte à l'arrière du bar, avant de tourner à gauche et de monter un escalier étroit.

Arrivé à la dernière marche, il tourna à droite et ouvrit une porte.

— Entrez.

Kay hocha la tête en signe de remerciement en passant, puis recula en entrant dans la pièce.

Ashton ne plaisantait pas – la pièce contenait un bureau, une chaise miteuse, et pas grand-chose d'autre.

— Attendez. J'ai deux chaises de camping sur lesquelles vous pouvez vous asseoir.

Elle attendit qu'il déplie une chaise qui était rangée derrière la porte, puis s'assit pendant qu'il faisait de même pour Barnes.

Cela fait, il ferma les fenêtres ouvertes sur l'écran de l'ordinateur, puis se tourna vers elle et Barnes, et sourit.

— Alors, de quoi vouliez-vous me parler ? Je ne me souviens pas avoir appelé la police pour quoi que ce soit, cela fait des mois depuis le dernier cambriolage.

Kay montra sa carte de police, et attendit que Barnes en fasse autant avant de les présenter formellement.

— Monsieur Ashton, nous sommes ici pour vous parler de Jamie Ingram.

Elle récita la mise en garde officielle avant de poursuivre, remarquant que la posture de l'homme se raidissait.

— Mon équipe et moi avons rouvert l'enquête sur la mort de Jamie, et je crois comprendre qu'à l'époque, vous serviez avec lui dans le corps logistique de l'armée britannique.

Ashton passa une main sur sa bouche puis appuya son coude sur le bureau.

— C'est exact. Bon sang, ça semble être il y a une éternité.

Kay jeta un coup d'œil autour de la petite pièce et aux photos sur le mur montrant Ashton avec diverses célébrités mineures de la région.

— Vous avez un bel endroit ici. Comment avez-vous réussi à le mettre en place avec un salaire de l'armée ?

— J'ai reçu un héritage quelques mois avant d'être démobilisé. Ça m'a bien arrangé, je peux vous le dire. Vous avez raison, je n'aurais pas pu établir l'entreprise avec ce que je gagnais dans l'armée.

— Ça doit être un travail difficile de gérer un endroit comme celui-ci. Vous aimez ça ?

Elle le regarda bomber le torse et se redresser.

— Eh bien, ce n'est pas facile, ce business, vous savez. Ce sont de longues heures, et je dois constamment m'assurer que mon personnel maintienne les normes élevées sur lesquelles j'insiste. Nous avons une bonne clientèle régulière, cependant, et depuis que j'ai pris l'initiative de proposer un service de bistrot-café en semaine, je vois de bons retours.

Il tapota le côté de son nez.

— C'est mon expérience, voyez-vous. J'ai vu beaucoup de concurrents aller et venir au fil des ans, mais ils ne peuvent pas égaler mes compétences entrepreneuriales.

— Quel était votre rôle dans le corps ?

— J'étais soldat de deuxième classe. Comme Jamie. Nous nous sommes enrôlés à une semaine d'intervalle, mais nous avons fini par être affectés ensemble à Deepcut. Quand nous avons découvert que nous venions tous les deux du Kent, nous sommes devenus amis.

— Vous fréquentiez-vous beaucoup en dehors de l'armée ?

Ashton sourit.

— Ouais. On s'amusait bien hors de la caserne. Ses parents possèdent une exploitation fruitière près de Maidstone, des prunes, des pommes et ce genre de choses. Jamie était passionné de motos comme moi, alors on passait du temps à foncer sur les pistes autour de la propriété en été.

— Donc, vous connaissiez bien sa famille ?

— Plus ou moins, je suppose. Sa sœur était une beauté, je m'en souviens. Sa mère était allemande, non ?

— C'est exact.

Kay prit un moment pour parcourir ses notes du regard, même si elle les connaissait par cœur. Souvent, les entretiens avec les témoins étaient une question de rythme, et il ne fallait pas précipiter ses questions.

— Avez-vous également été déployé en Afghanistan avec Jamie ?

— Oui. À chaque fois. Nous étions dans la même unité, vous voyez ?

— En quoi consistait votre rôle ?

Il se pencha en arrière.

— Eh bien, quand nous étions en Afghanistan, nous étions chargés de nous assurer que l'équipement était en état de marche. Si quelque chose était cassé, soit nous faisions appel aux ingénieurs de l'armée s'il s'agissait d'un problème mécanique, soit nous organisions l'envoi de pièces de rechange. Nous emballions tout ce que nous ne pouvions pas réparer sur place et organisions son renvoi au Royaume-Uni.

Kay resta silencieuse.

— C'est comme ça que Jamie a réussi à faire entrer la cocaïne dans le pays ? demanda Barnes.

— Quoi ?

Le coude d'Ashton glissa du bureau, le déséquilibrant. Il se reprit et fusilla Barnes du regard, le visage blême.

— Parlez-nous du demi-kilo de cocaïne qui a été découvert dans un réservoir vide d'un Jackal, dit Kay. Comment est-il arrivé là ?

— Je n'en ai aucune idée.

— Vous avez dû être soulagé quand Jamie est mort et que l'enquête a été abandonnée, dit Barnes. Plutôt pratique pour vous, n'est-ce pas ?

Ashton se leva de son siège, les roulettes l'envoyant s'écraser contre le mur derrière lui.

— Attendez une minute. Vous ne pouvez pas débarquer ici et commencer à m'accuser d'avoir tué Jamie !

— Je ne crois pas que mon collègue ait dit cela, dit Kay, gardant une voix calme. Alors, asseyez-vous.

Ashton la fusilla du regard, mais elle soutint son regard jusqu'à ce qu'il se laisse tomber dans son fauteuil, les mains tremblantes.

— Vous savez quoi ? Au lieu de venir ici, parler de trafic de drogue et suggérer que j'ai assassiné mon meilleur pote, pourquoi ne parlez-vous pas à Glenn Boyd ?

— L'adjudant ?

Il ricana.

— Ouais, lui. Jamie avait une liaison avec sa femme, après tout. Je dirais que c'est un assez bon motif pour vouloir se débarrasser de lui, vous ne croyez pas ?

Kay se leva de sa chaise.

— Merci, Monsieur Ashton. Je pense que ça

suffira pour le moment. Nous reprendrons contact avec vous.

Elle attendit qu'elle et Barnes soient dehors, puis se tourna vers lui alors que la porte du bar se fermait derrière eux.

— Qu'en penses-tu ?

— Soit il ment comme un arracheur de dents, soit il gère une entreprise louche. Dans les deux cas, je pense que le prochain entretien avec lui impliquera un avocat.

Kay pinça les lèvres.

— C'est exactement ce que je pensais.

CHAPITRE 21

De retour dans la salle des opérations, Kay repoussa le clavier de son ordinateur, puis regarda Barnes attentivement.

— Comment se fait-il qu'on ne savait pas que Jamie Ingram avait une liaison avec la femme de l'adjudant ?

Il s'arrêta en passant, puis rassembla une liasse de papiers avant de les laisser tomber sur sa chaise et de se pencher par-dessus le dossier pour attraper une tasse de thé.

— Parce que personne n'a divulgué cette petite information la première fois, ou alors quelqu'un l'a fait et Harrison a choisi de l'ignorer.

Il but une gorgée, puis grimaça.

—Debbie ? Le thé est froid.

— C'est ce qui arrive quand tu l'ignores pendant une demi-heure après que je l'ai mis sous ton nez.

— Y a-t-il une chance que tu—

— Fais-le toi-même. J'ai la déposition de Carl Ashton à taper, et ton écriture est atroce. Tu devrais prendre des cours de dactylographie, tu sais. Ça m'épargnerait beaucoup de maux de tête.

— Je suis trop vieux pour apprendre quoi que ce soit de nouveau, Debs.

— Dinosaure.

Kay ignora les taquineries entre ses collègues et reporta plutôt son attention sur la base de données HOLMES2.

— L'adjudant avait-il été interrogé à l'époque ? demanda Barnes.

— Oui, parce que c'était par lui que Jamie devait passer pour demander un rendez-vous avec son officier supérieur.

— Et je suppose que c'était seulement l'hypothèse de Sharp que l'adjudant avait quelque chose à voir avec l'approvisionnement en drogue, parce qu'il fallait quelqu'un haut placé pour signer les papiers quand les conteneurs revenaient au Royaume-Uni ?

— Exact. Comme c'était si ténu, le supérieur de Sharp dans la police militaire n'en a pas parlé à la police du Kent à l'époque, donc Glenn Boyd n'a pas été formellement interrogé à ce sujet. Ils ne l'ont approché que pour vérifier les déplacements de Jamie dans les jours précédant sa mort. Soyons honnêtes, la police du Kent n'avait aucune raison de soupçonner un acte criminel à l'époque parce que Harrison avait étouffé les informations que Sharp lui avait données.

— Jamie Ingram était un peu un mystère, n'est-ce pas ? dit Gavin en s'approchant de son bureau et en tendant à Kay une seule feuille de papier. Voici les détails sur Mme Boyd que Debbie a déterrés. Il semble qu'elle et Glenn soient toujours mariés, donc je ne sais pas si sa liaison avec Jamie a été révélée un jour.

— Merci, Gavin. Tu peux m'accompagner pour l'interroger demain ?

— Bien sûr, il y a un numéro de téléphone fixe pour la propriété, alors je vais l'appeler maintenant.

— Sois prudent quand tu le feras. Pas la peine de soulever le sujet de la liaison devant son mari.

— Noté. Comment décrirais-tu Ashton quand tu lui as parlé ?

— Un vantard.

— Kay est polie, dit Barnes. Ce qu'elle veut dire, c'est qu'il pourrait parler pendant des heures.

Kay sourit.

— Ouais, il se prenait certainement pour un homme du monde, c'est sûr.

Elle fit une pause et se tourna sur sa chaise.

— Debbie ? Quand tu auras le temps demain, pourrais-tu examiner de plus près l'historique du bar d'Ashton ? Remonte jusqu'à son achat initial.

— Je m'en occupe.

— Aussi, toute infraction aux licences, implication de la police, ce genre de choses. Il a mentionné un cambriolage il y a quelques mois, donc il y a probablement quelque chose dans le système à ce sujet.

— Tu penses toujours qu'il a utilisé la drogue pour payer l'entreprise ? demanda Barnes.

— Oui, je le pense. Et je veux savoir s'il a continué à dealer. Je veux dire, vous avez vu les statistiques dans les nouvelles, les pubs étaient en difficulté avant la crise, et ça ne s'est pas beaucoup amélioré depuis.

— Et son accusation concernant Jamie et la femme de l'adjudant, alors ? Tu penses qu'il y a une part de vérité là-dedans, ou est-ce qu'il nous raconte ça pour nous envoyer sur une fausse piste ?

— Je suis sûre qu'il l'utilise comme diversion, oui.

Elle se tourna vers Gavin.

— Tu peux me rendre un service ? Tu peux te

renseigner sur le passé de Glenn et Penny Boyd et vérifier s'il y a des infractions dans la base de données les concernant ?

— Je m'en occupe. Je ne l'aurai peut-être pas avant qu'on leur parle, cependant.

Il pointa du pouce par-dessus son épaule.

— Je viens juste de recevoir une affaire de vol de voiture sur mon bureau, mais je vais faire de mon mieux.

— Super, merci.

Barnes se décolla du mur et croisa les bras.

— Bien. Et maintenant ?

Kay étira ses mains au-dessus de sa tête en gémissant, puis fit craquer son cou.

— Direction le pub. La première tournée est pour moi.

CHAPITRE 22

Le lendemain matin, Kay était assise sur le siège passager de la plus vieille voiture de service qu'ils avaient trouvée sur le parking, et elle soufflait sur ses doigts.

De la vapeur s'élevait de deux gobelets en polystyrène de café placés dans les supports entre les sièges, et Gavin se penchait sur le volant pour essuyer la buée qui s'était formée sur le pare-brise.

— Rappelle-moi encore pourquoi on a choisi la voiture sans chauffage ? Ce truc est un tas de rouille, la boîte de vitesses est en train de tomber en morceaux, et je suis sûre que le frein à main va lâcher d'un moment à l'autre.

— Oui, mais ça ne ressemble pas non plus à une

voiture de police. C'est beaucoup plus facile pour nous de passer inaperçus.

Elle leva le menton lorsque la porte d'une maison s'ouvrit plus loin dans la rue, et un homme se précipita le long de l'allée du jardin et traversa un portail, avant de déverrouiller une voiture bleue à hayon.

— Le voilà qui part.

Ils détournèrent leur attention de la voiture lorsqu'elle passa devant leur véhicule, faisant semblant de se disputer au cas où le conducteur jetterait un œil dans leur direction, puis abandonnant le prétexte dès qu'il fut hors de vue.

Kay se retourna sur son siège et regarda par la lunette arrière la voiture qui mettait son clignotant à droite et rejoignait le flot de circulation sur la route principale en direction du centre-ville de Maidstone.

— Où as-tu dit qu'il travaillait ?

— Dans un cabinet d'avocats. Il a fait des études de droit pendant qu'il était dans l'armée, et a poursuivi une carrière dans l'un des cabinets locaux après sa démobilisation.

Elle regarda sa montre.

— Ok, on a une demi-heure avant qu'elle ne parte travailler.

Ils descendirent du véhicule et se dirigèrent le

long du trottoir étroit vers la maison. La porte s'ouvrit au moment où leurs pieds commençaient à crisser sur le chemin de gravier qui y menait.

Une femme les observa, de l'inquiétude dans les yeux.

— Madame Penny Boyd ? Je suis l'inspectrice Kay Hunter. Vous avez parlé à mon collègue ici présent, l'enquêteur Gavin Piper, hier. Nous aimerions vous parler de Jamie Ingram.

Penny leur fit signe d'entrer.

— Dépêchez-vous. Avant que les voisins ne vous voient.

Kay s'essuya les pieds sur le paillasson et franchit le seuil pour entrer dans un couloir. Elle se décala pour faire de la place à Gavin, et attendit que la femme claque la porte.

Elle se tourna vers Kay et Gavin, ses sourcils foncés contrastant fortement avec son carré blond clair, et jouait avec une unique chaîne en argent à son cou. Elle portait un tailleur et était visiblement agitée.

— Je dois aller travailler. Je n'ai vraiment pas le temps pour ça.

— Pouvons-nous nous asseoir quelque part ?

Les doigts de la femme s'éloignèrent du collier, et elle pointa une main tremblante par-dessus l'épaule de Kay.

— Le salon est par là.

— Merci.

Kay attendit que Penny ouvre la voie, puis la suivit dans une pièce lumineuse qui donnait sur la rue.

Des voilages cachaient la vue de la pièce aux voisins, et un canapé avait été placé sous le rebord de la fenêtre, face à une grande télévision sur le mur opposé. Deux fauteuils étaient contre le mur du fond, et Penny fit un geste dans leur direction.

— Asseyez-vous.

Gavin sortit son carnet de la poche de sa veste tandis que Penny s'installait sur le canapé et repliait ses jambes sous elle.

— Quand vous avez appelé, je pensais que c'était à propos du cambriolage plus haut dans la rue la semaine dernière.

— De quoi s'agissait-il ?

Penny fit un geste dédaigneux de la main.

— Oh, des gamins, je suppose. Une des voitures de nos voisins a eu une vitre brisée et une tablette a été volée sur le siège.

Elle leva les yeux au ciel.

— Comme si vous ne préveniez pas assez les gens à ce sujet.

Kay lui adressa un petit sourire.

— Aujourd'hui, nous aimerions vous parler de Jamie.

— Je n'ai pas pensé à lui depuis des années.

— À quel point le connaissiez-vous ?

Les yeux de Penny se plissèrent.

— Eh bien, si vous êtes ici à propos de Jamie, vous n'avez pu l'entendre que d'une seule personne. Carl Ashton, n'est-ce pas ?

— Je crains de ne pas pouvoir divulguer mes sources, madame Boyd.

La femme renifla.

— Bien sûr que non. Même s'il essaie de ruiner mon mariage.

— Comment vous êtes-vous rencontrés, Jamie et vous ?

— À une fête, la première fois qu'ils sont tous revenus d'Afghanistan. Mon Dieu, je ne peux pas vous dire le soulagement. Ces jours-là ne me manquent pas du tout. Six mois d'ennui mélangés à une dose malsaine de terreur chaque fois qu'ils partaient. Je détestais ça.

— Que s'est-il passé ?

— J'avais trop bu, détective. N'est-ce pas généralement ainsi que ces choses arrivent ?

— Je ne saurais dire. Était-ce la seule fois ?

Penny baissa les yeux sur ses genoux et pinça un morceau de peluche imaginaire sur son pantalon.

— Non.

— Racontez-moi.

— On s'est vus pas mal de fois. Quand il n'était pas à l'étranger, je veux dire.

Penny tendit la main et prit deux mouchoirs en papier de la boîte sur la table basse, avant de tamponner ses yeux.

— Je me suis blâmée pour sa mort, vous savez. Je ne l'ai pas tué, bien sûr, mais c'est tout comme, après tout ce qui s'est passé.

Kay intercepta le regard interrogateur que Gavin lui lançait, puis reporta son attention sur Penny.

— Je suis désolée, madame Boyd. Je ne vous suis pas. Pouvez-vous expliquer cette déclaration ?

La femme serra les mouchoirs trempés dans sa paume, le visage bouleversé.

— La police ne m'a jamais interrogée, vous voyez. Ni la vôtre, ni la nôtre, je veux dire, l'armée. J'ai essayé de me convaincre que ce n'était pas ma faute.

Elle hoqueta alors, une profonde inspiration qui fit soulever ses épaules.

— Excusez-moi.

Gavin s'apprêtait à se lever de son siège lorsque

Penny se précipita hors du canapé et quitta rapidement la pièce, mais Kay secoua la tête.

— C'est bon. Laisse-lui un moment.

Le bruit de vomissements parvint aux oreilles de Kay, et le visage de Gavin exprima la compréhension.

Un peu plus tard, Penny revint, un verre d'eau à la main et les joues rouges.

— Je suis vraiment désolée.

Elle retourna vers le canapé, but une gorgée d'eau et posa le verre à côté de la boîte de mouchoirs.

— Madame Boyd ? Que s'est-il passé ? dit Kay.

La femme prit une profonde inspiration tremblante.

— C'est ma faute s'il est mort cette nuit-là, dit-elle. Nous nous étions disputés, vous voyez. Je l'ai appelé pendant qu'il était à la ferme. C'était le soir, je pense que lui et ses parents avaient déjà fini de dîner, et il m'a fait attendre pendant qu'il sortait de la maison pour me parler.

— À quel sujet vous êtes-vous disputés ?

La mâchoire de Penny se crispa.

— Je voulais rompre. Notre liaison. Ça devenait trop intense. Je...

Elle fit une pause pour se moucher.

— Écoutez, pour moi, c'était juste un peu

d'amusement, c'est tout. Jamie était beau garçon, il était partant. Je ne sais pas. C'était excitant.

Une pointe de désinvolture teintait ces derniers mots, et Kay sentit qu'elle perdait de la sympathie pour cette femme.

— Pourquoi est-ce votre faute si Jamie est mort ?

— Vous voyez, Jamie était tellement en colère contre moi. Il ne voulait pas mettre fin à notre liaison. C'est pour ça qu'il a quitté la ferme si tard ce soir-là. Il venait me voir. Il allait me supplier de changer d'avis.

— Madame Boyd, avez-vous des preuves pour étayer cette affirmation ?

— Non, bien sûr que non. Mais il était obsédé par moi. C'est le genre de chose qu'il aurait fait dans ces circonstances.

Kay expira et prit un moment pour rassembler ses pensées avant de poursuivre.

— Que fait votre mari dans le cabinet d'avocats ?

— Il est associé maintenant. Son équipe gère le département des demandes d'indemnisation pour accidents, beaucoup de leurs clients sont des assureurs automobiles.

Kay croisa le regard de Gavin.

— Merci pour votre temps, madame Boyd. Nous vous recontacterons si nous avons besoin de discuter de quoi que ce soit d'autre.

Penny se déplia du canapé et les conduisit jusqu'à la porte d'entrée. Elle s'arrêta, la main sur la poignée.

— Détective ? Vous ne le direz pas à mon mari, n'est-ce pas ?

— Seulement si le cours de notre enquête sur la mort de Jamie le rend inévitable, dit Kay.

— Je n'ai pas eu d'autre liaison depuis Jamie, dit Penny d'un ton désespéré. Je ne sais pas. J'ai eu l'impression que sa mort était la façon dont Dieu me punissait d'avoir trompé mon mari.

Kay résista à l'envie de soupirer.

— Nous vous contacterons si nous avons d'autres questions, madame Boyd.

CHAPITRE 23

— Qu'en as-tu pensé ?

Kay lisait les notes de Gavin pendant qu'il les ramenait en voiture vers Maidstone.

— Je ne pense pas qu'elle soit notre suspecte, dit-il.

— Non, je ne le pense pas non plus. Coupable d'avoir trompé son mari, mais c'est tout. Je me demande pourquoi elle pense que l'accident de Jamie est de sa faute.

— Eh bien, comme elle l'a dit, s'il était désespéré de la voir pour la faire reconsidérer leur rupture, peut-être qu'il ne se concentrait pas assez sur les conditions de la route ce soir-là.

— Peut-être.

— Les accidents de la route, cependant ? Trop de

coïncidences, tu ne trouves pas, que son mari travaille dans ce domaine du droit ?

Gavin engagea la voiture dans la circulation et leva la main en remerciement lorsqu'un autre conducteur freina pour le laisser passer.

— Comment cela n'a-t-il pas été repéré dans le système ? dit Kay.

— Sa biographie sur le site du cabinet est seulement générale et ne mentionne rien à propos des véhicules à moteur.

— D'accord, eh bien voyons ce que M. Boyd a à dire pour sa défense.

— Et le fait que sa femme avait une liaison ?

— Je suis détective, pas brise-mariage, dit Kay. Ça ne sert à rien de soulever ça.

Elle sortit son téléphone de son sac et composa le numéro du cabinet d'avocats où Glenn Boyd travaillait maintenant. Après cinq minutes de négociation avec la réceptionniste, elle prit rendez-vous pour le rencontrer plus tard dans la matinée.

— Bon, autant aller manger quelque chose pendant qu'on attend. Si on retourne au commissariat, on n'en sortira peut-être jamais.

Gavin manœuvra la voiture dans la bonne voie sur le périphérique pour les emmener au centre-ville.

Kay n'aurait pas parié là-dessus, mais il trouva une place de parking à seulement quelques mètres de leur café préféré et se tourna vers elle avec un large sourire.

— Tu peux effacer cet air suffisant de ton visage, Piper. C'est toi qui paies le petit-déjeuner.

Une heure plus tard, ils arrivèrent à la porte d'entrée du cabinet d'avocats avec dix minutes d'avance.

Comme beaucoup de cabinets professionnels autour de la ville, le cabinet était installé dans une rangée de bâtiments du XVIIe siècle qui avaient été réunis en un seul, offrant un espace ample pour les associés, les collaborateurs et le personnel administratif nécessaires pour faire fonctionner l'entreprise efficacement.

La rénovation avait également été réalisée avec goût.

Kay admirait les poutres apparentes, leurs couleurs sombres contrastant avec les murs de teinte pâle. Elle aimait la façon dont les murs intérieurs n'avaient pas été redressés par les constructeurs. Au lieu de cela, leur surface inégale servait de caractéristique dans la zone de réception.

La réceptionniste leur fit signe de s'asseoir dans deux fauteuils, décrochant un téléphone de son socle et le portant à son oreille tandis qu'ils s'installaient confortablement.

Ils n'eurent pas à attendre longtemps.

La voix d'un homme parvint aux oreilles de Kay depuis la direction d'une arche qui avait été laissée en place derrière le bureau de réception lors des rénovations initiales, avant qu'il n'entre dans son champ de vision, glissant un téléphone portable dans la poche de sa chemise alors qu'il croisait son regard.

Il tendit la main en s'approchant.

— Détective Hunter ? Je suis Glenn Boyd.

— Merci de nous recevoir ce matin. Voici mon collègue, l'enquêteur Gavin Piper.

— Il y a une salle de réunion libre que nous pouvons utiliser pendant la prochaine heure. Voulez-vous me suivre ?

Il se retourna sans attendre de réponse et lança par-dessus son épaule en les guidant à travers l'arche.

— Helen ? Pouvez-vous transférer tous mes appels téléphoniques à Stephanie ?

Kay n'entendit pas la réponse de la réceptionniste, mais suivit Boyd le long du couloir sur une courte distance, avant qu'il ne tourne à gauche et tienne la porte ouverte pour elle et Gavin.

— Voilà. Malheureusement, je ne suis pas encore

assez haut placé dans le cabinet pour avoir mon propre bureau.

— Ça ira très bien, dit Kay.

— Vous avez mentionné au téléphone qu'il était question de Jamie Ingram ?

— Oui. On nous a demandé de rouvrir l'enquête sur sa mort il y a dix ans, car nous avons reçu de nouvelles informations.

Le front de Boyd se plissa alors qu'il s'asseyait sur une chaise en face d'eux.

— Je suppose que vous ne pouvez pas me dire de quelles informations il s'agit ?

Kay sourit.

— Je suis désolée, non.

Il haussa les épaules.

— D'accord. Que voulez-vous savoir ?

— J'aimerais savoir où vous étiez la nuit où Jamie Ingram est mort.

Ses yeux allèrent de Kay à Gavin, puis revinrent.

— Quoi ? Suis-je un suspect, ou quelque chose comme ça ? L'accident de moto de Jamie était juste ça, un accident, n'est-ce pas ?

— Répondez à la question, s'il vous plaît.

— J'étais au bureau de la caserne. Tout le personnel devait être de retour avant minuit le lendemain, et vous n'imaginez pas la paperasserie nécessaire pour les préparer au redéploiement. J'avais les mains pleines, il était une heure du matin quand j'ai fini et que je suis retourné à mes quartiers.

— Avez-vous un alibi pour ce moment-là ?

— Je n'en ai pas besoin. Les bureaux de la caserne avaient un système de sécurité que nous codions temporellement. Vous pouvez consulter les registres et le voir par vous-même.

— Vous avez dû être soulagé quand son accident a été classé comme accidentel.

— Je ne l'ai pas tué, détective.

— Vous aviez certainement un mobile. On vous a surpris en train de vous battre avec lui derrière la caserne six mois avant sa mort. De quoi s'agissait-il ?

Boyd renifla et secoua la tête. Une tristesse remplit ses yeux, et il sortit un mouchoir de la poche de son pantalon avant de se moucher.

— Détective, vous m'avez demandé à l'instant si j'avais un alibi pour la nuit où Jamie est mort. J'en ai un, mais s'il vous plaît, soyez prudente avec cette information.

Il prit un stylo et un bloc-notes publicitaires qui avaient été placés à côté des verres d'eau au milieu de la table, et se mit à écrire un nom et un numéro de téléphone dessus. Il le tendit à Kay.

— Je ne sais pas si ce numéro fonctionnera encore. Ça date d'il y a dix ans, après tout.

Kay se mordit la lèvre en lisant les mots, puis leva les yeux pour rencontrer son regard.

— Vous voyez, dit-il, ma femme n'était pas la seule à avoir une liaison. Je suis sûr que vous découvrirez la sienne avec Jamie Ingram au cours de votre enquête. La vie dans l'armée est dure. On se retrouve à s'éloigner de ceux qu'on aime le plus.

— Et pourtant, vous êtes toujours ensemble.

— Elle n'a jamais découvert ma liaison. Elle pense que je ne savais rien pour elle et Jamie. Je l'aime. Je l'aimerai toujours.

Kay soupira et passa le morceau de papier à Gavin, qui le glissa dans son carnet. Elle se retourna vers Boyd.

— Parlez-moi de la drogue. Comment entrait-elle dans le pays ?

— Devon Sharp ou Stephen Carterton vous ont-ils parlé du réservoir de carburant vide ?

— Je ne suis pas autorisée à révéler qui nous en a informés.

— Eh bien, ce n'était guère un secret une fois qu'un demi-kilo de cocaïne a été découvert. Nous n'avons jamais su comment ils s'y étaient pris. C'est bien dommage. Ensuite, Jamie est mort, et l'enquête s'est essoufflée.

— Jamie semblait-il effrayé dans les jours précédant sa mort ?

Boyd fixa le vide pendant un moment, puis cligna des yeux.

— Pas effrayé, non. Distrait, oui. Comme s'il avait quelque chose en tête. Sur le moment, j'ai pensé que cela pouvait être lié à la drogue qui avait été trouvée, mais je n'en suis plus si sûr maintenant.

— Des marchandises importées auraient certainement nécessité la signature de quelqu'un haut placé pour les papiers ? Jamie a dû avoir de l'aide d'en haut pour réussir une telle quantité de contrebande.

Boyd secoua la tête.

— Pas la mienne, et je ne crois pas que Carterton l'aurait fait non plus, pas vu la façon dont il a retourné l'endroit quand cette drogue a été découverte. C'était sa réputation qui était en jeu, sans parler des poursuites pénales qui pèseraient sur le régiment. Il n'aurait jamais pris ce risque.

— Alors, qui ?

Il desserra sa cravate avant de poser ses coudes sur la table.

— Il y avait un capitaine qui travaillait autrefois dans le bureau de la caserne, il s'occupait des achats et ce genre de choses. J'avais des doutes à son sujet, pour être honnête, mais c'est trop tard maintenant.

— Pourquoi ?

— Il est mort il y a deux ans d'un AVC impardonnable, détective.

Kay pinça les lèvres et réprima sa frustration.

— Et l'acheteur ? Une idée de la personne à laquelle Jamie aurait pu prévoir de vendre la drogue ?

— Je suis désolé, non.

CHAPITRE 24

Kay tapota son stylo contre le bureau, se demandant quel angle d'enquête elle pourrait explorer ensuite, avant de le jeter sur une pile de dossiers et d'entrer à grands pas dans le bureau de Sharp.

Carys la rejoignit alors qu'elle faisait les cent pas devant le tableau blanc.

— D'habitude, tu râles contre Sharp quand il use la moquette.

— Je commence à comprendre pourquoi il fait ça.

— Un penny pour tes pensées ?

— Je ne suis pas sûre qu'elles vaillent autant pour le moment.

— Essaie toujours.

Carys s'affala dans l'un des fauteuils réservés aux

visiteurs près du bureau de Sharp, puis leva les yeux quand Gavin, Debbie et Barnes les rejoignirent.

— Pile au bon moment.

— J'ai les dossiers et tout ce que tu as demandé sur le bar à vin de Carl Ashton, dit Debbie en tendant un dossier à Kay. Et j'ai fait des copies pour tout le monde.

— Super, merci. Excellent travail.

Barnes jura entre ses dents en s'appuyant contre le rebord de la fenêtre et en tournant les pages.

— Cette entreprise aurait dû faire faillite il y a deux ans.

— Soit on a raison, et il utilise de l'argent liquide pour soutenir l'entreprise, soit il a un comptable très habile, dit Kay en parcourant du regard les coupures de presse évoquant des rénovations extravagantes et des dons caritatifs.

— Quand le bar a-t-il été créé ? demanda Barnes.

— Il y a neuf ans, répondit Debbie. Il a enregistré l'entreprise en tant que société anonyme il y a deux ans. Nous aurons évidemment besoin d'un mandat pour ses registres comptables.

— Donc, on ne voit peut-être qu'une fraction de l'argent qui est passé par ce bar ?

— Exactement.

— Je me demande ce qui l'a poussé à enregistrer l'entreprise, dit Gavin.

Kay feuilleta les pages à la fin du rapport, puis le jeta sur le bureau de Sharp.

— Il se protège. Si l'entreprise est mise en liquidation, il peut s'en aller et personne ne peut rien y faire.

— Ce qui fait se demander si son « héritage » commence à s'épuiser, dit Barnes.

— Exactement. Comment s'est passée la vérification des antécédents de Glenn et Penny Boyd, Gavin ? demanda Kay.

— Il n'y a rien d'inquiétant, dit-il. Je pense qu'ils sont tous les deux hors de cause concernant la drogue.

— Tu crois qu'il savait que sa femme avait continué sa liaison avec Jamie après qu'il l'avait tabassé cette fois-là ? demanda Carys.

— Non, je ne pense pas, dit Kay. Remarque, c'est difficile d'avoir de la sympathie pour l'un ou l'autre, ils sont aussi mauvais l'un que l'autre à cet égard.

— Donc, pour revenir à ce qu'on disait. Qu'est-ce que tu penses qu'il se passait ?

— D'accord, voici ce que nous savons jusqu'à présent. Jamie et, peut-être, Ashton faisaient entrer de la cocaïne dans le pays en la cachant dans du matériel revenant d'Afghanistan. Glenn Boyd a dit que l'officier supérieur chargé de signer les documents pour les douanes est mort d'une crise cardiaque il y a deux ans, donc on ne peut pas l'interroger. Il n'y avait pas assez de preuves à l'époque pour inculper Jamie, mais une enquête de la police militaire était en cours quand il est mort.

— Tu penses que quelqu'un l'a tué pour le faire taire, alors ?

— Je ne suis pas sûre. Je veux dire, pourquoi tuer quelqu'un qui était ta seule source d'approvisionnement ?

— Une rivalité ? Peut-être que quelqu'un d'autre avait un intérêt dans la contrebande de drogue dans le pays ? dit Barnes.

Kay griffonna la suggestion sur le tableau blanc.

— Ça vaut la peine d'y réfléchir. Après tout, un demi-kilo de cocaïne n'est pas donné. Je suis sûre qu'une fois que le bruit s'est répandu, quelques personnes se sont demandé comment il avait réussi à la faire entrer en contrebande.

— Tu penses qu'il l'avait déjà fait avant ? dit Gavin.

— Si c'est le cas, comment s'en est-il tiré ?

— La chance, peut-être.

Gavin haussa les épaules.

— Parfois, c'est tout ce qu'il faut. Est-ce que Stephen Carterton a dit s'ils vérifiaient tous les conteneurs qui revenaient, ou s'ils en choisissaient un ou deux au hasard ?

— Il ne l'a pas dit, répondit Kay. Carys, tu peux éclaircir ça avec lui ?

— Je m'en occupe. Tu penses qu'ils prenaient des raccourcis dans leurs responsabilités douanières ?

— Je parie qu'ils ne l'ont plus fait une fois qu'ils ont trouvé ce demi-kilo cette fois-là, dit Barnes. Pas étonnant que Sharp ait dit qu'ils avaient retourné la caserne pour essayer de trouver qui était responsable.

— En plus de ça, de tout ce qu'on a examiné, on ne sait toujours pas à qui il fournissait. Je veux dire, un demi-kilo de cocaïne, c'est une quantité énorme à risquer de faire entrer, sans parler d'essayer de la distribuer. Et, d'après ce qu'on entend, ce n'était pas la seule fois. Alors, qui diable l'achetait ?

— On doit aussi envisager la possibilité qu'un client mécontent soit responsable de sa mort, dit Barnes.

— C'est vrai.

Kay ajouta sa suggestion au tableau, puis remit le capuchon sur le stylo et se tourna vers l'équipe.

— Eh bien, ça nous donne certainement du travail.

Barnes se détacha du rebord de la fenêtre.

— Que veux-tu qu'on fasse ensuite ?

— Arrêter Carl Ashton et l'amener pour l'interroger au sujet du trafic de drogue. Tu peux t'en occuper, Carys ?

— Je m'en charge.

— Bien. On fera l'interrogatoire demain matin à la première heure.

— J'apporterai le café, dit Barnes.

CHAPITRE 25

Le lendemain matin, Kay ouvrit la porte de la salle d'interrogatoire numéro deux et s'écarta pour laisser entrer Carl Ashton et son avocat.

Tandis qu'ils prenaient place, Barnes vérifia l'équipement d'enregistrement et adressa à Ashton l'avertissement officiel avant de s'asseoir et de faire un signe de tête à Kay.

Elle ouvrit le dossier devant elle.

— Pour être claire, monsieur Ashton, et pour faire suite à ce que mon collègue vous a expliqué, à vous et à votre avocat, il s'agit d'un interrogatoire formel pour vous poser des questions concernant des allégations de blanchiment d'argent, de trafic de drogue vers le Royaume-Uni, et votre implication dans la mort de Jamie Ingram.

Ashton déglutit et pâlit légèrement.

Comme il ne répondait pas, Kay poursuivit.

— Depuis combien de temps possédez-vous le bar ?

— Environ neuf ans. Depuis que j'ai quitté l'armée.

— Qu'est-ce qui vous a décidé à devenir propriétaire de bar ?

Il eut un sourire narquois.

— J'aime la bière.

Kay plissa les yeux.

— Ne commençons pas du mauvais pied, monsieur Ashton. N'essayez pas de faire le malin avec moi. Comment avez-vous financé l'achat du bar à vin ?

Il s'agita sur son siège et baissa les yeux.

— Il était vendu à bas prix. Le dernier propriétaire avait fait faillite et cherchait à s'en débarrasser au plus vite.

— C'est très intéressant, mais répondez à la question. Comment avez-vous pu vous permettre de l'acheter ?

— Je vous l'ai déjà dit. J'ai reçu un héritage quelques mois avant de quitter l'armée.

Kay feuilleta ses notes.

— Qui est votre comptable ?

— J'en ai un différent maintenant. Mon ancien comptable a pris sa retraite. Pourquoi ?

— Il y a plusieurs articles de presse disponibles en ligne qui montrent que vous avez dépensé beaucoup d'argent pour l'entreprise au fil des ans. Par exemple, vous avez entrepris une rénovation massive avant l'ouverture du bar, puis un an plus tard, vous avez remporté un prix local d'entreprise grâce au nombre d'employés que vous avez réussi à engager. En plus de cela, il y a trois ans, vous avez procédé à un changement d'image, ce qui n'a pas dû être bon marché, j'imagine, afin de lancer le café que vous avez établi dans le bâtiment. De qui avez-vous reçu cet héritage ?

— Je ne m'en souviens pas. C'était peut-être une grand-tante, du côté de mon père. Je ne la connaissais pas très bien.

Il haussa les épaules.

— C'était il y a longtemps.

— Et pourtant, elle vous a laissé suffisamment d'argent dans son testament pour que vous puissiez acheter une entreprise en difficulté et investir des sommes importantes pour redresser sa situation et la maintenir à flot.

— C'était inattendu, c'est vrai. Quant au succès du

bar à vin, eh bien, c'est simplement le fruit d'un travail acharné de ma part.

— Nous aurons besoin des coordonnées des avocats de votre grand-tante.

— Je ne me souviens pas de leur nom.

— Où sont-ils basés ?

— Je ne m'en souviens pas. Écoutez, je n'ai que deux employés qui travaillent au bar aujourd'hui. C'est vendredi. C'est notre jour le plus chargé. Je ne pense pas avoir le temps de rester ici à discuter avec vous.

— Je me fiche de ce que vous pensez, monsieur Ashton. Pour le moment, les choses ne se présentent pas très bien pour vous.

Kay fit un geste vers les documents devant elle.

— Vous ne pouvez pas nous dire de qui vous avez hérité votre argent, après avoir affirmé que c'était ce qui avait financé la création de votre bar à vin. Les quelques succès rapportés dans la presse locale n'expliquent pas comment vous parvenez à maintenir votre entreprise à flot, étant donné le nombre de vos concurrents dans la région qui sont en difficulté ou qui ont fermé au fil des ans. Cela m'indique que vous avez un problème de trésorerie. Le genre de problème de trésorerie qui fait que vous ne pouvez pas démontrer comment votre entreprise parvient à se maintenir à flot par elle-même. Maintenant, je suis encline à croire qu'une partie de cela est due à ce que vous prélevez sur les recettes du distributeur de cigarettes, et je parie que la moitié de votre personnel n'est pas déclarée et est probablement payée en espèces en dessous du salaire minimum. Mais pour le reste ?

Elle s'arrêta et se tourna vers Barnes, qui secoua la tête et laissa une expression d'incrédulité assombrir ses traits.

Ashton frappa la table du poing, sa lèvre supérieure retroussée en un rictus.

— Vous ne pouvez rien faire contre la façon dont je choisis de gérer mon entreprise.

— En fait, si.

Kay se pencha en avant et le fusilla du regard.

— Et nous allons transmettre tous ces documents aux services fiscaux. Je suis sûre qu'ils seront ravis d'avoir de mes nouvelles.

— Espèce de garce.

Kay le laissa fulminer, puis changea de tactique.

— Passons au demi-kilo de cocaïne qui a été trouvé dans le réservoir vide du Jackal il y a dix ans. Comment Jamie faisait-il entrer ça dans le pays à chaque fois ? Vous et lui utilisiez la même méthode ?

Ashton eut un sourire narquois.

— Ouais. À la troisième fois, on avait perfectionné la technique.

Kay haussa un sourcil tandis qu'il rougissait violemment et réalisait son erreur.

— Eh bien, eh bien. Je te l'avais dit, Barnes. Monsieur Ashton ne peut s'empêcher de se vanter de ses exploits. Je savais qu'il finirait par se trahir un jour.

L'avocat d'Ashton balbutia et se leva de son siège.

— Détective, je dois insister—

Ashton posa sa main sur le bras de l'homme et secoua la tête, son expression résignée. Il attendit que l'avocat se rassoie, puis reporta son attention sur Kay.

— J'étais désespéré, d'accord ? J'avais des dettes de carte de crédit jusqu'au cou, et ma femme avait divorcé. Nous n'avions été ensemble que quelques années, mais nous avions une fille, et mon ex voulait que je lui verse une pension alimentaire. Je ne savais pas quoi faire d'autre.

— Comment faisiez-vous passer la drogue en contrebande ?

— Je ne sais pas. Jamie s'occupait de tout ça.

— À qui la vendiez-vous ?

Il secoua la tête.

— Je ne sais pas. Jamie ne voulait pas me le dire.

— Pourquoi pas ?

— Il disait que moins les gens en savaient sur les arrangements, mieux c'était.

— Donc, il ne vous faisait pas confiance ?

— Je n'ai pas dit ça.

— Eh bien, il me semble déjà que vous avez l'habitude de répandre des rumeurs pour protéger votre propre position. Comme nous parler de la liaison de Penny Boyd avec Jamie. Avez-vous tué Jamie parce qu'il refusait de vous dire qui était le fournisseur ?

Les yeux écarquillés, il tourna la tête de Kay à Barnes, puis revint à Kay.

— Je vous l'ai déjà dit, je n'ai rien à voir avec sa mort. C'était un accident, non ?

— Quand avez-vous parlé à Jamie pour la dernière fois ?

— Environ une semaine avant sa mort. Je crois.

— Où étiez-vous le soir de sa mort ?

— J'étais déjà de retour à la caserne. Vous pouvez vérifier les registres, non ?

— Combien de cocaïne avez-vous fait entrer dans le pays après la mort de Jamie ?

— Je n'en ai pas fait entrer. Je vous l'ai dit. C'était Jamie qui organisait tout ça.

— Expliquez-moi comment.

Ashton leva la main pour empêcher son avocat d'intervenir à nouveau, puis s'essuya les yeux.

— Au diable tout ça. Je suis fichu de toute façon, n'est-ce pas ? Autant qu'ils entendent tout.

Il renifla, puis se redressa sur son siège alors que son regard croisait celui de Kay.

— Quand nous étions en Afghanistan, une unité américaine était chargée de garder les caches de drogue trouvées lors des raids dans la province, et il a été décidé que l'endroit le plus sûr pour garder tout ce qu'ils trouvaient était dans l'un de nos hangars de stockage, car ils étaient à l'épreuve des explosions. Ils avaient placé des gardes à la porte, bien sûr, mais Jamie et moi les connaissions de vue et ce n'était pas trop difficile de les distraire. Le hangar de stockage était assez grand, et c'est là que nous gardions toutes les pièces de rechange ainsi que tout ce qui devait être renvoyé au Royaume-Uni. Quand ils ont commencé à y stocker la drogue, nous devions être accompagnés d'un des gardes pendant que nous vaquions à nos occupations, mais avec le temps, ils sont devenus négligents. Ils nous faisaient confiance, vous voyez ?

— Continuez.

— La première fois, je pense que Jamie l'a fait juste pour voir s'il pouvait s'en tirer, pour rigoler un peu. Alors, j'ai continué à parler aux gardes pendant qu'il trouvait une excuse pour aller chercher quelque chose au fond du hangar. Quand il est revenu, il avait du mal à cacher son sourire. Plus tard dans la journée, il a commencé à paniquer sur ce qu'il allait en faire. Ce n'est pas comme s'il pouvait leur rapporter en leur disant que c'était juste une blague, n'est-ce pas ?

— Que s'est-il passé ?

— C'est là qu'il a eu l'idée d'en prendre plus et de le faire passer en contrebande. Je ne sais pas, je crois que la ferme avait des difficultés à l'époque, et peut-être que Jamie ne voulait pas de ça dans son avenir. Michael avait toujours dit que la ferme serait léguée à Jamie, et j'avais l'impression qu'il voulait quelque chose de mieux à quoi s'attendre une fois qu'il aurait quitté l'armée. Quoi qu'il en soit, il n'en a plus parlé pendant le reste de notre déploiement, il ne nous restait qu'environ quatre semaines avant notre retour au Royaume-Uni. Quand nous sommes rentrés, nous travaillions à traiter toutes les pièces qui avaient été conteneurisées et renvoyées pour que nous puissions les réparer ou les remplacer, quand Jamie est venu me voir et m'a dit qu'il avait trouvé un acheteur pour la cocaïne. Je crois que je n'ai pas dormi pendant deux jours après ça, mais il m'a dit que si je gardais le silence, il me donnerait une part du profit.

— Combien de fois cela s'est-il produit ?

Ashton déglutit.

— Après cette première fois ? À chaque déploiement jusqu'à ce que ce demi-kilo soit découvert par accident. Jusqu'à ce que Jamie se fasse tuer.

— Combien d'argent avez-vous reçu pour aider Jamie à passer le dispositif de garde en Afghanistan ?

— Quinze mille livres.

— Ça ne semble pas beaucoup pour risquer votre carrière dans l'armée.

Il releva le menton jusqu'à ce que ses yeux rencontrent les siens.

— Quinze mille livres, à chaque fois. Ce demi-kilo était la plus petite quantité qu'il ait jamais ramenée. Ils n'ont jamais trouvé le reste.

CHAPITRE 26

Carys leva les yeux de son bureau lorsque Kay revint dans la salle des opérations.

Après avoir laissé Barnes organiser le transfert de Carl Ashton vers les cellules de détention, elle avait été convoquée au quartier général pour participer à un atelier de management de trois heures.

Elle et les autres participants avaient passé l'après-midi à lutter contre la léthargie et l'ennui tout en feignant de s'intéresser à une présentation exagérément enthousiaste sur la gestion de leur charge de travail, se demandant quand ils pourraient retourner à leurs bureaux pour faire exactement cela.

— J'ai réussi à joindre quelqu'un du ministère public pour qu'il vienne ici, dit Carys en s'approchant. Elle est dans le bureau de Sharp.

— C'est super, merci. Gavin, du nouveau concernant la piste que Glenn Boyd nous a donnée à propos du type qui, selon lui, aidait Jamie de ce côté-ci ?

Le jeune enquêteur pivota sur sa chaise pour lui faire face.

— J'ai parlé à la femme de l'homme. Elle a confirmé qu'il était mort d'une crise cardiaque il y a deux ans. Complètement inattendu, apparemment, il n'était pas en mauvaise santé et avait maintenu un régime de remise en forme depuis qu'il avait quitté l'armée. J'attends un appel du service des impôts pour voir quelle était sa situation financière avant sa mort, au cas où il aurait reçu de l'argent du trafic de drogue.

— D'accord. Tiens-moi au courant si tu découvres quelque chose qui pourrait nous aider.

— Je n'y manquerai pas. Comment ça s'est passé avec Carl Ashton ?

Kay fit un geste en direction du bureau de Sharp alors que Barnes apparaissait, desserrant sa veste.

— Nous allons bientôt savoir si nous avons assez de preuves pour l'inculper, donc je te tiendrai au courant.

Kay ferma la porte en entrant dans la pièce après Barnes, et fut soulagée de trouver Jude Martin assise dans le fauteuil des visiteurs à côté du bureau de Sharp.

La conseillère du ministère public travaillait en étroite collaboration avec les officiers de la police du Kent pour s'assurer que les affaires portées devant un tribunal étaient correctement gérées dès le moment où un suspect était inculpé.

Vêtue d'un tailleur bleu clair et d'un chemisier crème, ses cheveux blond clair coupés court à la mode, la femme exsudait la confiance et l'autorité.

— Jude, contente de vous voir. Merci d'être venue.

Jude se leva pour leur serrer la main à tous les deux avant de reprendre sa place à côté du bureau de Sharp.

— Bonjour, Kay. Carys m'a dit que vous aviez une affaire intéressante pour moi. Je vous écoute.

— Nous avons un suspect en bas en relation avec une affaire non résolue d'il y a dix ans que nous avons été chargés de reprendre, mais ce n'est pas simple et j'aurais besoin de vos conseils.

Kay procéda à donner à l'officier du ministère public un aperçu de l'enquête à ce jour, et le résultat de l'entretien qu'elle et Barnes avaient mené avec Carl Ashton.

— Quelles sont nos options ?

— Eh bien, il n'y a aucune preuve suggérant qu'Ashton fait actuellement du trafic de drogue pour maintenir son entreprise à flot. Cependant, nous avons certainement assez d'éléments pour travailler avec l'administration fiscale concernant le financement et les rapports comptables continus de l'entreprise. Ils seront intéressés d'entendre parler des paiements en espèces, pour commencer.

— Donc, pas de poursuites pour le trafic historique ?

— Je n'ai pas dit ça. Ashton admet avoir pris sa part des bénéfices de l'importation de ces drogues et l'avoir utilisée pour lancer son entreprise. C'est du blanchiment d'argent. Il ne fait peut-être pas partie d'un grand syndicat, mais nous pouvons toujours l'inculper en vertu d'un sous-ensemble de la loi pour l'auto-blanchiment de ces fonds.

Kay exhala.

— C'est une bonne nouvelle.

— Ne vous inquiétez pas, je suis sûre que nous pouvons lui rendre la vie désagréable pendant un bon moment. Je vous tiendrai au courant.

Jude sourit, se leva de sa chaise et tapota le bras de Kay avec son dossier.

Kay l'accompagna jusqu'à la réception, puis retourna dans le bureau de Sharp pour trouver Barnes en train de fixer le tableau blanc.

— Donc, nous avons réglé le problème du partenaire de Jamie en ce qui concerne l'approvisionnement, dit-il. Mais toujours aucune trace de l'acheteur, ou du meurtrier de Jamie.

— Je sais. Il nous manque quelque chose, Ian, et ça me tracasse. Tiens-moi au courant de ce que Gavin découvre sur les dossiers fiscaux de ce type, d'accord ?

— Pas de problème.

Kay soupira et le précéda dans la salle des opérations.

— Je vais demander à Carys de vérifier à nouveau tout ce que nous avons sur l'ex-adjudant et sa femme, au cas où ils travailleraient ensemble pour dissimuler quelque chose.

— Oh oh.

— Quoi ?

Il fit un signe du menton, son regard s'éloignant du sien.

— On dirait que Larch veut ce compte rendu maintenant.

Elle jeta un coup d'œil par-dessus son épaule.

— Oh, super. Le timing parfait.

— Bonne chance. Je te vois lundi matin.

— Ouais. Merci, Ian.

CHAPITRE 27

— Mon bureau.

Kay suivit Larch qui sortait à grands pas de la salle des opérations et s'engageait dans le couloir, luttant contre un sentiment de panique.

Après tout, elle avait obtenu un résultat – même si ce n'était pas exactement celui qu'ils espéraient.

Carl Ashton serait inculpé conformément aux directives du ministère public établies par Jude, et elle avait au moins résolu le mystère de la moitié de la chaîne d'approvisionnement de la drogue.

Elle savait cependant comment était le commandant divisionnaire.

Ce ne serait pas suffisant.

Elle réprima la panique montante dans sa poitrine. Elle devait prouver qu'elle était capable de diriger une enquête majeure, et elle devait faire abandonner l'enquête des normes professionnelles contre Sharp.

Larch s'était arrêté et lui tenait la porte de son bureau ouverte.

— Merci, chef.

— Je viens d'avoir une réunion au quartier général avec la commissaire, dit-il. Elle a réitéré qu'elle attendait des résultats avant la fin de l'année fiscale afin de pouvoir demander plus de financement pour la division ouest. Cela nous donne un peu plus de six semaines pour mettre de l'ordre dans nos affaires, Hunter. Alors, qu'avez-vous pour moi ?

— Nous allons inculper Carl Ashton pour fourniture historique de drogues de classe A, sans parler du vol de ces drogues dans une installation sécurisée en Afghanistan et du blanchiment d'argent provenant du produit de la vente. Jude Martin du ministère public va examiner la meilleure façon de procéder, étant donné que le vol s'est produit alors qu'il était employé par l'armée. Le dossier d'Ashton sera également transmis aux services fiscaux en raison du fait qu'il a utilisé l'argent généré par la vente de ces drogues pour financer son entreprise, et qu'il n'a pas déclaré d'autres revenus en espèces.

Larch plissa le nez.

— Pas vraiment le feu d'artifice que nous espérions, n'est-ce pas ?

— J'en suis consciente, chef. Nous devons encore trouver l'acheteur aussi.

— Des pistes ?

— Non. Pas pour le moment. J'ai l'intention de faire un bilan de notre enquête la semaine prochaine, et j'espère avoir une voie à suivre une fois que je l'aurai fait.

— Vous feriez mieux d'organiser une rencontre avec la famille aussi, pour qu'ils soient mis au courant avant que les médias n'aient vent de l'arrestation d'Ashton.

— Je prendrai rendez-vous pour leur parler dès que possible.

Il soupira et tira sur la cravate autour de son cou, enroulant le tissu autour de sa main avant de la jeter sur le bureau entre eux.

— Fermez la porte, Hunter.

Kay fronça les sourcils, mais obéit avant de retourner s'asseoir.

— Que se passe-t-il, chef ?

— Ce que je vais vous dire reste entre ces quatre murs, c'est compris ?

— Oui, d'accord.

— Nous devons faire revenir Sharp dès que

possible. Il va y avoir des changements ici bientôt, et je dois m'assurer que cette station est laissée entre des mains compétentes.

— Que voulez-vous dire ?

Kay sentit son rythme cardiaque s'accélérer d'un cran.

Larch semblait mal à l'aise, comme s'il ne savait pas quoi dire, son ton habituellement brusque absent. Il prit une profonde inspiration.

— Hunter, ma femme a été diagnostiquée d'un cancer du sein. C'est assez avancé, et pour être honnête, ses chances ne sont pas bonnes.

— Chef, je suis tellement désolée.

Il secoua la tête, comme pour se ressaisir.

— J'ai parlé avec la commissaire. Je vais prendre un congé sabbatique, à partir de la semaine prochaine normalement. Donc, comme vous pouvez le voir, j'ai besoin que Sharp soit de retour ici avant mon départ. La commissaire est d'accord avec moi que si nous pouvons laver son nom de ces accusations montées de toutes pièces par Harrison, il devrait être commandant divisionnaire par intérim en mon absence.

Kay se pencha en avant et posa ses coudes sur ses genoux tout en fixant la moquette.

— Je ne sais pas quoi dire, chef.

Il laissa échapper un rire amer.

— Ça doit être une première.

— Qu'est-ce que vous allez faire ? Je veux dire, que fait-on dans ces cas-là ?

— Les médecins disent qu'il lui reste environ quatre mois, si nous avons de la chance. Dès que je quitte cet endroit, je l'emmène en France pour un long week-end, des amis à nous ont un chalet à la campagne, et c'est l'un de ses endroits préférés. J'aimerais qu'elle puisse le revoir avant qu'il ne soit trop tard. Après ça – il haussa les épaules et s'essuya les yeux – je ne sais pas. Je suppose que nous verrons comment les choses se passent.

Kay renifla, et Larch poussa une boîte de mouchoirs sur le bureau vers elle.

— Merci.

— Nous n'avons pas toujours été sur la même longueur d'onde, Hunter. Mais je respecte Sharp, et il vous respecte visiblement. Alors, que comptez-vous faire pour le faire revenir ?

Kay se moucha, froissa le mouchoir et le jeta dans la corbeille à papier.

Elle prit une profonde inspiration et se força à se reconcentrer.

— Bien. D'accord, eh bien, je ne crois pas que Carl Ashton ait quoi que ce soit à voir avec la mort de Jamie. Il dépendait de Jamie pour ce revenu supplémentaire provenant de la drogue qu'ils faisaient entrer. Il confirme qu'il n'a aucune idée de la personne à qui Jamie vendait, et après avoir interrogé l'adjudant, je ne crois pas qu'il ait été impliqué non plus. L'officier supérieur qui a probablement aidé Jamie à faire passer la drogue en contrebande dans le pays est décédé il y a quelque temps, et là encore, d'après ce qu'a dit Ashton, je ne pense pas que cet homme savait qui était l'acheteur non plus. Avec le temps limité que nous avons eu pour enquêter, nous n'avons pas encore eu l'occasion de parler aux amis de Jamie, ceux qui ne sont pas dans l'armée. À partir de la semaine prochaine, nous commencerons à les interroger. Avec un peu de chance, cela nous éclairera.

— Y a-t-il quoi que ce soit qui suggère que Sharp a étouffé cette affaire ?

— Il semble que Sharp ait essayé de soulever la question avec Harrison il y a dix ans, mais qu'il ait été ignoré. En parlant avec Sharp, il s'est avéré que l'enquête sur les activités de Jamie n'avait commencé que récemment lorsqu'il a été tué. Sharp avait très peu de preuves pour étayer la théorie selon laquelle Jamie était responsable de la drogue trouvée dans le réservoir de carburant vide. Il pense que c'est la raison pour laquelle Harrison a refusé d'envisager la possibilité que Jamie ait été assassiné. Il n'y a rien dans la base de données sur le trafic de drogue, et cela n'a été porté à mon attention qu'après avoir parlé avec l'ancien officier commandant de Jamie. Sharp l'a ensuite confirmé.

Larch hocha la tête et se pencha en arrière dans son fauteuil tout en contemplant le plafond.

— Je ne suis pas prêt à confier la gestion de cette station à un parfait inconnu. Nous avons besoin que Sharp revienne ici. Vous devez trouver cet acheteur, Hunter. C'est la clé.

— Je m'en occupe, chef.

— Vous pouvez y aller.

CHAPITRE 28

Kay cligna des yeux pour refouler ses larmes et essaya de se concentrer sur la circulation devant elle.

Elle avait baissé le volume de la radio en mettant le contact, la musique joyeuse contrastant avec son humeur sombre.

Son bras lui faisait mal, lui rappelant qu'elle était encore faible et qu'elle avait encore besoin de temps pour guérir. Elle savait qu'elle poussait son corps à bout, mais elle ne pouvait pas abandonner maintenant.

Le choc de la nouvelle de Larch résonnait dans ses pensées, et elle se demandait quand elle serait rendue publique au reste du personnel travaillant au commissariat.

Elle réalisa qu'il ne lui avait pas dit si Sharp était au courant des circonstances qui dictaient maintenant l'urgence de l'enquête. Elle soupçonnait que non – connaissant Larch, il ne voudrait pas donner de faux espoirs à Sharp, au cas où Kay échouerait.

Elle déglutit, la bile lui montant à la gorge à l'idée de le décevoir.

Quand elle avait suggéré l'idée de poursuivre cette affaire non résolue, elle n'aurait jamais imaginé que cela la propulserait en première ligne si rapidement, ou avec des conséquences aussi catastrophiques si elle ne pouvait pas prouver que Sharp avait raison, et que Jamie Ingram avait été assassiné.

Un klaxon retentit, et elle réalisa que le feu était passé au vert.

Elle appuya sur l'accélérateur, jurant alors qu'un bus choisissait ce moment précis pour sortir du parking du supermarché juste devant elle, et elle frappa le volant du talon de sa main par frustration.

Le chauffeur de bus s'éloigna, inconscient du petit accident qu'il avait failli provoquer, et elle vérifia ses rétroviseurs avant de repartir une fois de plus.

Ses pensées revinrent à la conversation qu'elle avait eue avec Zoe Strathmore, la psychiatre.

Elle n'avouerait jamais ses cauchemars, ni ses doutes sur son rôle, et elle détestait devoir respecter ce rendez-vous. Elle n'avait pas bien dormi depuis, et son épuisement commençait à avoir un effet visible sur son corps.

Elle soupira et réalisa que le trajet de dix minutes jusqu'à sa maison allait prendre deux fois plus de temps – la pluie battante et la mauvaise visibilité avaient ralenti la circulation jusqu'à l'immobiliser dans le centre-ville. Tout ce qu'elle voulait, c'était rentrer chez elle, se blottir sur le canapé avec Adam et un verre de vin. Elle ne savait même pas si elle voulait manger.

Elle laissa échapper un rire étranglé en pensant à la tête qu'Adam ferait si elle suggérait une telle chose – il la taquinait toujours sur ses habitudes alimentaires, et serait mortifié si elle sautait le dîner.

Son cœur se gonfla en pensant à lui, et elle se fit la promesse qu'une fois l'enquête en cours terminée, elle lui offrirait un week-end.

Ils avaient passé une semaine au Portugal en janvier ; un forfait bon marché qu'il avait trouvé en ligne. Elle avait d'abord protesté, jusqu'à ce qu'il lui fasse remarquer qu'un changement de décor lui ferait du bien une fois le plâtre retiré de son bras cassé.

Ils s'étaient résolus à prendre plus de vacances cette année, et elle sentit ses épaules se détendre en pensant aux endroits qu'ils pourraient explorer.

Elle eut un bref répit du tonnerre de la pluie sur le

toit de la voiture lorsque l'embouteillage s'arrêta et qu'elle se retrouva sous le pont ferroviaire traversant l'A20.

Un train gronda au-dessus, faisant s'envoler les pigeons de leur perchoir sur les poutres du pont au-dessus de sa tête.

Elle les fusilla du regard, les défiant de faire leurs besoins sur sa voiture, mais ils se posèrent sans incident et la circulation avança.

Son téléphone portable se mit à sonner dans son support sur le tableau de bord, et elle reconnut le numéro de sa sœur. Elle appuya sur le bouton du volant.

— Salut, Abby.

— Oh mon Dieu, où es-tu ? On dirait que tu es sous une cascade ou quelque chose comme ça.

— Je rentre à la maison, il pleut à verse, et la circulation est terrible. Comment ça va de ton côté ?

— Tu as parlé à Maman aujourd'hui ?

Kay se redressa sur son siège, les sonnettes d'alarme résonnant dans sa tête.

— Elle ne m'a pas appelée, non.

La relation entre elle et sa mère ne s'était pas améliorée avec le temps. Une fois que sa mère avait découvert les véritables effets des suites de l'enquête des normes professionnelles que Kay avait subie deux ans auparavant, et le fait que Kay avait fait une fausse couche sans en parler à ses parents à l'époque, sa mère avait refusé de lui parler.

Abby renifla.

— C'est Papa.

— Quoi ? Que se passe-t-il ? Il va bien ?

— Ils pensent que oui. Il a été transporté d'urgence à l'hôpital ce matin avec des douleurs à la poitrine. Je n'arrive pas à croire qu'elle ne te l'ait pas dit.

— Il va bien ? Tu as besoin que je vienne ?

— Non, ça va, vraiment. Ils pensent que c'est juste un mauvais cas de brûlures d'estomac, mais ils le gardent pour la nuit. Désolée si je t'ai fait peur.

— Tu es sûre ?

— Oui. Je voulais juste te prévenir au cas où tu entendrais une rumeur à son sujet et que tu paniques. Tu sais comment tante Liz peut être.

La sœur de leur père était une hypocondriaque dans le meilleur des cas, et si elle n'avait rien à craindre concernant sa propre santé, son attention se tournait vers sa famille. Elle pouvait facilement transformer un cas de mauvaise indigestion en un quadruple pontage, si on lui en donnait l'occasion.

— Heureusement que tu m'as eue avant elle.

— Ouais, écoute. Je dois y aller, les enfants sont

sur le point de se battre. Papa sera de retour demain soir, si tu veux l'appeler à ce moment-là. Je passerai chez eux, donc j'occuperai Maman pendant que tu téléphones.

— C'est super, Abby, merci. On se parle à ce moment-là.

Kay termina l'appel et réalisa que ses mains tremblaient.

Elle mit son clignotant à droite pour quitter la route principale et suivit la rue sinueuse à travers le lotissement avant de tourner à gauche dans la ruelle.

Le véhicule tout-terrain d'Adam était garé sur l'allée de gravier, et elle freina à côté avant de couper le moteur.

Elle soupira de soulagement. Elle aimait son travail, mais il y avait des jours où elle était heureuse d'être chez elle.

Quand elle inséra sa clé dans la serrure et entra dans le couloir, la première chose qu'elle remarqua fut le silence.

Le rez-de-chaussée était plongé dans l'obscurité, à l'exception d'une lumière allumée dans la cuisine.

Aucun arôme ne remplissait la maison, aucun tintement de casseroles et de poêles, rien du tout.

Fronçant les sourcils, elle laissa tomber son sac

sur les premières marches de l'escalier et se précipita dans la cuisine.

Adam était assis au plan de travail, la tête dans les mains, un verre de vin intact à son coude.

Il avait pleuré.

— Adam ? Qu'est-ce qui ne va pas, bon sang ? Que s'est-il passé ?

Il leva la tête, des larmes roulant sur ses joues.

— Rufus est mort cet après-midi.

Sa lèvre inférieure trembla, puis elle traversa la pièce en trois enjambées pour le rejoindre.

— Il n'a pas souffert, dit-il. Il est juste parti. Une minute il ronflait comme un sonneur pendant que je lisais le journal, et puis j'ai réalisé que la pièce était devenue silencieuse.

Il essuya ses joues.

— Je m'assure *toujours* d'être là pour eux à la fin, en caressant leur fourrure ou en tenant une patte. Je n'ai pas été là pour lui.

— Oh, Adam.

Ses bras l'entourèrent tandis qu'elle enfouissait sa tête contre son épaule.

— Ça a été la pire journée de tous les temps.

CHAPITRE 29

Une fine couche de givre recouvrait la voiture de Kay lorsqu'elle quitta la maison ce samedi matin, et elle n'enviait pas Adam qui devait effectuer sa tournée hebdomadaire des écuries locales par ce temps glacial, après avoir passé une longue soirée à coordonner avec le service spécialisé de crémation pour animaux.

Il était parti une heure avant elle, et une fois qu'elle eut enfilé un jean et un pull en laine, elle avait attrapé son sac à main et ses clés sur le plan de travail de la cuisine avant de se diriger vers le travail, son souffle formant de la buée dans l'air froid.

Elle était en avance ; l'étage supérieur du commissariat était plongé dans l'obscurité à son arrivée, et elle passa cinq minutes à allumer la machine à café, son ordinateur, l'imprimante et le photocopieur avant d'enlever son écharpe. Elle garda son manteau sur ses épaules.

Elle maudit les électriciens qui n'avaient toujours pas trouvé la source du problème avec le système de chauffage central et de climatisation, puis elle enroula ses doigts autour d'une tasse de café et se mit au travail.

Elle se mordit la lèvre en parcourant les nouveaux e-mails apparus dans le système depuis son départ la veille, elle mit de côté ceux qu'elle pouvait se permettre d'ignorer pendant quelques jours, puis commença à déléguer des tâches à l'équipe qu'elle dirigeait désormais, tandis que le fantôme de Jamie Ingram hantait ses pensées.

Malgré le résultat obtenu en inculpant l'homme qui travaillait avec lui pour faire passer de la drogue, elle n'était toujours pas plus proche de découvrir la vérité sur sa mort, et cela la troublait.

Elle passait à côté de quelque chose ; il y avait plus dans cette affaire que ce qu'ils avaient découvert jusqu'à présent, et elle maudit son inaptitude à trouver le lien manquant.

Elle appuya sur « envoyer » pour le dernier e-mail au moment où Gavin poussait la porte, un gobelet à emporter à la main.

— Bonjour, Kay.

Il posa un sac en papier à côté de son coude, l'arôme d'un croissant chaud chatouillant ses sens.

— J'ai pensé que tu en aurais besoin, vu que tu ne prends pas de petit-déjeuner.

— Salut.

Elle leva les yeux vers la lumière grise qui filtrait maintenant à travers les fenêtres de l'autre côté du bureau, et cligna des yeux avant de vérifier sa montre.

— Attends. Que fais-tu ici un samedi ? Tu as du retard dans ton travail ou quoi ?

Il sourit, ouvrit la bouche pour parler, puis se retourna lorsque la porte s'ouvrit à nouveau.

Carys et Barnes apparurent, la jeune détective soufflant sur ses mains en traversant la pièce.

— Bon sang, il est censé faire plus chaud à cette période de l'année.

Kay se pencha en arrière dans sa chaise.

— D'accord, vous tous. Qu'est-ce qui se passe ?

— On s'est dit que tu ne pourrais pas laisser les choses en suspens pendant le week-end, dit Barnes.

Il sourit.

— On te connaît trop bien.

— Ouais, alors on s'est dit qu'on allait venir t'aider, dit Carys. Des paires d'yeux supplémentaires et tout ça.

Kay se frotta la nuque, une partie du stress quittant ses épaules.

— J'apprécie, vraiment. Je ne vais pas argumenter, je sais qu'aucun d'entre vous n'écoutera de toute façon si j'essaie de vous faire rentrer chez vous. Mais je vous invite tous à déjeuner au White Rabbit, d'accord ? Je ne veux pas que vous travailliez cet après-midi, sinon vous serez épuisés quand vous viendrez lundi.

— Oui, madame, dit Gavin en faisant un clin d'œil.

Elle froissa la serviette à côté d'elle et la lui lança, puis reprit son sérieux et se leva de sa chaise.

— Bureau de Sharp.

Elle attendit qu'ils soient tous installés, puis retira la photo de Carl Ashton du tableau blanc et la mit de côté.

— Bien, après les événements d'hier, je suis certaine qu'Ashton n'était pas impliqué dans la mort de Jamie Ingram. Maintenant, nous devons élargir l'enquête, cela signifie réinterroger ses amis à qui l'équipe de Harrison a parlé au moment de sa mort. Qui a les noms ?

Carys leva la main et baissa les yeux vers un dossier sur ses genoux avant de l'ouvrir.

— En dehors de l'armée, Jamie n'avait que

quelques amis proches, il connaissait Greg Kendrick depuis l'école primaire, et apparemment ils prenaient le même bus pour aller à l'école. Selon la déclaration initiale de Natalie Ingram, Kendrick est resté en contact au fil des ans et passait à la ferme de temps en temps entre les déploiements de Jamie. Une deuxième personne d'intérêt, David Mason, vit à Canterbury et travaille dans un grand entrepôt de papeterie. Marié avec deux enfants au moment de la mort de Jamie. Apparemment, lui et Jamie étaient chez les scouts ensemble et, encore une fois, sont restés en contact. Debbie leur a déjà parlé et a obtenu des informations à jour.

— Bien. Dans ce cas, je veux que vous passiez la matinée à rechercher les antécédents de ces deux-là. Si vous trouvez quoi que ce soit, n'importe quoi, signalez-le pour que nous puissions l'intégrer dans nos entretiens avec eux la semaine prochaine.

Elle vérifia sa montre.

— Cela nous laisse deux heures et demie jusqu'au déjeuner.

— Comment ça s'est passé avec Larch hier ? demanda Barnes.

Kay prit une gorgée de son café et réfléchit à sa réponse avant de répondre.

— Écoutez, je vais être aussi honnête que

possible. Il va y avoir de grands changements ici dans les semaines à venir. Ce n'est rien d'inquiétant, vos postes ne sont pas en danger, mais cela signifie que nous sommes sous pression pour résoudre cette affaire le plus rapidement possible. Nous devons trouver l'acheteur, et nous devons découvrir une fois pour toutes si cette personne était responsable de la mort de Jamie, ou s'il s'agissait bel et bien d'un tragique accident.

L'équipe échangea un regard entre eux, avant que Gavin ne se retourne vers elle.

— D'accord, qu'est-ce que tu attends de nous ?

Kay sourit.

— Continuez votre travail. Nous avons obtenu un résultat hier, nous sommes à mi-chemin. J'apprécie que vous fassiez cela sur votre temps libre, mais nous devons continuer. Nous ne pouvons pas abandonner maintenant, ni nous laisser distraire.

Barnes se leva de la chaise visiteur et s'étira.

— D'accord, mettons-nous au travail. Que vas-tu faire pendant ce temps ?

— Je vais parler à Michael et Bridget Ingram.

CHAPITRE 30

Michael Ingram se tenait à la porte de la ferme lorsque Kay freina jusqu'à l'arrêt et descendit de son véhicule.

Elle regarda par-dessus le toit et remarqua une voiture bleu pâle garée à côté d'un petit tracteur, qu'elle reconnut de sa visite chez Natalie Stockton.

Il lui tendit la main alors qu'elle approchait, son expression résignée.

— Merci de me recevoir le week-end, j'apprécie.

— Avez-vous du nouveau ? Vous avez arrêté quelqu'un ?

— Pouvons-nous entrer ? Je vois que la voiture de Natalie est là.

Il acquiesça et recula, fermant la porte d'entrée derrière elle.

— Elle est arrivée il y a environ une heure avec Giles et les enfants.

Comme sur commande, le cri excité d'un enfant parvint à ses oreilles un instant avant le bruit de pas précipités venant de la pièce du dessus.

Michael sourit.

— Ils restent ici pour le week-end. Alex et Will sont toujours un peu surexcités quand ils arrivent. Ils vont se calmer dans un moment.

— Ça doit être agréable de les avoir tous autour de vous.

— Vous avez raison, ça l'est. Voulez-vous aller dans la cuisine ? Vous savez où c'est, Bridget s'y trouve. Je vais monter chercher Natalie. Giles peut surveiller les enfants pendant qu'on discute.

— Parfait, merci.

Elle attendit qu'il ait commencé à monter les escaliers, puis se dirigea le long du couloir vers la cuisine.

Bridget se retourna de la cuisinière en la voyant entrer et repoussa ses cheveux de ses yeux.

— Bonjour, détective. Michael m'a dit que vous aviez appelé et que vous passeriez. Asseyez-vous, mettez-vous à l'aise. Une tasse de café ?

— Ce serait gentil, merci.

Kay enleva son manteau de ses épaules et le

suspendit au dossier d'une chaise, puis elle prit la tasse fumante des mains de Bridget et s'assit.

Un album photo était resté ouvert sur la table, et Bridget s'approcha quand elle remarqua Kay en train d'y jeter un coup d'œil.

— Je ne les ai pas regardés depuis une éternité, dit-elle en tournant l'album pour que Kay puisse mieux voir. Ces photos ont été prises quand les jumeaux étaient adolescents.

— Ils sont plus jeunes ici que sur les photos de Sharp.

— Oui, les siennes ont été prises le dernier jour du lycée. Ils avaient quatorze ans quand celles-ci ont été prises.

Un sourire triste passa sur les lèvres de la femme alors qu'elle tournait la page.

— Nous avions eu un record de récolte cette année-là, donc tout le monde était mis à contribution. Ils rentraient de l'école à quatre heures et demie, puis nous aidaient dans les vergers pendant quelques heures avant de rentrer pour dîner et faire leurs devoirs.

Elle passa doucement sa main sur la page, puis leva les yeux quand Michael apparut avec Natalie.

La femme semblait stressée et s'assit en face de Kay avec un long soupir.

— Vous avez des enfants, détective ?

— Non, je n'en ai pas. J'imagine qu'ils sont excités d'être ici ?

— Oui. Avec un peu de chance, quelques heures à courir dans la cour de la ferme avec Papa plus tard les épuiseront. C'est généralement le cas, rien de tel que l'air frais.

Kay attendit que Michael et Bridget les aient rejoints à table, puis posa sa tasse et se pencha en avant.

— Je voulais vous parler aujourd'hui et vous tenir au courant de l'avancement de notre enquête.

— Avez-vous arrêté quelqu'un ? répéta Michael.

— Nous l'avons fait, mais pas en relation avec la mort de Jamie.

Kay fit signe à Michael de ne pas l'interrompre.

— Désolée, laissez-moi continuer. Après avoir parlé avec vous tous, nous avons commencé notre enquête en réinterrogeant les anciens collègues de l'armée de Jamie. Je m'excuse, cela va vous choquer, mais au cours de nos recherches, il s'est avéré que Jamie était impliqué dans la contrebande de drogue dans le pays après chaque déploiement en Afghanistan.

Bridget hoqueta et se couvrit la bouche.

— De la drogue ?

Natalie regarda sa mère puis son père, avant de revenir à Kay, les yeux écarquillés.

— Vous êtes sûre ? Jamie n'aurait jamais fait quelque chose comme ça. D'où tenez-vous ça ?

— L'armée avait commencé sa propre enquête sur les activités de contrebande peu de temps avant la mort de Jamie—

— Sharp n'a jamais rien dit, dit Bridget. Tout ce temps. Il n'a jamais rien dit.

Michael tendit la main vers celle de sa femme.

— Il m'en a parlé, après la mort de Jamie. Je ne voulais rien vous dire à toutes les deux parce que j'avais tellement peur de ce que ça pourrait vous faire, le choc.

— Hier après-midi, nous avons inculpé le co-conspirateur de Jamie, un homme qui a depuis quitté l'armée, dit Kay. Je voulais vous le dire en face, avant que les médias n'aient eu la chance de mettre la main sur l'histoire. Je ferai de mon mieux pour garder le nom de Jamie hors des journaux, mais je ne peux rien promettre.

— On sait comment peuvent être les médias, dit Natalie, sa lèvre supérieure se retroussant. Quelques-uns sont venus ici après la mort de Jamie, ils voulaient des citations et des photos. Papa les a renvoyés.

— Où cela nous laisse-t-il concernant votre enquête sur l'accident de Jamie ? demanda Michael.

— Mon équipe est actuellement de retour au poste, en train de travailler sur les autres déclarations qui ont été recueillies à l'époque auprès des amis de Jamie. Jusqu'à présent, nous nous sommes concentrés sur la connexion avec l'armée, mais il est désormais temps d'élargir nos recherches.

— Y a-t-il quelque chose que nous puissions faire ? dit Bridget.

Kay tapota le côté de sa tasse de café, puis croisa le regard de la femme.

— Nous n'avons que deux noms dans nos dossiers qui étaient cités à l'époque comme étant des amis proches de Jamie. Greg Kendrick et David Mason. Y a-t-il quelqu'un d'autre que nous devrions connaître ? Il semble étrange qu'il n'ait gardé contact qu'avec deux amis d'école après avoir rejoint l'armée.

— C'était un garçon timide, dit Bridget. J'ai fait de mon mieux, vraiment, mais il préférait sa propre compagnie. Même s'ils sont jumeaux, lui et Natalie étaient complètement opposés.

— Je ne connais personne d'autre, dit Michael.

Il haussa les épaules.

— C'est comme Bridget le dit, Jamie était un garçon réservé.

— Attendez. N'y avait-il pas une fille qu'il fréquentait au pub près de la caserne ? dit Natalie.

— Quelle fille ?

Bridget se tourna vers sa fille.

— Il ne nous a jamais parlé d'une fille.

Kay sortit son carnet et feuilleta les pages jusqu'à ce qu'elle trouve ses notes de sa rencontre avec l'ancien officier commandant de Jamie.

— Jusqu'à quel point la connaissait-il ?

— Je me souviens qu'il a mentionné lui avoir acheté des boucles d'oreilles en diamant, maintenant que j'y pense.

Natalie s'affaissa en avant et prit sa tête dans ses mains.

— Mon Dieu, les avait-il achetées avec l'argent qu'il gagnait en vendant de la drogue ?

— Je ne peux pas répondre à cela avec certitude pour le moment, dit Kay. Avez-vous un nom pour cette femme ?

Natalie releva la tête.

— Je ne m'en souviens pas. Il ne l'a mentionnée qu'une seule fois, avant de mourir. Je connais le nom du pub par contre, c'était The Red Lion à Deepcut.

— Merci. Je vais me renseigner là-dessus.

— Que se passe-t-il maintenant ? demanda Michael.

Kay recula sa chaise et vida son café.

— Je retourne à la salle des opérations tout de suite. Nous prévoyons de parler aux amis de Jamie au début de la semaine prochaine, et dès que j'aurai d'autres nouvelles pour vous, je reprendrai contact.

Bridget la suivit jusqu'à la porte d'entrée et se tint sur le seuil, serrant son épais gilet de laine sur sa poitrine.

— Mon fils était un bon garçon, détective.

Kay ouvrit la bouche pour répondre, mais la femme secoua la tête et ferma la porte.

— Bon sang.

Kay retourna à sa voiture en pestant à voix basse.

CHAPITRE 31

Le lundi suivant, Kay décida d'emmener Gavin avec elle pour interroger David Mason, étant donné que Carys et Barnes devaient passer la matinée à travailler sur leurs dossiers existants plutôt que sur l'enquête vieille d'une décennie qu'elle dirigeait.

Debbie avait téléphoné à Mason l'après-midi précédent, organisant un rendez-vous pour que Kay lui parle pendant sa pause déjeuner.

Sur le chemin de Canterbury, Gavin avait persuadé Kay de s'arrêter à une station-service pour qu'il puisse acheter à manger.

Elle avait regardé par la fenêtre, observant les véhicules des autres conducteurs qui passaient à toute allure sous la pluie battante, sans égard pour leur sécurité ou celle des autres. À un moment donné, elle avait eu le cœur qui battait la chamade lorsqu'une voiture avait failli faire de l'aquaplanage sur l'asphalte.

Quand Gavin était revenu au véhicule, elle avait ri en le voyant essayer d'ouvrir la portière tout en équilibrant ses achats, jurant contre la pluie qui lui coulait dans le cou.

Alors qu'elle redémarrait, il avait déballé le premier de ses trois sandwichs, le dévorant avec facilité.

— On dirait que tu meurs de faim.

— C'est le cas. Si je ne mange pas ça, tout ce que tu vas entendre pendant notre entretien avec David Mason, c'est mon estomac qui gargouille.

— Je jurerais que tu as les jambes creuses.

Il haussa les épaules en déballant le deuxième sandwich.

— Je me suis beaucoup entraîné, prêt pour l'été. Mes potes et moi économisons pour aller faire du kitesurf au Cap, si je ne maintiens pas mes calories, je ne pourrai pas augmenter ma force.

Il termina le dernier des sandwichs, s'essuya les doigts sur une serviette en papier et fourra les déchets dans un sac en plastique à ses pieds avant d'extraire un document imprimé que Debbie lui avait remis en partant.

Kay jeta un coup d'œil.

— Alors, que sait-on sur M. Mason ?

Gavin éleva la voix pour qu'elle puisse l'entendre malgré la pluie qui martelait le toit de la voiture.

— Il travaille dans le magasin de fournitures de bureau depuis quatre ans, il est manager. Avant ça, il était vendeur de photocopieurs et voyageait dans tout le sud-est. Il vit à Canterbury, est marié et a deux enfants, apparemment, les enfants sont maintenant adolescents ; un garçon et une fille. Sa femme travaille dans une entreprise de biotechnologie comme assistante personnelle d'un des directeurs généraux.

— Tout a l'air normal, alors.

— Ouais, son nom n'est pas apparu dans la base de données pour quoi que ce soit, pas même une infraction au code de la route.

Kay ralentit le véhicule en approchant de l'embranchement du grand magasin, et elle se félicita silencieusement lorsqu'elle trouva une place de parking juste devant la porte d'entrée.

Gavin la suivit à travers les doubles portes vitrées qui s'ouvrirent automatiquement à leur approche, et émit un faible sifflement.

— Debbie appellerait ça le paradis.

Kay rit, mais dut être d'accord avec lui, l'agente de

police qui les aidait sur bon nombre de leurs affaires avait la réputation de garder l'armoire à fournitures comme s'il s'agissait du dépôt de lingots des États-Unis à Fort Knox.

Une vendeuse s'approcha d'eux, le sourire aux lèvres.

— Je peux vous aider ?

— Bonjour, dit Kay. Nous avons rendez-vous avec David Mason à onze heures.

— Oh, d'accord. Il a dit qu'il attendait quelqu'un. Venez avec moi, nous avons un bureau à l'arrière, et je crois qu'il a dit qu'il y serait.

Kay et Gavin suivirent la jeune femme à travers le magasin, jusqu'à ce qu'elle s'arrête devant une porte en bois massif, retire un cordon de son cou et passe sa carte de sécurité sur la serrure.

Un léger *clic* parvint aux oreilles de Kay, et la fille poussa la porte avant de faire un geste vers sa droite.

— Voilà. David est là.

— Merci.

David Mason se leva de la chaise qu'il occupait et leur tendit la main à leur entrée.

— Merci d'être à l'heure. J'ai une conférence téléphonique avec le siège dans une heure.

— Pas de problème, dit Kay. J'espère que ça ne prendra pas trop de temps.

Mason traversa la pièce pour se rendre de l'autre côté, où une petite machine à café était posée sur un meuble en pin, et il fit un geste vers celle-ci.

— Une boisson chaude ?

— Ce serait parfait, merci.

Mason leur prépara du café, puis Gavin sortit son carnet tandis que le manager du magasin reprenait place et poussait des tasses de café vers eux sur le bureau.

— La femme qui a téléphoné a dit que vous vouliez me parler de Jamie Ingram.

— En bref, on nous a demandé de rouvrir l'enquête sur l'accident de moto de Jamie il y a dix ans, dit Kay. Je ne peux pas entrer dans les détails, mais j'aimerais en savoir un peu plus sur votre relation avec Jamie, j'ai cru comprendre que vous vous connaissiez depuis l'école ?

Mason tira sur son lobe d'oreille et se pencha en avant sur son siège.

— En fait, on ne traînait pas beaucoup ensemble à l'école. On était tous les deux chez les scouts. Quand on a arrêté à seize ans, on est restés en contact jusqu'à ce que Jamie rejoigne l'armée.

— Aviez-vous beaucoup de contacts avec Jamie une fois qu'il s'est engagé ?

— Pas beaucoup. Je le voyais peut-être une fois

par an, généralement autour de l'un de nos anniversaires. On avait pris l'habitude de se retrouver pour boire un verre tranquillement. C'est étrange ; on n'avait vraiment pas grand-chose en commun, et je ne sais pas si on serait encore en contact aujourd'hui s'il était vivant.

— Quand avez-vous parlé à Jamie pour la dernière fois ?

— La dernière fois qu'il est revenu de déploiement. Dieu merci, après ce qui s'est passé, je suis content d'avoir pu le voir cette dernière fois.

Kay feuilleta ses propres notes et vérifia la chronologie.

— Combien de jours avant la mort de Jamie l'avez-vous vu ?

— De mémoire, c'était environ six jours avant. Je n'ai pas entendu parler de l'accident avant quelques jours. Je pense qu'il a fallu du temps à Michael et Bridget pour surmonter le choc, avant qu'ils ne commencent à contacter les amis de Jamie. C'est compréhensible, vraiment.

— Jamie semblait-il préoccupé par quelque chose quand vous l'avez vu ?

Son front se plissa.

— Oui, en effet. Nous avons fait comme d'habitude, on s'est retrouvés pour boire un verre dans un pub ici à Canterbury, près de la cathédrale, et pendant tout ce temps, il n'arrêtait pas de vérifier son téléphone comme s'il attendait un appel ou un message. Je me souviens avoir plaisanté en disant que je n'aurais pas dû me donner la peine de le voir, vu qu'il ne se concentrait pas vraiment sur notre conversation. Après ça, il a rangé son téléphone, mais il semblait nerveux. Quand je lui ai demandé ce qui se passait, il n'a pas voulu me le dire, j'ai supposé que c'était lié à l'armée. Vous savez, peut-être qu'ils se préparaient à être redéployés quelque part et qu'il ne pouvait pas me dire où.

— Êtes-vous resté en contact avec la famille de Jamie depuis ?

Il secoua la tête.

— Non, je n'étais pas vraiment proche d'eux. Comme je l'ai dit, je ne connaissais Jamie que parce que nous avions tous les deux été chez les scouts, et j'avais l'impression que nous nous éloignions en tant qu'amis la dernière fois que je l'ai vu.

Kay se leva et fit signe à Gavin.

— Merci, monsieur Mason. Nous n'allons pas vous retenir plus longtemps.

CHAPITRE 32

À leur arrivée au dépôt de distribution de ciment au nord de Maidstone, Kay et Carys avaient été conduites dans une salle de réunion.

Elle avait laissé Gavin dans la salle des opérations pour qu'il tape ses notes suite à leur rendez-vous avec David Mason, et elle avait souri quand il avait sorti un gros paquet de barres de muesli de son tiroir de bureau au moment où elle partait avec Carys.

Greg Kendrick avait expliqué à Carys, lors de leur conversation téléphonique du week-end, qu'il travaillait comme chauffeur-livreur, commençant souvent avant six heures du matin pour revenir au dépôt en milieu d'après-midi.

La salle de réunion comprenait une table ronde et

quatre chaises, avec une fenêtre donnant sur l'aire en béton de l'usine de distribution, où un flot constant de camions-citernes passait.

La jeune fille qui travaillait à la réception leur avait apporté de l'eau, et alors que Kay finissait les dernières gouttes de son verre, la porte de la salle s'ouvrit et un homme passa la tête par l'entrebâillement.

Il portait un gilet haute visibilité, des lunettes, et arborait une expression fatiguée.

Il referma la porte derrière lui.

— Désolé de vous avoir fait attendre. J'espérais finir tôt aujourd'hui sachant que vous m'attendiez pour me parler, mais nous avons eu un chargement urgent de dernière minute à livrer à Aylesford. Je suis Greg Kendrick.

Kay lui serra la main et le présenta à Carys avant qu'il ne s'assoie en face d'elles et ne croise les mains sur la table.

— Je comprends que vous voulez me parler de Jamie Ingram ?

— Oui, dit Kay. Je sais que vous avez parlé de Jamie à mes collègues au moment de sa mort il y a dix ans, mais comme Carys vous l'a dit au téléphone, nous avons rouvert l'enquête sur l'accident de moto, et je voulais parler à ses amis de l'époque.

— Bien sûr. Que voulez-vous savoir ?

— Pouvez-vous confirmer depuis combien de temps vous connaissiez Jamie ?

— Depuis l'école. Nous sommes allés tous les deux à Swadelands à Lenham. Aucun de nous n'est resté pour faire le baccalauréat, Jamie s'est engagé dans l'armée peu après, et j'ai fait différents jobs au fil des ans, avant de commencer ici il y a quatre ans.

— Est-ce que vous vous fréquentiez beaucoup pendant qu'il était dans l'armée ?

— Oui, de temps en temps quand il était en permission. Vous le savez probablement, mais il passait beaucoup de ses permissions à la ferme, surtout une fois qu'il a commencé à être déployé en Afghanistan pendant des mois d'affilée. Je pense que la verdure et la campagne lui manquaient. Je connaissais assez bien ses parents depuis l'école, alors j'allais le voir là-bas en voiture, ou on se retrouvait pour boire quelques bières à Maidstone.

— Puis-je vous demander si vous aviez une petite amie ou une femme à l'époque ? Est-ce que vous sortiez tous ensemble avec Jamie ?

— J'étais fiancé au moment de la mort de Jamie. Je ne l'avais pas vu depuis quelques mois, il n'a jamais rencontré ma femme.

Il haussa les épaules.

— De toute façon, ça n'a pas marché, nous avons divorcé trois ans plus tard.

— Savez-vous si Jamie fréquentait quelqu'un à l'époque ?

Kendrick se pencha en arrière sur sa chaise et se frotta le menton.

— Oui. Je l'ai vu neuf jours avant sa mort, et c'était la dernière fois que je l'ai vu. Il ne pouvait pas venir dans le Kent, il a dit qu'il avait quelque chose qui l'obligeait à rester près de la caserne pendant encore quelques jours, je ne sais pas quoi. Quoi qu'il en soit, j'ai conduit jusqu'au Surrey pour le week-end et nous sommes sortis boire un verre. Nous sommes allés au pub local, le Red Lion, je crois que c'était son nom. Il y avait une serveuse là-bas que Jamie m'a présentée, et c'était assez évident qu'il était fou d'elle. Nous avons fini par faire la fermeture le vendredi soir, et ils ne pouvaient pas se lâcher. Le propriétaire de l'endroit nous a laissé dormir dans son appartement à l'étage cette nuit-là, et nous avons eu un bon petit-déjeuner le matin. Elle n'était pas restée, quelque chose à voir avec le fait qu'elle devait rejoindre sa famille à un moment donné le week-end, et elle est arrivée plus tard pour son service, mais Jamie a dit au petit-déjeuner qu'il allait lui demander de l'épouser.

Le cœur de Kay fit un bond.

— Ses parents étaient-ils au courant ?

Kendrick secoua la tête.

— Je ne sais pas. Jamie était encore en train de se motiver pour lui demander, alors peut-être qu'il ne leur a pas dit, au cas où elle dirait « non ».

— Est-ce que vous auriez son nom ?

Son front se plissa un moment, puis ses yeux s'illuminèrent.

— Oui, je me souviens maintenant, Amber Fitzroy.

— Est-ce qu'il a fait sa demande pendant que vous étiez là ce week-end ?

— Non, c'est la chose étrange. Le dimanche après-midi, alors que je chargeais ma voiture pour partir, j'ai entendu des voix fortes dans la cuisine. J'avais garé la voiture devant la porte de service du pub, pour laisser le parking principal libre pour les clients. Jamie et Amber étaient en train de se disputer.

— À propos de quoi ?

— Je ne sais pas, mais quand je suis entré dans la cuisine, Amber a arraché ses boucles d'oreilles en diamant et les lui a jetées. Elle est sortie en trombe de la cuisine après ça, et Jamie a essayé d'en rire avant de me raccompagner rapidement à ma voiture. C'était comme s'il ne pouvait pas attendre de se débarrasser de moi. Je n'ai jamais su de quoi il s'agissait.

— Lui avez-vous parlé après la mort de Jamie ?

— Non. Elle n'est même pas venue à ses funérailles, ce que j'ai trouvé étrange.

Il haussa les épaules.

— Je ne suis jamais retourné à Deepcut après ça, Jamie était la seule personne que je connaissais qui vivait dans la région, ou du moins à la caserne.

— Comment décririez-vous son humeur la dernière fois que vous l'avez vu ? Semblait-il préoccupé par quelque chose ?

— Non. Il semblait plutôt un peu imbu de lui-même, il était toujours assez décontracté, mais cette dernière fois, il semblait faire des efforts pour se mettre en avant. La plupart du temps, il était heureux de parler du bon vieux temps et de déconner, mais une fois qu'il a eu cet argent, il a changé. C'est comme le fait de donner ces boucles d'oreilles à Amber, il n'avait pas besoin de faire ça. Elle avait dit ce dernier vendredi soir, alors que nous étions tous ivres, qu'elle aurait été heureuse avec un repas au restaurant. Ces boucles d'oreilles ? C'était trop, si vous voulez mon avis.

Kay échangea un regard avec Carys puis se retourna vers Kendrick.

— Que voulez-vous dire par « eu cet argent » ? Quel argent ?

— Quand je lui ai demandé comment il pouvait se permettre les boucles d'oreilles, il a dit qu'une de ses tantes était morte et lui avait laissé de l'argent.

Il haussa les épaules.

— Je suppose qu'il avait une tante riche. Il ne l'avait jamais mentionnée avant, cependant.

Kay ferma son carnet et fit signe à Carys qu'elles avaient terminé.

— Eh bien, merci pour votre temps. Nous n'allons pas vous retenir plus longtemps.

Il se leva de son siège et leur ouvrit la porte. Lorsque Kay arriva à sa hauteur, il leva la main.

— Vous n'avez pas dit pourquoi vous aviez rouvert l'enquête sur l'accident de moto de Jamie.

Elle esquissa un léger sourire.

— Simple routine, c'est tout. Merci encore.

Kay attendit qu'elle et Carys aient atteint la voiture avant de se tourner vers la jeune détective, qui arborait la même expression perplexe que Kay pensait avoir elle-même.

— Donc, Jamie a menti à l'un de ses plus vieux amis, en utilisant la même excuse que Carl Ashton t'avait initialement donnée à toi et à Barnes pour expliquer son gain financier soudain, dit Carys.

Kay ouvrit la portière de la voiture, jeta son sac au sol devant le siège passager et s'installa pour le trajet de retour vers la salle des opérations.

— Il y a de quoi se demander à propos de quoi d'autre il a menti, et pourquoi.

CHAPITRE 33

Kay faisait pivoter sa chaise de droite à gauche en attendant que son appel soit pris.

Après quatre sonneries, alors qu'elle était sur le point d'abandonner, une voix masculine bourrue aboya un salut.

— Monsieur Walsh ?

— Oui, c'est moi. Qui est-ce ?

— Inspectrice Hunter de la police du Kent. Êtes-vous l'actuel titulaire de la licence du pub The Red Lion à Deepcut ?

— Je le suis. Que voulez-vous ?

— Nous sommes actuellement en train de réexaminer une affaire non résolue d'il y a dix ans. La mort à moto d'un soldat qui était basé à la caserne qui se trouvait là-bas. J'ai cru comprendre, en parlant à son ancien officier commandant et à sa sœur, qu'il avait l'habitude de boire au Red Lion.

L'homme renifla avec dédain.

— C'est possible, mais c'était avant mon époque. Je ne suis là que depuis deux ans, et je m'apprête à mettre l'établissement en vente.

— Vous ne sauriez pas par hasard qui tenait l'endroit il y a dix ans ?

— Si, ça devait être Trent Oldham. Il est à la retraite maintenant ; le Lion était son dernier pub. Il vit toujours dans le village.

— Vous auriez un numéro pour le joindre ?

— Non. Il est dans l'annuaire. Vous pouvez le chercher. Si c'est tout, je dois y aller.

Il raccrocha sans attendre de réponse, et Kay fixa son téléphone avec incrédulité.

— Je vois que ton charme fonctionne toujours aussi bien, dit Barnes en souriant.

— Très drôle. Vois si tu peux trouver un numéro pour Trent Oldham.

Elle attendit pendant que Barnes tapait sur son clavier d'ordinateur, les sourcils froncés tandis qu'il lisait les résultats de la recherche.

— Comment ça s'est passé avec Kendrick ? demanda Gavin en s'approchant de son bureau.

— Mieux qu'avec Mason, il nous a donné le nom

de la serveuse à qui Jamie a offert ces boucles d'oreilles en diamant.

— Voilà, dit Barnes.

Il tendit à Kay un post-it avec un numéro de téléphone griffonné dessus, et elle plissa le nez.

— Bon sang, je comprends pourquoi Debbie se plaint de ton écriture. Pourquoi lui donnes-tu tes notes à taper, d'ailleurs ?

— Elle est plus rapide que moi.

Kay agita le post-it dans sa direction.

— Des cours de dactylographie pour toi, enquêteur. Dès que possible. Sans parler du fait qu'il faut te traîner de force dans le vingt-et-unième siècle, Debbie a mieux à faire que d'être ta secrétaire.

Gavin rit et retourna à son bureau tandis que Barnes faisait la moue.

Elle composa le numéro sur le papier et jura à voix basse lorsqu'elle tomba sur le répondeur.

Elle savait qu'elle devenait impatiente, mais elle avait besoin d'un résultat – et vite. Elle ne pouvait pas laisser tomber Sharp ou Larch.

Pas maintenant.

Elle laissa un message, puis fit glisser son téléphone sur le bureau, résignée à devoir attendre que l'ancien propriétaire la rappelle, et elle se mit à trier les papiers dans ses bacs.

— C'est bizarre.

Kay leva les yeux d'un rapport de poursuite que Gavin avait préparé en entendant la voix de Carys, et elle remarqua une expression perplexe sur le visage de l'enquêteuse.

— Qu'est-ce qu'il y a ?

— Quand Harrison a interrogé les Ingram il y a dix ans, il n'a jamais parlé à Giles Stockton. Je ne trouve son nom nulle part dans les anciennes entrées de la base de données.

— Natalie nous a dit qu'elle n'avait rencontré Giles qu'il y a huit ans.

— Oui, mais lui et Jamie se connaissaient.

Kay repoussa sa chaise, le mouvement l'envoyant glisser sur la moquette usée jusqu'à ce qu'elle heurte un classeur.

Elle ignora le bruit et se précipita vers l'endroit où Carys fixait son écran d'ordinateur.

— Qu'est-ce que tu as trouvé ?

— J'étais en train de faire une recherche de routine sur les antécédents de Giles, et je suis tombée sur cette photo. Elle a été prise lors d'un événement de collecte de fonds à la Hop Farm près de Paddock Wood. Ça a rapporté beaucoup d'argent pour un hospice local pour enfants, regarde.

Kay se pencha par-dessus l'épaule de Carys et fixa la photo à l'écran.

On y voyait un Giles Stockton souriant, un bras autour des épaules de Jamie Ingram, un large sourire sur le visage et une coupe de champagne à la main.

Les deux hommes portaient des smokings et semblaient à l'aise dans cette tenue formelle – et en compagnie l'un de l'autre.

— Natalie n'a jamais mentionné que son mari connaissait Jamie au moment de sa mort, dit Kay, son intérêt piqué. Quand cette photo a-t-elle été prise ?

Carys ferma le fichier photo, revenant à un article d'archives.

— Voilà. Six mois avant la mort de Jamie.

— Et six mois avant que la drogue ne soit trouvée dans le réservoir du Jackal.

Kay se redressa, soulageant une crampe dans son dos, et elle regarda par la fenêtre le parking au-delà.

Le ciel gris commençait à s'assombrir, et une légère bruine perlait sur la vitre.

— À quoi penses-tu, chef ?

— Je pense qu'il faut qu'on parle à Giles Stockton.

CHAPITRE 34

Se souvenant que le mari de Natalie faisait la navette quotidiennement vers la City, et désireuse de parler à Giles Stockton dès que possible, Kay décida de se rendre en voiture à la gare de Yalding pour l'intercepter sur son trajet de retour.

Elle gardait à l'esprit l'avertissement de Michael Ingram selon lequel le chagrin de sa fille avait nui à sa santé, et Kay ne souhaitait pas interroger Giles devant Natalie si peu de temps après leur propre conversation sur son frère jumeau.

Carys l'avait accompagnée et regardait maintenant par la fenêtre côté passager en direction de l'entrée de la petite gare de campagne.

Alors que la journée touchait à sa fin, la

température avait chuté, et Kay laissa le moteur tourner et le chauffage allumé.

À l'ouest du village et à l'écart de la route principale, la gare desservait les travailleurs se rendant à Londres via Tonbridge. Avec seulement deux quais, il était facile pour Kay et Carys d'observer l'arrivée des trains entrants, et elles avaient déjà repéré le véhicule haut de gamme de Stockton garé sous un réverbère à quelques mètres de l'entrée de la gare.

Tout ce qu'elles avaient à faire était d'attendre.

Carys avait téléphoné à la banque où travaillait l'économiste une heure et demie plus tôt, sous prétexte de vouloir prendre rendez-vous avec lui là-bas.

L'appel avait été bref, et quand elle l'avait terminé, refusant de laisser un message à la réceptionniste, elle s'était tournée vers Kay avec un air triomphant.

— Il est parti il y a quinze minutes. Il est en route.

Maintenant, les phares d'un train qui approchait illuminaient la voie au-delà de leur position et Kay retira à contrecœur les clés du contact et ouvrit sa portière.

Un vent glacial mordait son manteau tandis qu'elle le boutonnait, et les deux femmes se hâtèrent de traverser le parking en direction de la barrière d'accès.

— On peut se demander pourquoi il ne conduit pas jusqu'à Tonbridge pour prendre le train de là-bas au lieu de devoir changer, dit Carys en appuyant son dos contre la structure en brique de la gare pour tenter d'échapper à la brise cinglante. Ce serait plus rapide.

— Tu as vu la circulation à travers Hadlow et East Peckham ces jours-ci ? dit Kay. Non, je pense qu'il a trouvé le bon plan.

Le train s'arrêta doucement à quelques mètres de leur position, et elles s'écartèrent pour laisser un petit groupe de passagers sortir par les portillons.

Kay tendit le cou et vit la grande silhouette de Giles Stockton se hâter vers la barrière, sa carte de transport prête.

Une expression de surprise traversa ses traits lorsque Kay s'approcha de lui, sa carte de police ouverte.

— Détective Hunter ? Que faites-vous ici ? Tout va bien avec Natalie et les enfants ?

Il passa sa carte, puis la fourra dans la poche de son manteau et en sortit un trousseau de clés.

— Tout va bien avec votre famille, dit Kay. Je me demandais si nous pourrions vous parler avant que vous ne rentriez chez vous.

— Vous me prenez en embuscade, hein ?

Il consulta sa montre.

— Eh bien, j'ai réussi à prendre un train plus tôt, donc Nat ne m'attendra pas avant une quarantaine de minutes. Puis-je suggérer que nous allions au George ? Je n'y suis pas très connu, donc ce sera raisonnablement privé, et ça nous sortira de ce temps abominable.

— On vous suit. Montrez-nous le chemin.

Kay ne connaissait pas le pub que Stockton avait suggéré, bien qu'elle soit passée devant à plusieurs reprises.

À la lumière des réverbères, elle repéra l'enseigne vantant les jardins au bord de la rivière, et se fit une note mentale d'explorer peut-être davantage l'endroit avec Adam lorsque l'été commencerait à s'aventurer de nouveau dans la campagne.

Alors qu'elle et Carys suivaient Stockton dans le bâtiment, elle admira la pierre apparente des murs intérieurs qui contrastait avec un plafond bas peint et un sol carrelé.

Une chaleur émanait du feu qui brûlait derrière la grille métallique d'une cheminée en brique sur sa gauche, et à la vue d'un menu affiché au-dessus du manteau de la cheminée, Kay essaya d'ignorer les tiraillements de la faim qui lui rongeaient l'estomac.

Dix minutes plus tard, Carys revint à la petite table que Kay avait réquisitionnée au fond du pub, et passa à Stockton un demi de bière avant de poser deux verres de jus d'orange sur la table et de s'asseoir à côté de Kay.

Kay la remercia, attendit qu'elle ait ouvert son carnet, puis tourna son attention vers Stockton.

— Natalie n'a pas mentionné que vous connaissiez Jamie Ingram avant de l'épouser.

Stockton baissa son verre.

— Vraiment ?

Kay fouilla dans son sac, en sortit une copie de la photographie que Carys avait trouvée avant de la faire glisser sur la table vers Stockton.

— Parlez-moi de ceci. Connaissiez-vous Jamie avant cet événement ?

Il prit la photo et la tint à la lumière.

— Mon Dieu, quelle soirée. Je jure que ma gueule de bois a duré trois jours. Pour répondre à votre question, oui, mais seulement de vue.

— Natalie est-elle allée à la collecte de fonds avec vous ?

— Non, c'était bien avant que je ne la rencontre et, de toute façon, elle n'aurait pas été autorisée à y aller. C'était réservé aux hommes, voyez-vous. Ça s'est un peu emballé à un moment donné, si vous voyez ce que je veux dire.

— Pas vraiment, non. Élaborez, s'il vous plaît.

— Eh bien, quelques-uns des types présents jouaient pour le club de rugby local. Ils ont engagé une comédienne. Plutôt tapageuse, celle-là.

Il rougit.

— Je n'en ai jamais parlé à Natalie quand je l'ai rencontrée. Elle n'aurait pas approuvé.

— Êtes-vous resté en contact avec Jamie Ingram après l'événement ?

— Je ne m'en souviens pas, désolé. Bien sûr, tout ça remonte à si longtemps maintenant. On oublie.

— Avez-vous rencontré Natalie avant ou après la mort de son frère ?

— Après. La pauvre fille était traumatisée.

— Comment l'avez-vous rencontrée ?

Il sourit.

— Je l'ai croisée lors d'une fête d'été chez une connaissance commune de l'autre côté de Wateringbury. Des jardins fabuleux. Nous avons été présentés par l'hôtesse, et nous n'avons pas arrêté de parler ensemble toute la soirée. C'était plutôt charmant.

— Lui avez-vous dit que vous connaissiez son frère ?

— Ça a dû me sortir de l'esprit.

Il haussa légèrement les épaules, puis leva son verre et but un tiers de la bière.

— Avez-vous déjà pris de la drogue, monsieur Stockton ?

— Je vous demande pardon ?

Kay resta silencieuse, en attente.

Il frappa son verre sur la table et se leva, la foudroyant du regard.

— Comment osez-vous, bon sang !

— Vous n'avez pas répondu à la question, monsieur Stockton.

Il se pencha, passa son manteau sur son bras et pointa un doigt vers elle.

— Et je n'ai pas l'intention de le faire. Vous dépassez les bornes. La prochaine fois que vous voudrez me parler, détective, ce sera en présence de mon avocat.

Il saisit sa mallette sur le sol et pivota sur ses talons.

Kay sirota son jus d'orange et le regarda ouvrir violemment la porte du pub et sortir dans la nuit sans un regard en arrière.

— Que veux-tu que je fasse maintenant, chef ? demanda Carys.

— Découvre tout ce que tu peux sur Giles Stockton. Relevés bancaires, dossiers professionnels, tout. Passe-le au peigne fin.

CHAPITRE 35

Kay franchit le seuil de sa maison, ferma la porte derrière elle et s'y adossa, épuisée.

Son esprit était en désordre après avoir parlé avec les amis de Jamie et Giles Stockton au cours de la journée.

Elle avait espéré que ces conversations lui apporteraient la percée dont elle avait si désespérément besoin. Au lieu de cela, tout ce qu'elle avait appris, c'était que Jamie avait effectivement eu peur de quelqu'un – probablement l'acheteur ou les acheteurs de la drogue qu'il fournissait – mais qu'il était mort avant d'avoir eu la chance d'en parler à qui que ce soit.

Maintenant, elle soutenait pleinement la théorie de

Sharp selon laquelle la mort de Jamie avait été tout sauf un accident.

Quelqu'un l'avait tué pour s'assurer de son silence sur l'opération de drogue qui s'était avérée si lucrative.

— Tu vas rester plantée là toute la nuit ?

Adam passa la tête par la porte de la cuisine, une bouteille de bière à la main et un large sourire sur le visage.

— Je suis trop fatiguée pour bouger, alors oui, je pourrais.

— Tu vas devoir te pousser à un moment donné. Plats à emporter de nouveau, j'en ai peur, je ne suis rentré que depuis vingt minutes, donc ce sera chinois ce soir. Le livreur sera là dans un instant.

Kay se détacha de la porte.

— Dans ce cas, je vais me changer, et puis je vais m'effondrer.

Son rire résonnait à ses oreilles tandis qu'elle montait l'escalier.

Pendant qu'elle quittait son tailleur pour enfiler un jean et un vieux sweat-shirt usé, elle réfléchissait aux entretiens.

Il semblait qu'à mesure que Jamie s'enfonçait davantage dans l'opération de trafic de drogue, il avait laissé ses amitiés s'effilocher, et elle croyait que

David Mason et Greg Kendrick n'avaient aucune idée que l'homme se livrait à des activités illégales.

Ses pensées revinrent à la conversation qu'elle et Carys avaient eue avec Giles Stockton.

L'homme avait semblé sincèrement outré lorsqu'elle avait mentionné la drogue, mais elle se demandait pourquoi il n'avait jamais parlé à sa femme du fait qu'il connaissait son frère avant sa mort. Cela la troublait que, bien qu'il ait admis que Natalie avait été dévastée par la disparition de Jamie, il n'ait jamais pensé à le lui dire.

— Hé ! Tu ferais mieux de ne pas être en train de travailler dans ton bureau là-haut.

Elle sourit en entendant la voix d'Adam monter les escaliers, et sortit de la chambre pour traverser le palier.

— Crois-le ou non, je ne plaisantais pas quand je disais être trop fatiguée pour faire quoi que ce soit d'autre ce soir, dit-elle.

Arrivée au bas des escaliers, elle passa son bras autour de lui et le dirigea vers la cuisine.

— Donne-moi du vin. Tout de suite.

Il la poussa doucement vers les tabourets disposés autour du plan de travail de la cuisine, puis ouvrit le réfrigérateur et en sortit une bouteille de sauvignon blanc, versant une généreuse mesure dans un verre pour elle.

— Puis-je oser demander comment s'est passée ta journée ?

Elle prit une grande gorgée avant de poser son verre sur le plan de travail, puis fouilla dans la poche de son jean, en sortit un élastique qu'elle gardait toujours à portée de main, et attacha ses cheveux en queue de cheval.

— Frustrante. J'ai parlé à trois personnes aujourd'hui, deux d'entre elles ont essayé d'être utiles, mais n'ont pu apporter aucun éclairage sur la raison pour laquelle un de leurs vieux amis se comportait de manière inhabituelle avant sa mort, et l'autre a soulevé plus de questions qui pourraient envoyer cette enquête sur une tout autre piste. Et, si j'ai raison à son sujet, les choses pourraient devenir moches.

Adam fronça les sourcils, et elle décida de changer de sujet – il n'y avait aucun intérêt à l'inquiéter de l'état de son enquête.

— Et toi ? Qu'as-tu fait de ta journée ?

Son visage devint sérieux.

— J'ai parlé aux parents d'accueil de Rufus aujourd'hui. Ils sont rentrés du Pays de Galles hier soir, donc tu peux imaginer comment ça s'est passé.

Kay tendit le bras à travers le plan de travail et enveloppa ses doigts autour des siens.

Il lui serra la main.

— Enfin, à part ça, c'était une journée tranquille, j'ai réussi à avoir un peu de temps pour moi et à travailler sur cet article de journal que j'essaie d'écrire depuis trois semaines. La date limite est dans deux jours, j'espère que ça apportera une certaine visibilité à la clinique quand il sera publié.

Il passa une main dans ses cheveux noirs et bouclés, ses yeux sombres brillants.

— Et, meilleure nouvelle, j'ai rencontré le comptable cet après-midi, et nous montrons une augmentation de vingt pour cent par rapport aux recettes de l'année dernière pour l'entreprise.

Kay leva son verre et le fit tinter contre sa bouteille de bière.

— Génial. Tu as travaillé si dur pour ça, bravo.

— Merci. J'ai été surpris en fait, étant donné que nous avons engagé un vétérinaire supplémentaire. Cela dit, les frais généraux sont en baisse, et tout semble bien fonctionner.

Il s'étira, son t-shirt à manches longues remontant sur son ventre, puis bâilla avant de se détourner du plan de travail et de glisser la bouteille de bière vide dans la poubelle de recyclage. Il se servit un verre de vin et revint vers elle.

Sa main se porta à l'arrière de son cou tandis qu'il fermait les yeux un instant, et Kay ressentit un énorme sentiment de fierté envers l'homme avec qui elle partageait sa vie.

Les deux dernières années n'avaient été faciles pour aucun d'entre eux, et pourtant ils étaient restés soudés, sans jamais abandonner, et déterminés à réussir.

Adam ouvrit les yeux au son de la sonnette ; au même moment, l'estomac de Kay gargouilla.

Sa bouche se tordit.

— Je ne vais même pas demander si tu t'es souvenue de manger aujourd'hui. Plus vite Sharp sera de retour, mieux ce sera, les autres sont nuls pour te casser les pieds.

Kay fit mine de lui donner un coup de poing, mais il esquiva trop vite et se dirigea vers le couloir en riant.

Elle pouvait entendre sa voix à la porte, en train de parler à l'homme qui livrait leur nourriture pendant qu'elle allait chercher des couverts et des assiettes dans les placards, les disposant sur le plan de travail tandis qu'Adam réapparaissait.

Ils mangèrent en silence pendant un moment, se

partageant la nourriture des contenants et profitant de la compagnie l'un de l'autre.

Finalement, Adam repoussa son assiette vide et soupira.

— J'en avais besoin. Alors, que vas-tu faire ensuite avec ton enquête ?

Kay posa son couteau et sa fourchette, et appuya son menton sur sa main.

— Il n'y a rien d'autre à faire. Nous allons devoir passer en revue tout ce que nous avons fait jusqu'à présent et le réexaminer. Quelqu'un, quelque part, ne nous dit pas la vérité. En commençant par le mari de Natalie Stockton.

CHAPITRE 36

— Madame ?

Kay n'enregistra pas la voix immédiatement, encore peu habituée à son nouveau grade, et resta concentrée sur son travail jusqu'à ce que Barnes tousse et agite la main dans sa direction.

— Il s'adresse à toi, Hunter.

Kay détacha son regard de l'écran de son ordinateur pour voir le sergent Hughes debout à la porte de la salle des opérations, une expression pleine d'espoir sur le visage.

— Qu'est-ce qu'il y a ?

— Il y a une femme à l'accueil qui dit que vous vouliez lui parler de Jamie Ingram ?

— Amber Fitzroy ? demanda Barnes.

— C'est elle, confirma Hughes. Je lui ai dit que vous alliez descendre tout de suite, si ça vous convient ?

— Parfait. Y a-t-il une salle d'interrogatoire de libre ?

Elle prit son téléphone portable et son carnet, puis se fraya un chemin entre les bureaux, tapotant l'épaule de Barnes au passage.

— Vous pouvez utiliser la numéro quatre, dit Hughes en souriant. Heureusement qu'on est tranquilles cette semaine. Le froid garde la plupart des idiots chez eux à cette époque de l'année.

Elle l'entendait encore rire tout seul lorsqu'elle atteignit le couloir et dévala les escaliers, suivie de près par Barnes.

Elle s'arrêta sur la dernière marche et se tourna vers lui.

— Trent Oldham a dû transmettre notre message. Je m'attendais à lui parler d'abord au téléphone et à monter dans le Surrey.

— C'est qu'elle doit être motivée si elle s'est présentée ici en personne à l'improviste. Qu'en penses-tu ?

— Je veux que tu mènes cet entretien. Sois gentil. Il se peut simplement qu'elle et Jamie aient été proches, mais essayons de savoir si elle était au courant du trafic de drogue.

Barnes ajusta sa cravate et boutonna sa veste.

— Ok. Allons-y.

Lorsque Kay poussa la porte du hall d'accueil du commissariat, Amber Fitzroy faisait les cent pas devant le bureau plutôt que d'attendre sur l'une des chaises en plastique.

Elle se retourna au son des voix, et Kay fut frappée par l'expression anxieuse sur le visage de la femme.

Après s'être présentée ainsi que Barnes, elle conduisit Amber vers la salle d'interrogatoire et attendit qu'elle s'installe sur une chaise, ouvrant son carnet.

Barnes donna à Amber un bref aperçu de leur enquête et la remercia d'être venue les voir.

— Nous aimerions discuter avec vous de l'époque où vous travailliez au Red Lion Inn à Deepcut, dit-il. Quand avez-vous commencé à travailler pour Trent Oldham ?

Sa bouche eut un tic.

— Quand j'avais seize ans et demi. J'étais grande, et il payait toujours en liquide, donc ça lui était égal que je sois mineure. Je ne buvais jamais dans le pub de toute façon, pas avant mon dix-huitième anniversaire.

— Vous y travaillez toujours ?

— Non. J'ai quitté la région de Deepcut six mois après la mort de Jamie. Les ragots dans le village au sujet de Jamie étaient devenus insupportables, et j'ai déménagé à l'autre bout du comté. J'ai rencontré mon mari, Mark, dans une salle de sport locale et nous nous sommes mariés il y a quatre ans. Nous avons maintenant deux enfants, un garçon de quatre ans et une fille plus âgée de sept ans.

— Vous avez gardé votre nom de jeune fille ?

— Oui. Je l'aime bien, et Mark n'y voyait pas d'inconvénient. Il est assez cool sur ce genre de choses.

— Nous comprenons que vous et Jamie Ingram étiez proches. Depuis combien de temps le connaissiez-vous ?

La femme glissa une mèche de cheveux bruns derrière son oreille, puis croisa les bras sur son manteau de laine blanche qu'elle avait refusé d'enlever.

Kay ne pouvait pas la blâmer – les salles d'interrogatoire étaient glaciales, et elle regrettait de ne pas avoir porté une veste plus chaude ce jour-là.

— Environ dix-huit mois, dit Amber.

Un triste sourire traversa ses traits.

— Je travaillais là-bas depuis environ trois ans quand Jamie est apparu pour la première fois. Il n'était pas comme les autres. On voyait qu'il avait reçu une bonne éducation. Certains des soldats qui venaient boire dans le pub étaient un peu rustres.

— Combien de temps avez-vous été sa petite amie ?

— Nous nous sommes mis ensemble environ trois mois après qu'il avait commencé à venir boire là-bas. Comme je l'ai dit, il était différent de beaucoup d'entre eux. Il aimait s'asseoir tout seul dans un coin, parfois juste à rêvasser. J'ai commencé à discuter avec lui un soir, et ça s'est développé à partir de là. Je détestais quand il partait à l'étranger, je sais que son travail ne le mettait pas directement en danger, mais il était quand même là-bas. Je ne peux pas vous décrire le soulagement que je ressentais chaque fois qu'il franchissait la porte à son retour.

— À quel point diriez-vous que votre relation avec Jamie était sérieuse ?

Elle soupira et décroisa les bras.

— Vous avez entendu parler des boucles d'oreilles en diamant ?

— En effet.

— Il me les a offertes pour mon anniversaire. Je

n'en revenais pas, il était évident que ce n'était pas une contrefaçon bon marché. J'étais gênée, pour être honnête. Son anniversaire avait eu lieu quatre mois avant, et tout ce que j'avais pu me permettre de lui offrir, c'étaient quelques livres et une belle écharpe en cachemire que j'avais vue en ligne.

Elle sortit un mouchoir en papier de la poche de son manteau et se moucha.

— Enfin, une fois le choc passé, j'ai plutôt aimé l'idée d'être gâtée comme ça. Je travaillais ce soir-là, c'était un vendredi, et c'était amusant de les faire briller sous le nez de certaines femmes. Vous auriez dû voir leurs têtes.

— Quand est-ce que ça a mal tourné ? Nous avons entendu dire que vous et Jamie vous étiez disputés quelque temps après qu'il vous avait offert les boucles d'oreilles.

Sa lèvre inférieure trembla.

— C'était un moment après. Il était déjà de retour en Afghanistan. Je ne sais pas pourquoi, mais j'ai pensé qu'il valait mieux les faire estimer. Je n'ai jamais rien possédé de tel, et ma mère m'a fait remarquer qu'il faudrait envisager de les faire ajouter à l'assurance habitation. Je n'ai jamais été aussi choquée de ma vie. Elles valaient une fortune. Bien sûr, j'ai commencé à m'inquiéter de la façon dont il avait pu se les offrir. Je savais qu'il ne gagnait pas beaucoup dans le corps logistique de l'armée, donc ça n'avait pas de sens.

Comme les larmes montaient aux yeux de la femme, Kay poussa une nouvelle boîte de mouchoirs de l'autre côté de la table.

Amber hocha la tête en signe de remerciement, se ressaisit, puis continua.

— Je l'ai confronté dans un pub un matin après son retour en Angleterre. Je ne pensais pas que quelqu'un nous avait entendus, j'ai attendu que son ami soit sorti pour aller à sa voiture. Je m'étais préparée mentalement à lui parler, et il était sur le point de retourner à la caserne, donc j'étais presque à court de temps. Il m'a dit que je ne devrais pas m'inquiéter, qu'il y avait beaucoup plus d'argent d'où ça venait. Il a dit que des gens comptaient sur lui. Il a dit qu'il voulait construire une vie pour nous deux, et que ça n'allait pas arriver avec une solde de l'armée.

Elle tamponna ses yeux.

— Bien sûr, à ce moment-là, tout le monde avait entendu la rumeur sur la descente antidrogue à la caserne. J'ai fait le rapprochement et j'ai réalisé qu'il avait probablement été impliqué, alors je lui ai demandé. Il ne l'a pas nié, il semblait presque fier d'avoir été plus malin que tout le monde. J'étais furieuse. Je lui ai jeté les boucles d'oreilles et je lui ai dit qu'il devait arrêter, qu'il devait dire à son officier supérieur ce qu'il savait sur l'opération de contrebande, mais je pense qu'à ce moment-là, il était déjà trop tard. Il semblait terrifié. Je ne l'oublierai jamais. Il a dit : « Je ne peux pas faire demi-tour. Ils me tueront ».

CHAPITRE 37

Plusieurs heures plus tard, Kay tenait sa tête entre ses mains et frissonnait tandis que la cassette tournait dans l'appareil.

Il n'y avait plus de problème avec le chauffage maintenant – les ouvriers avaient enfin réparé la panne, et la température de la pièce revenait à la normale. C'était plutôt la voix émanant des haut-parleurs qui lui glaçait le sang.

Le commandant divisionnaire Simon Harrison était enquêteur au moment de la mort de Jamie Ingram, et au fur et à mesure qu'elle écoutait l'enregistrement de son interrogatoire de Glenn Boyd le lendemain de l'accident de moto, la bile lui montait à la gorge en entendant l'homme qui s'était servi d'elle pour piéger Jozef Demiri, manquant presque de la faire tuer au passage.

Elle percevait le mépris dans sa voix lorsqu'il interrogeait Boyd sur les compétences de conduite de Jamie et lui suggérait qu'il avait roulé trop vite sans tenir compte des conditions routières.

Boyd semblait accepter la suggestion de Harrison, et Kay maudit à voix basse les piètres techniques d'interrogatoire du détective.

Plus tôt, Amber Fitzroy avait attendu dans la chaleur relative de l'accueil pendant que sa déposition était dactylographiée, et Kay lui avait demandé si elle avait prévu de rester dans les parages quelques jours, au cas où l'équipe d'enquête aurait d'autres questions.

Amber avait accepté volontiers que Kay la recontacte si nécessaire.

— J'avais pris des dispositions avec Mark pour que sa mère s'occupe des enfants avant mon départ parce qu'il ne pouvait pas prendre de congé. Je suis à l'hôtel Hilton à Bearsted pour quelques nuits, je pensais peut-être rendre visite à Michael et Bridget pendant que je suis ici.

Elle baissa les yeux.

— Je n'arrive pas à croire que ça fait déjà dix ans. J'aurais vraiment dû les contacter avant. Le problème, c'est que je n'ai jamais vraiment su quoi leur dire après la mort de Jamie. Il n'a jamais eu l'occasion de me présenter à eux de son vivant, et j'étais trop gênée pour aller à ses funérailles. Je veux m'excuser auprès d'eux.

Les paroles de la femme avaient fait réfléchir Kay.

— Un des amis de Jamie a mentionné qu'il prévoyait de vous demander en mariage.

Un triste sourire avait traversé les lèvres d'Amber.

— C'est vrai. Il me l'a dit lors de notre dernière dispute.

— Sa famille était au courant ?

— Je ne pense pas, non.

Après s'être assurée qu'Amber avait signé sa déposition et avoir échangé leurs numéros de portable, Kay s'était excusée et était retournée dans la salle des opérations, récupérant des copies des cassettes de l'enquête précédente de Harrison avant de retourner dans la salle d'interrogatoire dans l'espoir de les écouter sans être dérangée.

Elle soupira et jeta son stylo sur la table alors que l'interrogatoire de Glenn Boyd se terminait. Éjectant la cassette, elle la remit dans son boîtier en plastique et l'aligna avec les autres.

Après deux heures, elle n'en savait pas plus sur le

trafic de drogue de Jamie, son acheteur ou son meurtrier.

Elle se balança sur sa chaise et se frotta la nuque. Elle savait qu'elle devait se reposer ; ses pensées tournaient en rond et elle avait besoin de faire une pause. En vérifiant sa montre, elle fut surprise de voir qu'il était déjà dix-huit heures.

Rassemblant les documents et la boîte de cassettes, elle retourna dans la salle des opérations et déposa les cassettes sur le bureau de Debbie.

— Du nouveau ? demanda l'agente en poussant la boîte hors de son chemin.

Kay secoua la tête.

— Je pensais avoir peut-être raté quelque chose la première fois. Je me trompais.

— Ah, eh bien. Ça valait le coup de vérifier, je suppose.

— Chef ?

Kay jeta un coup d'œil par-dessus son épaule pour voir Carys lui faire signe d'approcher.

Elle brandit un dossier tandis que Kay s'approchait.

— J'ai terminé ces recherches sur Giles Stockton.

— S'il te plaît, dis-moi que tu as trouvé quelque chose.

— J'ai décroché le jackpot, dit Carys, un large sourire sur le visage.

Kay s'affaissa sur une chaise libre en prenant le dossier.

— Que veux-tu dire ?

— Il y a un peu moins de onze ans, Stockton a été arrêté lors d'un contrôle routier de routine sur l'A26 à l'ouest de Wateringbury.

— Conduite en état d'ivresse ?

— Non, mais l'agent présent a signalé que Stockton était dans un état agité et évasif lors de l'interrogatoire. Ils ont fouillé la voiture et ont trouvé du cannabis dans la boîte à gants.

Le cœur de Kay fit un bond.

— Quelle quantité ?

— Assez pour un usage personnel uniquement, mais il devait comparaître devant un magistrat six semaines plus tard.

— « Devait » ? Que s'est-il passé ?

Carys se pencha et tapota du doigt le dernier paragraphe des pages qu'elle avait imprimées.

— Les charges ont été abandonnées deux semaines avant sa comparution prévue.

— Quoi ? Comment ?

— Quelqu'un est intervenu et a demandé que l'affaire soit réexaminée. Un nouveau détective a été chargé du dossier, et les charges ont ensuite été abandonnées.

Les yeux de Kay se plissèrent.

— Qui était l'enquêteur en charge ?

— Simon Harrison.

CHAPITRE 38

— Comment diable ces deux-là se connaissent-ils ?
demanda Kay.

— J'y réfléchissais, et je me suis demandé si ça
n'avait pas un rapport avec cet événement à la Hop
Farm, dit Carys. Celui auquel nous savons que
Stockton a assisté avec Jamie Ingram.

— Tu penses que c'est la première fois qu'ils se
sont rencontrés, ou ils se connaissaient déjà avant ?

Carys haussa les épaules.

— Il n'y a rien d'autre dans le système.

— Très bien, dit Kay. Contacte la Hop Farm.
Demande une copie de tous les participants présents
ce soir-là. L'endroit organise ce genre d'événements
depuis des années, donc j'espère qu'ils gardent tous

les enregistrements dans leur système à des fins marketing.

— Je m'en occupe.

Kay se leva et regarda sa montre.

— Excellent travail, au fait. Appelle-les demain matin, il n'y aura personne là-bas maintenant qui puisse t'aider, et je veux que tu sois de retour ici tôt pour poursuivre ta théorie. Tiens-moi au courant dès que tu as quelque chose.

— Merci, Kay. Pas de problème.

Kay retourna à son bureau et envoya un message à Adam.

Elle avait encore une chose à faire avant de rentrer chez elle, et elle était déterminée à faire avancer l'enquête.

———

Rebecca Sharp ouvrit la porte quelques instants après que Kay avait sonné, et elle sourit en voyant la détective.

— Salut, Kay. Devon t'attend ?

Kay s'essuya les pieds sur le paillasson et attendit que Rebecca ferme la porte.

— Non, désolée, je ne voulais pas vous déranger. Je me demandais si je pouvais lui parler rapidement.

— Je ne vais pas servir le dîner avant encore quarante minutes. Viens, il est dans le bureau.

Kay suivit Rebecca à travers la maison jusqu'à la salle à manger du couple, que Sharp avait transformée en bureau pour lui-même.

Il se leva de sa chaise, la main tendue.

— Tout va bien ?

— Je me demandais si je pouvais te parler.

Rebecca sourit et tourna les talons.

— Je vous laisse tous les deux.

— Désolée, Bec. Je ne vais pas le retenir longtemps, dit Kay.

Sharp attendit que la porte se ferme derrière elle, puis fit signe à Kay de prendre la chaise supplémentaire sous la fenêtre.

— Merci.

— Que se passe-t-il ?

Kay prit une profonde inspiration avant de poursuivre.

— Savais-tu que Jamie Ingram et Giles Stockton se connaissaient ?

Son front se plissa.

— Non, je ne le savais pas. Comment l'as-tu découvert ?

— Carys a trouvé une photo d'eux prise lors d'un événement à la Hop Farm. Une sorte d'événement caritatif. Sais-tu si Jamie a présenté Giles à Natalie avant sa mort ?

— Non. Pour autant que je sache, Natalie a rencontré Giles quelques années après la mort de Jamie lors d'une fête chez des amis à Wateringbury.

— Tu en es absolument sûr ?

— Oui. Elle était aux anges quand elle l'a rencontré, elle a insisté pour nous le présenter, à Rebecca et moi, en même temps qu'à ses parents. Nous déjeunions ensemble à la ferme, et elle l'a amené comme invité.

Il se pencha en avant et posa ses coudes sur ses genoux.

— Pourquoi ?

Elle secoua la tête.

— Je n'en suis pas sûre pour le moment. Nous enquêtons toujours là-dessus, et je ne comprends pas encore tout. Savais-tu que Simon Harrison avait fait abandonner les charges de possession de cannabis contre Giles Stockton quelques mois avant la mort de Jamie ?

La bouche de Sharp se pinça.

— Je n'étais pas dans la police à l'époque, comme tu le sais. Et non, je ne le savais pas.

Kay se leva de sa chaise, incapable de rester assise. S'appuyant contre la porte, elle parcourut du regard les distinctions et les photos de la carrière militaire de Sharp et de son ascension ultérieure dans les rangs de la police du Kent.

— Le problème, Devon, c'est que j'ai trois personnes qui sont toutes liées, Jamie, Giles Stockton et Simon Harrison. J'ai un fournisseur, Jamie, avec son collègue de l'armée Carl Ashton ; j'ai un acheteur potentiel en Giles, et j'ai un détective véreux qui aurait pu les couvrir. Ce que je n'ai pas, c'est un mobile pour Stockton ou Harrison de tuer Jamie. Qu'auraient-ils eu à gagner en faisant cela ?

Sharp se redressa et s'éclaircit la gorge.

— Peut-être que tu dois voir les choses différemment. Peut-être que ce n'est pas une question de qui avait le plus à gagner, mais de qui avait le plus à perdre si Jamie n'était plus là.

Kay se détacha de la porte et ramassa son sac.

— Merci, chef. Je pense qu'il est temps que nous interrogions formellement Giles Stockton.

CHAPITRE 39

Kay poussa la porte de la salle des opérations le lendemain matin avec une détermination renouvelée.

Elle posa son gobelet de café à emporter à côté du téléphone de son bureau et alluma son ordinateur avant d'enlever son manteau et de le suspendre au dossier de sa chaise.

Le reste de l'équipe commença à arriver au fur et à mesure que l'horloge murale s'approchait de huit heures, et une heure plus tard, la pièce bourdonnait d'activité alors que différentes enquêtes progressaient.

Carys bondit de derrière son bureau quelques instants après que son ordinateur avait *bipé* pour signaler l'arrivée d'un e-mail et se dirigea vers Kay, son excitation palpable.

— La Hop Farm nous a envoyé la liste des invités

pour l'événement auquel Jamie Ingram a assisté, dit-elle en tendant une impression à Kay. Simon Harrison y figure aussi.

Kay parcourut la liste jusqu'à ce qu'elle voie son nom.

— Génial, bien joué.

Elle rendit l'impression et appela Debbie de l'autre côté de la pièce.

— As-tu réussi à joindre Giles Stockton ?

— Il est prévu pour un interrogatoire dans environ vingt minutes, répondit l'agente en uniforme. Il vient avec son avocat.

— Merci, Debbie.

— Comment veux-tu aborder ça ? demanda Carys.

— Avec précaution. Il nous a déjà confirmé qu'il avait rencontré Jamie lors de cet événement, donc nous devons l'enregistrer officiellement. Je veux savoir comment ils se sont rencontrés la première fois, et pourquoi ces accusations contre lui ont été abandonnées. Ensuite, je dois découvrir quel est le lien entre lui et Simon Harrison.

Le téléphone sur son bureau se mit à sonner, et elle se pencha pour répondre.

— On arrive tout de suite.

Elle reposa le combiné et se tourna vers Carys.

— Stockton et son avocat sont là. Je vais mener l'interrogatoire, mais fais-moi signe s'il y a quelque chose que tu veux lui demander.

Elles se rendirent à l'accueil, firent entrer Stockton et se présentèrent à son avocat, un homme que Kay n'avait jamais rencontré auparavant, mais qu'elle prit immédiatement en grippe après lui avoir serré la main et s'être fait écraser les doigts.

Elle fusilla l'arrière de sa tête du regard tandis que Carys les conduisait à la salle d'interrogatoire, puis attendit qu'ils prennent place.

Carys alluma l'équipement d'enregistrement avant que Kay ne lise la mise en garde officielle.

Kay poussa la photo de Stockton avec Jamie Ingram à la Hop Farm.

— Veuillez confirmer pour l'enregistrement que cette photo vous montre avec Jamie Ingram.

— C'est exact.

— Quand a-t-elle été prise ?

— Environ six mois avant sa mort, lors d'un événement privé de collecte de fonds.

— Comment avez-vous rencontré Jamie Ingram ?

— Lors d'une réunion de la chambre de commerce. Nous avons été approchés par la femme qui organisait cette collecte de fonds, et nous avons accepté d'y assister. Le père de Jamie n'était pas intéressé, ce n'était pas son truc, disait-il. Mon père était encore en vie à l'époque, et a fait don d'un des prix de la tombola. Une journée aux courses, si je me souviens bien. C'était très amusant.

— Vous dites que le père de Jamie n'était pas intéressé d'y assister. Connaissiez-vous Michael Ingram à cette époque ?

— Non, je ne faisais que paraphraser ce que Jamie m'avait dit à l'époque.

— De quoi avez-vous discuté, Jamie et vous, lors de cet événement ?

Il renifla.

— Honnêtement, détective, je ne m'en souviens pas. C'était il y a des années. Pouvez-vous vous rappeler de ce dont *vous* avez parlé il y a dix ou onze ans ?

Elle ignora la question.

— Fréquentiez-vous souvent Jamie ?

— Non, pas du tout. Je ne savais même pas que cette photo existait jusqu'à ce que vous me la montriez.

— Essayez-vous d'éviter d'être photographié, monsieur Stockton ?

L'avocat s'éclaircit la gorge.

— Je ne vois pas en quoi cette question est pertinente pour votre enquête actuelle.

Kay garda son regard fixé sur Stockton, refusant de réagir aux protestations de l'avocat. Au lieu de cela, elle ouvrit le dossier qu'elle avait apporté et fit glisser la feuille d'accusations originale de Stockton sur la table vers lui. Elle tapota la page.

— Vous avez été arrêté pour possession de cannabis avant la mort de Jamie.

Stockton leva les mains en l'air.

— C'est scandaleux. Ces accusations ont été abandonnées avant même d'arriver au tribunal.

— Oui, et j'aimerais comprendre pourquoi.

— Je ne sais pas, vous devrez demander à Harrison.

Kay sourit alors que le visage de Stockton pâlissait lorsqu'il réalisa son erreur. Elle lui reprit la feuille d'accusations et la remit dans le dossier avant de refermer le rabat et de poser ses mains dessus.

— Depuis combien de temps connaissez-vous Simon Harrison ?

— Je ne vois pas de quoi vous parlez.

Les doigts de Stockton jouaient avec le nœud de sa cravate, la couleur revenant à son visage.

— Deux semaines avant que vous ne deviez comparaître devant le tribunal de première instance de Maidstone pour répondre à des accusations de possession de cannabis, Simon Harrison a procédé à un examen de l'affaire qui a abouti à l'abandon de ces accusations contre vous. Combien l'avez-vous payé ?

L'avocat frappa la table de la main et se pencha en avant.

— Vous avez intérêt à avoir des preuves pour étayer cette accusation, détective.

— C'est bon, Andrew.

Stockton reporta son attention sur Kay.

— Je n'ai payé personne, et je n'ai aucune idée de pourquoi les accusations ont été abandonnées. Ce que je sais, c'est que je suis vraiment reconnaissant d'avoir eu une seconde chance. J'ai fait une erreur stupide et cela a failli me coûter ma carrière.

— Avez-vous l'habitude de prendre des drogues régulièrement, monsieur Stockton ?

L'avocat se leva de son siège et posa une main sur l'épaule de son client.

— Ne répondez pas à ça.

Il se tourna vers Kay, un rictus sur le visage.

— Détective, allez-vous inculper mon client de quelque chose ?

Kay secoua la tête, mais garda son regard fixé sur Stockton.

— Non. Nous avons terminé. Pour l'instant.

———

— Comment ça s'est passé, Kay ?

Barnes la rejoignit à la fenêtre du bureau de Sharp et fit un signe du menton vers les silhouettes de Giles Stockton et de son avocat qui s'éloignaient vers leurs voitures.

— On le tient, Ian. Il a maintenant admis officiellement qu'il connaissait Jamie Ingram depuis environ six mois avant sa mort. Ensuite, il a fait un faux pas et a confirmé, avant même que je ne lui pose la question, que Simon Harrison avait arrangé l'abandon des charges de possession de cannabis contre lui.

— Où cela nous mène-t-il ?

Elle se mordit la lèvre tandis que l'avocat serrait la main de Stockton avant de monter dans son véhicule et de quitter le parking du commissariat.

Stockton resta debout à côté de sa voiture, les mains dans les poches, fixant d'un regard noir la porte arrière du bâtiment.

— En ce moment, je pense qu'il panique. Il ne peut pas parler à Harrison, ce dernier est détenu dans une prison ouverte pour les quatre prochains mois, le temps que l'enquête sur le meurtre de Jozef Demiri soit conclue.

— Je vais quand même appeler la prison et leur

demander de nous informer si Harrison reçoit des demandes de visite.

— Bonne idée.

Elle se détourna de la fenêtre alors que Stockton ouvrait enfin la portière de sa voiture et montait à l'intérieur.

— Il nous faut des preuves qu'il était l'acheteur, Ian. C'est trop circonstanciel pour le moment, je n'arriverai jamais à convaincre Jude de prendre l'affaire si nous ne trouvons pas quelque chose pour prouver que c'est lui.

CHAPITRE 40

Kay réprima un bâillement et tourna la page d'un rapport qu'elle aurait dû lire trois jours plus tôt, et seulement parce que l'auteur l'avait appelée il y a une heure pour avoir son avis.

Cela ne l'aurait pas dérangée, si ce n'est que le sujet était plus ennuyeux que le désert de Gobi, et que cela l'empêchait de revoir la charge de travail de son équipe.

Elle parcourut rapidement la dernière page et le jeta dans le bac supérieur de son bureau en gémissant, puis elle imprima la feuille de commentaires qu'elle devait renvoyer avant la fin de la journée. Après avoir griffonné une note de ses réflexions sur la page, elle ouvrit le tiroir de son bureau, y plongea la main et jura à voix haute.

— Ça va ? demanda Debbie en passant.

— Ce fichu Barnes m'a encore piqué mon agrafeuse.

Carys rit et s'approcha avec sa propre agrafeuse.

— Tiens, utilise celle-ci.

— Merci. Je jure que je vais mettre un cadenas sur ce tiroir. Pour un flic, il a les doigts sacrément longs. Tu as pu organiser ces cours de dactylographie pour lui, Debs ?

L'agente en uniforme sourit.

— Je ne lui ai pas encore dit. Il a trois jours de formation intensive la semaine prochaine.

— Bien. C'est ce que j'appelle le karma.

Kay rendit l'agrafeuse, puis fouilla dans son tiroir à la recherche d'un stylo noir pour signer le rapport. Son front se plissa à la vue d'une carte de visite posée à l'envers sous une perforatrice, et elle tendit la main pour la saisir avant de la retourner.

— Jonathan Aspley. Je t'avais oublié.

Elle se remémora le début de l'hiver, lorsqu'elle et son équipe en étaient aux dernières étapes de leur enquête sur Jozef Demiri. Un journaliste local l'avait approchée pour lui parler de la réputation de Simon Harrison qui mettait ses propres officiers en danger.

Son erreur avait été de ne pas tenir compte de son avertissement.

Elle leva les yeux, mais Carys et Debbie étaient plongées dans une conversation, alors elle sortit son téléphone portable et composa le numéro inscrit sur la carte.

Aspley répondit immédiatement.

— Détective Hunter, j'ai été content d'apprendre que vous étiez de retour au travail. Comment allez-vous ?

— J'ai faim et j'ai besoin de manger. Intéressé ?

— Où ?

— Hors de la ville. Là où on ne pourra pas nous entendre. Vous connaissez The Tickled Trout à West Farleigh ?

— Oui.

— Le dernier arrivé paie le déjeuner.

Elle mit fin à l'appel, prit sa veste du dossier de sa chaise et passa son sac sur son épaule.

— Si quelqu'un me cherche, je serai de retour dans deux heures, dit-elle à Debbie en passant devant son bureau, et elle se précipita vers sa voiture.

Elle savoura le trajet jusqu'au pub de campagne, l'un de ses favoris.

En quittant Tonbridge Road à Teston et en passant le passage à niveau, elle jeta un coup d'œil par la fenêtre vers la rivière qui traversait les prairies inondables.

Une péniche naviguait tranquillement le long du cours d'eau, et elle se demanda ce que faisait l'occupant dans la vie pour pouvoir passer son temps à se détendre de cette façon.

Elle ralentit en approchant de l'étroit pont de pierre qui enjambait la Medway, heureuse de voir qu'une camionnette venant en sens inverse s'était arrêtée pour la laisser passer en faisant un appel de phares. Elle leva la main pour remercier le conducteur et accéléra sur la petite route.

En quelques instants, la façade peinte en blanc du pub apparut, ses cheminées en brique s'élevant au-dessus d'un toit de tuiles rousses.

Elle se gara sur le parking derrière le pub et nota avec satisfaction qu'elle avait battu le journaliste.

Sa voiture apparut alors qu'elle verrouillait sa portière, et il se dépêcha de la rejoindre, un sourire aux lèvres.

— J'espère que vous n'avez pas fait d'excès de vitesse, détective.

— Pas besoin d'être mauvais perdant, Aspley.

Il sourit et lui tint la porte du pub.

Kay déboutonna sa veste tandis que la chaleur du pub commençait à chasser le froid de son corps, et elle se tint au bar avec le journaliste pendant qu'ils commandaient leur repas.

Il lui tendit son verre et désigna une table près de la fenêtre.

— On s'installe ?

— Merci.

— Quand avez-vous repris le travail ?

Kay jeta son sac et sa veste sur le siège moelleux à côté d'elle et posa ses coudes sur la table.

— Il y a quelques semaines.

— La reprise se passe bien ?

— Je suppose que oui.

— J'ai entendu pour Sharp. C'était une sale affaire, désolé.

Elle haussa les épaules.

— Qu'avez-vous fait de votre côté ?

— Un peu de tout. Je travaille actuellement sur un nouveau sujet concernant les salaires illégalement bas dans l'industrie de la restauration rapide. Les étudiants et les travailleurs étrangers ont trop peur de parler de crainte de perdre leur emploi la plupart du temps, donc c'est difficile de trouver quelqu'un qui accepte de m'en parler.

— Votre carrière ne cesse de progresser depuis la dernière fois que je vous ai vu.

— Ouais, eh bien je pense que j'ai eu la meilleure part du marché. J'ai eu une histoire exclusive qui a fait le tour du pays et a accéléré ma carrière, et vous avez failli vous noyer. Vous avez eu une sacrée chance, vous le savez, n'est-ce pas ?

— Je le sais. Félicitations pour l'article, aussi. Vous avez fait du bon travail.

— Hé, merci. Ça compte beaucoup venant de vous.

Il s'interrompit lorsque la serveuse apporta leur nourriture et ils commencèrent à manger.

— Eh bien, je suppose que vous ne m'avez pas demandé de vous rencontrer pour faire la conversation. De quoi vouliez-vous me parler ?

— Simon Harrison.

— Que voulez-vous savoir sur lui ?

— Est-ce que vos enquêtes sur son passé ont révélé des preuves d'abus de substances ? Alcool, drogues, ou autre chose ?

— Qu'est-ce qui vous fait dire ça ?

— Je ne peux pas vous le dire pour le moment, désolée.

— Quoi ? Je paie le déjeuner—

— Vous avez perdu une course—

— Si j'avais su que vous aviez des arrière-pensées...

— Allez, Jonathan. Arrêtez de faire l'idiot. Qu'avez-vous d'autre sur Harrison ?

Il posa son couteau et sa fourchette et prit plutôt

son verre, buvant une gorgée de bière.

Kay résista à l'envie de lui donner un coup de pied sous la table et retint plutôt son souffle en attendant.

— D'accord, dit Aspley.

Il regarda par-dessus son épaule, et quand il vit que la patronne s'était déplacée de l'autre côté du bar, il se retourna vers Kay.

— Il y a quelques années, un détective de l'équipe de Harrison a suggéré que le commandant divisionnaire pourrait avoir un problème de drogue.

— Vous voulez dire une dépendance ?

— Ouais. Mais pas de preuves, et personne ne voulait m'en parler. Le type qui m'en a parlé le premier a été muté quelques mois plus tard.

— On lui a fait peur ?

— Une punition, je pense. Il s'est retrouvé à Reading.

Kay poussa sur le côté le reste de sa pomme de terre au four, prit son jus d'orange et en but une gorgée.

— Une dépendance à la cocaïne pourrait expliquer en partie son attitude téméraire dans ses enquêtes.

— Qu'est-ce que vous mijotez, Hunter ? J'ai entendu dire que vous étiez censée être en service léger en ce moment.

Elle sourit.

— Vous êtes journaliste. Vous savez qu'il ne faut pas croire tout ce qu'on entend.

———

Kay faisait pivoter sa chaise de gauche à droite en essayant de se concentrer sur les e-mails qu'elle faisait défiler.

Elle n'avait pas arrêté de courir dans tout le commissariat pour assister à différentes réunions depuis son retour du déjeuner, et bien qu'elle ne l'admettrait jamais devant ses collègues, la fatigue commençait à se faire sentir et à prendre son tribut.

Elle avait attendu que personne ne regarde avant de fouiller dans son sac et de sortir deux antidouleurs du petit flacon qu'on lui avait prescrit, avalant les pilules amères avec une gorgée de café.

Son bras lui faisait mal, et elle accueillit avec soulagement la vue des aiguilles de l'horloge qui tournaient vers six heures.

Depuis qu'elle avait quitté le pub à l'heure du déjeuner, elle n'avait cessé de penser à l'information d'Aspley selon laquelle Harrison aurait un penchant pour les drogues récréatives.

Jamie Ingram s'était-il disputé avec Giles

Stockton ?

Stockton avait-il tué Jamie, avant que Harrison ne l'aide à dissimuler le crime ? Mais pourquoi ?

Stockton fournissait-il de la drogue à Harrison ? L'avait-il menacé de le faire chanter ?

Carys commença à ranger son bureau tandis que Kay se frottait les tempes, le tintement de la vaisselle lui parvenant alors que l'équipe commençait à ranger pour la soirée, emportant la vaisselle sale et les tasses de thé dans la petite kitchenette.

Kay s'enfonça dans sa chaise, tendit la main et remua la souris pour réveiller l'écran de l'ordinateur, puis elle commença à parcourir les e-mails qui étaient apparus pendant son absence.

Son téléphone vibra sur le bureau, et elle sourit en lisant le message d'Adam.

Je prépare un curry thaï. Prêt dans une heure X.

Elle leva les yeux lorsque Gavin fit irruption dans la salle des opérations et se dirigea vers son bureau, agitant une feuille en l'air.

— Qu'est-ce qui te met dans cet état ?

— Natalie Ingram. Elle ne nous a pas dit la vérité sur ses séances de thérapie il y a dix ans.

Elle repoussa sa chaise et émit un faible sifflement en direction de Barnes et Carys qui se tenaient près de la bouilloire.

— Venez par ici.

CHAPITRE 41

Kay attendit que la petite équipe se soit installée dans le bureau de Sharp, puis ferma la porte et fit signe à Gavin.

— Très bien, Piper. Explique-nous.

— Ok, alors j'avais un peu de temps libre cet après-midi, et j'ai pensé que je pourrais revoir les déclarations que nous avons reçues jusqu'à présent. Je parle de cette fois-ci, pas de la documentation originale.

— Comme l'a dit un jour un homme sage, « viens-en au fait », lança Barnes.

— Bien. Alors, quand Kay et toi avez parlé pour la première fois à Michael et Bridget Ingram pour leur dire que nous rouvrions l'enquête sur l'accident de moto de Jamie, Bridget a dit à Kay que Natalie avait reçu trois mois de thérapie après pour faire face à son chagrin. Natalie l'a confirmé quand vous lui avez parlé.

Carys se pencha en avant sur son siège.

— Dépêche-toi, Gavin.

— Désolé. Bref, j'ai fait quelques recherches dans le système, parce qu'aucun d'entre eux ne nous a mentionné quel thérapeute elle avait consulté. Heureusement pour nous, l'un des agents en uniforme travaillant sur l'affaire originale avec Harrison a été malin, il a découvert que Natalie n'était pas allée chez un thérapeute local. Elle a choisi de s'inscrire dans une clinique privée près de Guildford pendant trois mois.

— Guildford ? dit Kay. Pourquoi diable irait-elle si loin ?

— Et pourquoi si longtemps ? ajouta Carys. Elle n'aurait dû avoir que quelques séances par semaine ou quelque chose comme ça ? Pourquoi rester trois mois ?

Gavin brandit le document qu'il tenait à la main, une lueur triomphante dans les yeux.

— Parce qu'elle ne souffrait pas de chagrin. Je pense qu'elle avait une dépendance à la cocaïne.

Le silence choqué qui suivit fut finalement rompu par le son de Barnes qui siffla entre ses dents.

— Bon sang.

Kay prit la page des mains de Gavin et parcourut ses notes du regard.

— Tu es absolument sûr de ça ?

— Oui. J'ai appelé l'endroit. Ils n'ont jamais proposé de thérapie de deuil. Leur personnel est spécialisé dans la dépendance à la drogue et à l'alcool, rien d'autre. Apparemment, c'est l'une des meilleures cliniques privées du pays, et ça coûte une fortune.

— Donc, tu penses que Jamie et son ami Carl Ashton étaient des fournisseurs, et que Natalie achetait aussi bien que Giles Stockton ? demanda Carys.

— Impossible. C'était beaucoup de cocaïne qu'ils faisaient entrer dans le pays, dit Barnes. Plus que ce dont deux personnes auraient besoin.

— Pas si Natalie la revendait à des contacts qu'elle s'était faits grâce à son travail dans la City, dit Gavin.

Kay s'appuya contre le bureau de Sharp et rendit ses notes à Gavin.

— Bon travail, Piper. Je pense que tu tiens peut-être quelque chose ici, mais nous allons devoir procéder *très* prudemment.

Elle balaya l'équipe assemblée du regard.

— Les nouvelles concernant cette évolution ne quittent pas cette pièce tant que les faits n'auront pas été entièrement vérifiés, c'est bien compris ?

Un murmure de réponse parvint à ses oreilles.

— D'accord. Prochaines étapes. Nous ne voulons pas alerter Natalie Stockton sur le fait que nous avons découvert cela. Gavin spécule qu'elle aurait pu avoir une dépendance à la cocaïne, c'est tout pour le moment, alors ne nous emballons pas. Gav, peux-tu rappeler le centre et voir s'il y a quelqu'un à qui nous pourrions parler ce soir pour établir les faits concernant son séjour ?

— Je m'en occupe.

Il sortit son téléphone portable et se retira dans un coin de la pièce, parlant à voix basse.

— Ian, j'aurai besoin que tu couvres ces deux-là pendant que nous travaillons sur la théorie de Gavin. Comment est ta charge de travail en ce moment ?

— Pas trop mal. Je peux m'occuper du truc de police communautaire que Carys devait faire demain matin au QG, ce n'est qu'une rencontre et un accueil, de toute façon. Qu'est-ce que tu veux me confier d'autre ?

— Piper était censé finaliser un rapport pour le ministère public concernant Carl Ashton. Tout est écrit ; je n'aurai pas le temps de le revoir avant qu'il ne soit envoyé à Jude Martin, c'est tout.

— Je m'en occupe.

— Merci.

Elle s'interrompit alors que Gavin rangeait son téléphone dans sa poche et s'approchait.

— J'ai parlé à la réceptionniste, dit-il. Aucun des thérapeutes n'est disponible pour le moment, et elle ne me communiquera aucune information sans vérifier auprès d'eux d'abord. Elle a l'air d'avoir à peine dix-huit ans, donc elle est probablement trop prudente plutôt que délibérément obstructive. Le bon côté, c'est qu'elle m'a confirmé le nom d'un des thérapeutes qui était là il y a dix ans, et elle est même allée jusqu'à me fixer un rendez-vous pour lui parler demain matin. Un type du nom de Zack Ellington.

— Génial, c'est super. Très bien, Carys, j'aurai besoin que tu trouves le nom des employeurs de Natalie dans la City il y a dix ans. S'ils ne sont pas mentionnés dans les déclarations, vérifie ses réseaux sociaux. Avec prudence, bien sûr. Fixe-nous un rendez-vous pour rencontrer quelqu'un là-bas demain si tu peux. Et s'ils te créent des difficultés à ce sujet, rappelle-leur que nous traitons une enquête pour meurtre ici.

— Compris.

— Ok, ça suffit pour aujourd'hui. Il est tard, alors filez et reposez-vous. J'ai le sentiment que nous allons être occupés ces prochains jours.

CHAPITRE 42

Kay scrutait par la fenêtre du train battue par la pluie, le menton posé dans sa main, tandis que la campagne du Kent laissait place à l'étalement urbain.

Elle ne l'aurait avoué à personne, mais elle s'inquiétait de ne pas avoir informé Sharp de l'avancée dans leur enquête. Une partie d'elle se sentait obligée de le tenir au courant des progrès, mais sa conscience luttait avec le fait qu'il était si étroitement lié aux Ingram.

Comment diable était-elle censée leur annoncer que Natalie aurait pu être l'acheteuse de Jamie ?

— Tiens.

Elle se retourna au son de la voix de Carys, puis prit la tasse de café qu'elle lui tendait avec un sourire reconnaissant.

— Tu étais ailleurs, dit la jeune enquêteuse.

Elle se glissa sur le siège en face de Kay et posa sa propre tasse sur la table entre elles.

— À quoi pensais-tu ?

— Je m'en veux de ne pas avoir envisagé plus tôt que Natalie puisse être l'acheteuse. L'autre partie de moi se demande comment diable je vais l'annoncer à ses parents si nous avons raison.

— Tu penses que Gavin est sur une piste ?

Kay haussa les épaules et but une gorgée de café avant de froncer le nez.

— Désolée, dit Carys. Ils n'avaient que du décaféiné.

— Ce n'est pas grave. Je survivrai. Je pense que oui, il est sur une piste. À moins que Zack Ellington ne puisse confirmer qu'à l'époque où Natalie résidait à la clinique, ils proposaient des séances de soutien psychologique dans le cadre de leur programme, je pense que nous devons sérieusement envisager le fait qu'elle ait pu avoir une addiction et qu'elle utilisait son frère pour obtenir les drogues dont elle avait besoin. Comme je l'ai dit hier soir, nous devons procéder étape par étape, nous ne pouvons rien présumer.

Le train commença à ralentir, et Carys jeta un coup d'œil par la fenêtre alors que le panneau de la gare de Herne Hill apparaissait. Elle regarda sa montre et soupira.

— Heureusement qu'ils ne nous ont proposé un rendez-vous qu'à onze heures. Plus tôt, et nous aurions été en retard avec la façon dont ce train roule.

Kay sourit et repoussa sa tasse de café, incapable d'avaler davantage de ce liquide infect.

— Je ne me souviens plus de la dernière fois que je suis montée à Londres. Avant tout ce qui m'est arrivé, et avant que le cabinet vétérinaire d'Adam ne connaisse un tel succès, nous essayions d'y aller une fois par mois.

— Vous alliez au théâtre voir un spectacle ou quelque chose comme ça ?

— Non, et ça va paraître vraiment ennuyeux, mais nous aimions nous promener en observant les gens et trouver des bars intéressants à l'écart pour y boire un verre. Je pense que c'était plus pour le changement de décor qu'autre chose.

Elle tendit la main et utilisa sa serviette en papier pour essuyer la condensation sur la vitre.

— Je ne pourrais pas y vivre cependant. Je suis définitivement une fille de la campagne.

— Moi aussi. La dernière fois que j'y suis allée, c'était pour voir une exposition au V&A il y a six mois.

Le téléphone de Kay vibra dans son sac, et elle le sortit, gémissant intérieurement en lisant le message.

— Qu'est-ce qui ne va pas ?

— Rien. C'est Sharp, il veut une mise à jour.

— Qu'est-ce que tu vas lui dire ?

— Rien. Si j'ai quelque chose à rapporter, je le ferai quand nous aurons tous les faits, et je lui parlerai en face à face.

Elle remit le téléphone dans son sac alors qu'une annonce retentissait dans l'interphone, informant les passagers que le train allait bientôt entrer en gare de Victoria.

Carys commença à rassembler ses affaires.

— On peut marcher jusqu'au bureau depuis la gare. C'est à environ cinq minutes.

Kay scruta par la fenêtre les nuages sombres qui planaient de façon menaçante au-dessus de la ville avant que le train ne glisse sous le toit de la gare et s'arrête dans un grincement.

— Espérons que nous n'allons pas nous noyer avant d'arriver.

CHAPITRE 43

Le gratte-ciel qui abritait l'institution financière où Natalie Stockton avait autrefois travaillé était un édifice recouvert de verre qui contrastait fortement avec les bâtiments de style Régence de l'autre côté de la rue.

Kay ouvrit la marche à travers une porte coulissante automatique et dans un vaste hall d'accueil qui ressemblait plus à un hôtel cinq étoiles qu'à une entreprise privée.

Une moquette rouge carmin recouvrait le sol et étouffait leurs pas tandis qu'elles s'approchaient du bureau de réception, qu'elle remarqua avec surprise avoir été sculpté dans un seul arbre avant que sa surface n'ait été vernie jusqu'à un brillant éclatant.

On pouvait dire la même chose de la femme assise derrière.

Elle portait un casque sur une coiffure soignée, son vernis à ongles rose vif scintillant sous les projecteurs du plafond tandis qu'elle dirigeait un appel. Alors que Kay et Carys s'approchaient, elle continua de parler au téléphone, désigna un livre d'or relié en cuir et leur indiqua qu'elles devaient toutes deux s'inscrire.

Une fois cela fait, la femme termina l'appel et sourit.

— Puis-je vous demander qui vous venez voir ?

— Marion Wisehart, dit Carys.

— Veuillez vous asseoir, s'il vous plaît. Je vais l'informer de votre présence.

— Rappelle-moi qui est cette Marion Wisehart ? demanda Kay alors qu'elles s'asseyaient.

— Responsable des ressources humaines, ou « spécialiste de la gestion des personnes » comme elle me l'a précisé hier soir, dit Carys, dissimulant à peine son amusement face à ce titre. Elle semblait correcte au téléphone. Prudente, certes, mais—

— Compréhensible, étant donné qu'elle doit protéger la réputation de l'entreprise.

— Exactement.

Kay porta son attention sur une porte qui s'ouvrait

à côté de la réceptionniste, et une femme d'une cinquantaine d'années apparut, ses cheveux châtain clair coupés dans un style à la mode qui les laissait longs devant et courts derrière.

De grandes boucles d'oreilles scintillaient et accentuaient son long cou, et elle portait un tailleur gris anthracite impeccable.

Kay et Carys se levèrent à son approche et se présentèrent à Marion Wisehart.

— Détective Hunter ? J'ai cru comprendre d'après ma conversation avec votre collègue ici présente que cela ne pouvait pas être réglé par téléphone ?

— Il vaut probablement mieux que nous discutions face à face.

— Très bien. Suivez-moi.

Elle se retourna et les conduisit à travers le hall d'accueil, passa sa carte de sécurité sur le verrou de la porte, puis s'arrêta pour les faire entrer dans un bureau en open space qui bourdonnait d'efficacité.

Des rangées de bureaux alignés au sol ; une personne assise à chacun avec un casque sur la tête et en train de converser à voix basse tandis que des écrans d'ordinateur clignotaient devant leurs yeux.

L'effet général était celui d'une ruche en activité.

Wisehart ignora la foule d'employés et tourna à droite avant d'ouvrir une porte et d'allumer la lumière.

Kay entra dans ce qui ressemblait à une boîte carrée, avec une petite table et des chaises au centre et du verre dépoli la séparant de l'espace de travail central. Des marqueurs pour tableau blanc avaient été utilisés pour griffonner sur le verre, et elle remarqua que la lèvre supérieure de Wisehart se retroussa quand elle ferma la porte.

— Vraiment, dit-elle avec un soupir exaspéré, ils savent qu'ils sont censés essuyer les murs quand ils ont fini.

— À quoi sert cette pièce ? demanda Carys.

— Nous encourageons nos employés à réfléchir à tous les problèmes avant de les soumettre à la direction, dit Wisehart, prenant un chiffon coloré d'une armoire au fond de la pièce et s'attaquant aux griffonnages jusqu'à ce qu'ils s'estompent. Nous avons testé cette pièce pendant trois mois et avons constaté une diminution de vingt pour cent du temps de nos managers consacré à résoudre des problèmes mineurs. Ils ont des choses plus importantes à faire, croyez-moi.

Kay secoua légèrement la tête en voyant le regard de Carys se voiler, et elles prirent chacune place à la table.

— Bien, dit Wisehart, jetant le chiffon dans l'armoire et les rejoignant. Vous avez mentionné au téléphone que vous vouliez parler de Natalie Ingram. Vous comprenez que je ne peux vous donner que des informations qui ne sont pas considérées comme confidentielles ?

Kay sourit et se pencha en avant tandis que Carys ouvrait son carnet.

— C'est tout à fait compréhensible, madame Wisehart, mais vous devez comprendre que je mène actuellement une enquête sur un meurtre potentiel, et j'attends donc de vous une coopération totale.

— Oh. Oh, je vois.

Les yeux de la femme s'écarquillèrent un instant avant qu'elle ne se reprenne et baisse la voix.

— Comment puis-je vous aider ?

— Tout d'abord, je dois insister sur le fait que cette conversation doit être traitée de manière confidentielle, dit Kay. Nous menons actuellement des enquêtes préliminaires, et, si nécessaire, nous demanderons une divulgation complète du dossier personnel de Natalie. Pouvez-vous me dire quand Natalie a commencé à travailler ici ?

— Il y a environ treize ans, dit Wisehart. Elle avait terminé l'université et avait démontré un talent pour être extrêmement travailleuse et diligente lors d'un poste temporaire ici après l'obtention de son diplôme. Nous trouvons beaucoup de nos meilleurs employés de cette façon. Pour être honnête, cela nous évite beaucoup de tracas d'offrir des contrats permanents avec des périodes d'essai, pour découvrir qu'après les trois premiers mois, le personnel se relâche, et vous êtes coincé avec eux. Nous proposons des contrats temporaires de six mois, cela nous donne une meilleure idée si les gens nous conviennent.

— Et combien de temps Natalie a-t-elle travaillé ici ?

— Elle est partie au bout de deux ans.

Wisehart baissa les yeux.

— Je me suis sentie mal, vraiment, quand j'ai appris que son frère avait été tué six semaines après que nous avions mis fin à son contrat.

Kay se tendit.

— Nous avions l'impression que Natalie avait quitté son travail après la mort de son frère.

Wisehart laissa échapper un rire amer.

— Natalie Ingram n'a pas démissionné, détective Hunter. Elle a été licenciée.

— Pourquoi ?

— Vous devez comprendre que ceci est confidentiel. Je nierai si on me le demande.

— Nous allons faire en sorte d'obtenir les autorisations nécessaires si nous voulons aller plus loin avec vous.

Wisehart prit une profonde inspiration, puis posa ses mains sur la table.

— Écoutez, nous avons eu quelques incidents avec Natalie où elle arrivait en retard, en milieu de matinée, pas juste dix minutes ici et là. Son travail est devenu bâclé, et il y a eu quelques occasions où elle aurait pu coûter des millions de livres à cette entreprise parce qu'elle n'avait pas la tête au travail. Elle a poussé sa chance, malgré des avertissements formels, cela s'est reproduit. Nous avons dû la laisser partir.

— Qu'est-ce qui n'allait pas chez elle ? Était-elle malade ou quelque chose comme ça ?

— Non. Complètement défoncée par quelque chose. De la cocaïne, je suppose, même si nous n'avons jamais pu prouver quoi que ce soit. Natalie Ingram était un peu trop friande de brûler la chandelle par les deux bouts, détective.

CHAPITRE 44

Kay et Carys étaient arrivées à Maidstone en milieu d'après-midi, et après avoir laissé l'enquêteuse taper son rapport de leur rendez-vous du matin, Kay fit signe à Gavin et attrapa son sac.

— Où allons-nous ? dit-il.

— Chez les Ingram. Je veux leur poser quelques questions sur Natalie, et je veux le faire en face à face.

Il la suivit en bas, signa pour obtenir un véhicule de service, puis la guida vers le parking.

Pendant qu'il passait les vitesses et dirigeait le véhicule à travers le centre-ville animé, Kay feuilletait son carnet.

— Comment s'est passée ta conversation avec Zack Ellington ?

— Il a confirmé qu'ils n'offrent pas de soutien psychologique pour le deuil, ils ne l'ont jamais fait. Ils se spécialisent dans les addictions, y compris la drogue et l'alcool. Évidemment, il n'a pas confirmé si Natalie Ingram avait déjà été patiente là-bas, mais il a dit qu'il nous aiderait davantage si nous obtenions les documents appropriés. Leur programme de base dure six semaines, et ils facturaient deux mille livres par semaine à l'époque, ce qui n'incluait que les séances de thérapie. L'hébergement et la nourriture étaient des frais supplémentaires.

Kay le mit au courant de ce qu'elle avait découvert chez les anciens employeurs de Natalie ce matin-là, et il émit un petit sifflement.

— Donc, elle était l'acheteuse.

Kay donna un coup de poing contre la portière et essaya d'organiser ses pensées de manière cohérente.

— Il y a une chose qui n'a pas de sens cependant, Carl Ashton a dit que ce demi-kilo était le minimum qu'ils avaient fait passer en contrebande. D'accord, nous avons peut-être des preuves circonstancielles suggérant que Natalie était une consommatrice, mais comment diable finançait-elle l'achat d'une telle quantité de cocaïne ?

Elle se tut, une idée tiraillant sa mémoire, et elle

essaya de la saisir. Elle porta un doigt à ses lèvres pour empêcher Gavin d'interrompre et ferma les yeux.

La conversation qu'elle avait eue avec Penny Boyd tournait dans son esprit, et puis elle réalisa soudain ce qui la dérangeait.

— Gav ? Quand Barnes et moi avons parlé pour la première fois à Michael et Bridget Ingram pour leur dire que nous rouvrions l'enquête sur la mort de Jamie, Michael a dit que Jamie avait reçu un appel téléphonique tard dans la nuit avant de sortir en trombe de la maison pour y répondre. Il a quitté la maison peu après. Mais quand nous avons parlé à Penny Boyd, elle a dit qu'elle avait appelé Jamie juste après que les Ingram aient dîné.

Gavin resta silencieux un instant, négociant un rond-point, puis Kay vit la compréhension traverser ses traits.

— Jamie Ingram a reçu *deux* appels téléphoniques cette nuit-là, pas seulement celui dont ses parents étaient au courant. Alors, qui était le deuxième appelant ?

Kay ferma son carnet.

— Ok, nous allons parler aux Ingram pour voir ce que nous pouvons découvrir sur le travail de Natalie, et ensuite nous l'interrogeons formellement.

— Tu penses qu'elle agissait comme intermédiaire ? Tu penses que quelque chose a mal tourné et que cela a entraîné la mort de Jamie par les personnes à qui elle vendait ?

— Peut-être. Je ne sais pas, j'ai l'impression que nous sommes proches, mais nous n'entendons que la moitié de l'histoire.

Gavin ralentit la voiture en entrant dans la cour de la ferme et se gara près de la porte d'entrée.

Kay émit un grognement surpris en voyant le véhicule garé près de la grange.

— On dirait que nous n'allons pas avoir besoin d'aller à Yalding pour parler à Natalie. C'est sa voiture.

Michael Ingram ouvrit la porte, un verre de vin à la main. Son sourire s'effaça lorsqu'il vit les deux détectives sur le pas de sa porte.

— Kay ? Que se passe-t-il ?

— Pouvons-nous entrer ? C'est assez urgent, il faut que je vous parle.

— Bien sûr. Nous étions en train de faire la vaisselle.

Ils se dirigèrent vers la cuisine, où Bridget avait les bras plongés jusqu'aux coudes dans l'eau savonneuse. Son visage s'assombrit lorsqu'ils entrèrent dans la pièce, et elle attrapa un torchon sur le plan de travail pour se sécher les mains.

— Vous voulez un café ou quelque chose ? proposa Michael.

Kay secoua la tête.

— Natalie est-elle ici ?

— Pas pour le moment.

— Oh. Écoutez, en son absence, pouvez-vous me dire quand elle a quitté son travail dans la City ?

Michael se gratta le menton.

— Environ six mois après la mort de Jamie, je pense. Elle est sortie de thérapie pour son deuil, a essayé de reprendre le rythme, mais a dit qu'elle trouvait cela trop stressant, alors elle a démissionné. Elle a rencontré Giles peu après.

— Êtes-vous déjà allés à son bureau dans la City ?

— Non. Pourquoi l'aurions-nous fait ?

— Bridget, la nuit où Jamie est mort, à quelle heure avez-vous dit qu'il avait reçu cet appel téléphonique ?

— Il était tard, et nous regardions un film. Ceux qui passent après les informations de vingt et une heures, donc je suppose que c'était vers vingt-deux heures trente ?

— Et a-t-il dit qui était l'appelant ?

— Non.

— Pouvez-vous m'excuser un instant ?

Kay repoussa sa chaise et retourna dans le couloir, feuilletant son téléphone jusqu'à ce qu'elle trouve le numéro qu'elle voulait, puis elle cliqua et croisa les doigts.

Une voix chuchotée répondit.

— Allô ?

— Penny Boyd ? C'est l'inspectrice Hunter.

— Je suis au travail en ce moment. Je ne peux pas parler.

— C'est urgent. Vous avez dit avoir appelé Jamie Ingram la nuit de sa mort. Pouvez-vous vous rappeler l'heure ?

— L'heure ?

— Oui. L'heure à laquelle vous l'avez appelé cette nuit-là. Quelle heure était-il ?

— Euh, ils avaient fini de dîner, je crois. Jamie était vraiment agacé parce que j'ai appelé pendant qu'ils faisaient la vaisselle, et il a dû sortir dans la cour pour me parler.

— Merci, madame Boyd.

— Tout va bien ?

Les yeux de Bridget étaient écarquillés lorsque Kay revint dans la cuisine et rangea son téléphone dans son sac avant de prendre son carnet.

Gavin resta silencieux, ayant travaillé avec elle

assez longtemps pour savoir quand ses pensées fonctionnaient à plein régime.

Elle feuilleta les pages et sentit son cœur se serrer en relisant ses griffonnages hâtifs.

— De qui est venue l'idée de jeter le téléphone de Jamie ?

— Nous ne l'avons pas jeté, dit Bridget. Je vous l'ai dit, nous l'avons donné à l'une de ces associations caritatives de recyclage de téléphones. Quelque chose avec « ark ».

— De qui est venue l'idée de faire ça ?

— De Natalie, dit Michael. Que se passe-t-il, Kay ?

— Aviez-vous déjà rencontré Giles avant la mort de Jamie ?

— Non.

— Où est Natalie ?

— Elle est sortie, nous avons eu une belle surprise ce matin ; la fille que Jamie fréquentait quand il était dans l'armée est venue nous rendre visite. Nous avons pensé que ce serait bien qu'elle et Natalie se rencontrent, alors nous avons appelé Nat pour qu'elle vienne et nous avons organisé un déjeuner.

— Nous ne l'avions jamais rencontrée avant, dit Bridget en s'essuyant les yeux. Une fille charmante.

Elle a ses propres enfants maintenant. Elle aurait rendu Jamie très heureux.

— Oh, je ne sais pas, dit Michael. Elle était correcte quand elle est arrivée, mais elle a semblé devenir nerveuse quand Natalie est apparue. Jamie était si sociable et plein de vie, c'est difficile de l'imaginer avec elle.

— Où sont Amber et Natalie en ce moment ? demanda Kay.

— Natalie a demandé à Amber de la ramener chez elle, répondit Michael. Natalie estimait qu'elle avait trop bu, alors elle a suggéré de laisser sa voiture ici et qu'Amber la reconduise à Yalding. J'étais un peu surpris, en fait. Je n'ai vu Nat boire qu'un seul verre de vin. Que se passe-t-il ?

Kay ne lui répondit pas. Au lieu de cela, elle saisit Gavin par le bras et l'entraîna vers la porte d'entrée, sortant son téléphone portable et composant le numéro d'Amber Fitzroy.

Elle jura lorsqu'elle tomba sur la messagerie vocale.

— Qu'est-ce qui ne va pas, chef ?

— Ça ne répond pas.

Sa peau se hérissa et une sensation de malaise lui tordit l'estomac.

— Gav, appelle des renforts. Je veux une

patrouille en uniforme ici dès que possible. Personne ne part avant que je ne le dise. Nous allons chez les Stockton. Utilise les gyrophares et la sirène, et fais en sorte qu'une autre voiture de patrouille nous retrouve là-bas.

CHAPITRE 45

— Merde, elle s'est servie de nous.

— Chef ?

Kay s'accrochait à la poignée au-dessus de la fenêtre côté passager tandis que Gavin faisait zigzaguer le véhicule sur les étroites routes de campagne. Elle retint son souffle lorsqu'ils traversèrent un carrefour en T, un tracteur freinant au dernier moment pour éviter la collision.

— Désolé, chef.

Il leva le pied de l'accélérateur, puis jeta un coup d'œil à Kay.

— Que se passe-t-il ?

— Je pense qu'Amber Fitzroy était au courant de la toxicomanie de Natalie, et peut-être aussi du lien entre Giles et le trafic de Jamie. Elle se préparait mentalement à en parler à Michael et Bridget. Je ne crois pas qu'elle s'attendait à ce que Michael insiste pour que Natalie soit présente à la ferme pour la rencontrer, et cela ne lui a pas laissé le temps de leur parler seule. Michael avait raison sur un point : Amber semble plutôt réservée, et il est possible qu'elle ait hésité à aborder le sujet dès son arrivée.

Kay sortit son téléphone portable et fit défiler la liste des appels récents jusqu'à ce qu'elle trouve le numéro dont elle avait besoin.

Elle tomba directement sur la messagerie vocale.

— Merde. Giles Stockton ne répond pas.

— Tu penses que Natalie considérait Amber comme une menace ?

— Oui, c'est sûr. C'est la seule de la famille qui connaissait son existence, mais pas son nom.

— Mais pourquoi ?

— Réfléchis-y. Natalie a passé des années à cultiver une image parfaite devant sa famille. Elle a menti sur la perte de son emploi dans la City ; elle a menti sur sa dépendance à la cocaïne, allant jusqu'à s'inscrire dans un centre de désintoxication à plusieurs kilomètres où personne ne la connaissait. Elle n'a évidemment jamais parlé à ses parents de ce qu'elle et Jamie faisaient. Et puis, Amber débarque de nulle part. La seule personne sur laquelle Natalie n'avait aucun contrôle, jusqu'à maintenant.

— Donc, tu veux dire qu'elle s'est servie de notre enquête sur une affaire non résolue pour découvrir qui elle était et où elle se trouvait, afin de la débusquer et de la faire taire ?

— Exactement. Ce n'est qu'une supposition, mais je pense qu'Amber a dû laisser échapper qu'elle avait parlé à la police, et c'est pour ça qu'elle est ici dans le Kent. Natalie a peut-être paniqué à propos de ce qui a été dit lors de notre entretien avec elle. Tu as entendu ce que Michael a dit. Amber s'est fermée quand Natalie est apparue.

Kay reporta son attention sur son téléphone qui commençait à sonner.

— Kay ? C'est Carys. La voiture de patrouille est à quelques minutes derrière vous. Les deux autres sont arrivées à la ferme des Ingram, Natalie et Amber n'y sont pas retournées.

— Merci. Tiens-moi au courant. On est presque à Yalding.

Gavin jura entre ses dents en dirigeant le véhicule dans un virage serré à droite, redressant la voiture avant de prendre un virage sec à gauche.

Emprunter les routes secondaires pour atteindre la maison des Stockton était un itinéraire plus direct que de passer par Maidstone, mais Kay remarqua que les jointures du brigadier étaient blanches tant il serrait le volant.

— On y est presque, dit-elle. La route pour Vicarage Lane est ici sur la gauche.

Elle enfonça ses orteils dans le tapis de sol pour se stabiliser tandis que Gavin rétrogradait et prenait le virage sans ralentir.

— Tu as pris des cours de conduite avec Barnes ?

— Comment as-tu deviné ?

Kay serra les dents.

Moins d'une minute plus tard, le véhicule s'arrêta en glissant sur le gravier devant la maison des Stockton.

Kay se précipita hors de la voiture et courut vers la porte d'entrée, martelant sa surface tandis que Gavin la rejoignait.

— Merde.

Elle recula d'un pas et leva les yeux vers les fenêtres donnant sur l'allée.

— Gav, fais le tour de la maison. Vois s'il y a un moyen d'entrer, ou si quelqu'un est déjà sorti par là.

— Oui, chef.

Ses bottes projetèrent du gravier dans l'air alors qu'il passait devant elle en courant et disparaissait de vue.

Elle s'approcha de la fenêtre du bureau de Natalie au rez-de-chaussée et protégea ses yeux du faible soleil qui se reflétait sur la vitre.

À l'intérieur, la pièce était vide, sans aucun signe de Natalie ou d'Amber.

Gavin revint un moment plus tard, une clé à la main.

— Personne n'est sorti par là, c'est bloqué par une poubelle. J'ai trouvé une clé sous un pot de fleurs, par contre.

Elle jeta un coup d'œil par-dessus son épaule alors qu'une voiture de patrouille s'arrêtait derrière le véhicule de Gavin, et deux agents en uniforme se précipitèrent vers eux.

Kay s'avança pour les rencontrer.

— Nous pensons que la vie d'Amber Fitzroy est en danger et qu'elle est peut-être retenue contre son gré dans la maison des Stockton. Piper a trouvé une clé de rechange, donc dans ces circonstances, je prends la décision d'entrer. Je veux que vous deux restiez dehors. Si quelqu'un arrive, criez.

— Oui, chef.

Elle suivit Gavin qui faisait le tour de la maison, puis tira la poubelle et sortit sa matraque télescopique tandis qu'il ouvrait la porte.

— Natalie ?

La maison resta silencieuse en réponse.

Kay sortit deux paires de gants jetables de sa poche et en lança une à Gavin.

— Ok, tu prends l'étage, je reste en bas.

Elle le suivit dans le couloir, puis passa par la porte du salon au pied de l'escalier tandis qu'il montait hors de vue.

D'épais tapis recouvraient un sol en ardoise, une grande télévision accrochée au mur du fond face à un canapé d'angle. Des coussins stratégiquement placés couvraient un siège sur deux, et un coffre à jouets en bois était posé à côté.

Un magazine ouvert gisait, abandonné sur une table basse à côté d'une tasse de café à moitié vide.

Gavin apparut à la porte.

— L'étage est vide, aucun signe de qui que ce soit.

— Allons voir ce qu'il y a dans son bureau.

Son téléphone commença à sonner, et elle vit le numéro de Giles Stockton s'afficher.

— Merci de me rappeler.

— Que voulez-vous, inspectrice ? Je ne vous parlerai pas sans que mon avocat soit—

— Taisez-vous et écoutez-moi, Giles. Où est Natalie ?

— Que diable se passe-t-il ?

— Quand avez-vous vu votre femme pour la dernière fois ?

— Ce matin, quand je suis parti travailler.

— Votre femme n'est pas chez vous. Où pourrait-elle être ? Possédez-vous d'autres maisons ?

— Quoi ? Que faites-vous dans ma maison ? Comment osez-vous—

— Possédez-vous d'autres propriétés ?

— Avec la taille de notre prêt immobilier ? Bien sûr que non, bon sang.

— La vie d'une femme est peut-être en danger. Où d'autre Natalie pourrait-elle être ?

— Elle va chercher les enfants à la garderie. Le centre ferme bientôt, et ils facturent des frais supplémentaires si nous sommes en retard.

— Quelle garderie ?

Kay raccrocha après que Stockton lui eut donné les détails, et se précipita dehors. Elle tendit la note griffonnée à l'un des agents en uniforme.

— Contactez-les et vérifiez si Natalie Stockton est venue chercher ses enfants. Tenez-moi au courant de ce que vous découvrez.

Elle courut à l'intérieur et rejoignit Gavin dans le bureau de Natalie.

— Elle a dû emmener Amber ailleurs. Giles a confirmé qu'ils ne possèdent pas d'autre propriété, et je suis sûre que Natalie est paranoïaque à propos de ce qu'elle pense qu'Amber pourrait savoir. Il faut se dépêcher, Gav. Je pense qu'Amber est en danger.

— Les notes dans la base de données indiquent que lorsque toi et Barnes avez parlé à Natalie pour la première fois, elle travaillait sur deux commissions.

— C'est vrai, les propriétés locatives sont l'une de ses spécialités, a-t-elle dit. Donc, quelque part ici, il y a une note sur l'endroit où Amber pourrait se trouver.

— Que penses-tu qu'il se soit passé ?

— C'est peut-être Natalie qui a appelé Jamie tard cette nuit-là. Je ne pense pas qu'elle savait que son futur mari et son frère se connaissaient, je pense qu'elle craignait que Jamie ne parle de sa toxicomanie à leurs parents.

— Mais sans aucun doute, elle aurait pu simplement le menacer en retour avec le réseau d'approvisionnement qu'il avait mis en place ?

— Pas si elle savait qu'il avait dit à Amber qu'il prévoyait d'y mettre fin et de le signaler à son officier supérieur deux jours plus tard. Il n'avait rien à perdre. Mais si Natalie avait paniqué ? Elle était toxicomane ; elle allait perdre son approvisionnement, et leurs parents allaient le découvrir.

— Comment cela se rattache-t-il à la mort de Jamie ?

— Je ne sais pas.

Elle se retourna lorsqu'un des agents en uniforme entra dans la pièce, une main sur sa radio.

— Nous avons des nouvelles de la voiture envoyée à la garderie, chef. Aucune trace de Natalie Stockton. Ses deux enfants sont toujours là-bas. Nous avons pris des dispositions pour qu'ils soient pris en charge jusqu'à ce que nous retrouvions leur mère.

— Merci.

— Chef, je pense que j'ai trouvé quelque chose ici.

Elle retourna au bureau où Gavin triait une liasse de feuilles. Il lui en tendit une lorsqu'elle le rejoignit.

— C'est l'une de ses commissions. C'est pour une propriété locative à Windmill Hill. Les locataires ont déménagé il y a deux semaines, et la séance photo pour l'agent immobilier n'est prévue que dans deux jours. Elle a la clé pendant qu'elle s'occupe de tous les meubles et du reste pour la mise en scène les pièces.

— Allons-y.

Elle s'arrêta à la porte et se tourna vers l'agent en uniforme.

— Restez ici. Si Natalie Stockton se montre, ne la laissez pas disparaître à nouveau. Gav, avec moi.

Ils se précipitèrent vers la voiture, Gavin enfonçant l'accélérateur tandis que Kay attachait sa ceinture.

— Et Harrison ? Où est-ce qu'il se situe dans tout ça ? demanda-t-il.

— Peut-être qu'il a réalisé que si la mort de Jamie était correctement enquêtée comme Sharp le voulait, il serait exposé pour avoir abandonné les charges de possession de cannabis contre Giles.

— Mais alors pourquoi accuser Sharp de dissimuler tout cela ?

— Parce que sa carrière est finie, Gav, et il veut entraîner Sharp dans sa chute, ou du moins le discréditer de toutes les manières possibles pour que personne ne croie les accusations de Sharp contre lui.

— Si Natalie savait que Harrison était impliqué dans l'abandon des charges contre son mari, pourquoi n'a-t-elle rien dit ?

— Peut-être qu'elle avait trop peur.

— Alors, qu'est-ce qui a changé ?

— Je ne sais pas. J'espère que nous ne sommes pas trop en retard et que nous aurons l'occasion de le lui demander.

CHAPITRE 46

Tandis que Gavin conduisait en direction de Windmill Hill, Kay parcourait les pages des notes de Natalie concernant la propriété, puis jura à voix basse.

— Il n'y a pas de numéro de téléphone pour l'agent, et je n'ai pas de signal pour mes applications.

— Attends qu'on passe Mereworth, le signal sera meilleur quand on arrivera en haut de Seven Mile Lane.

— J'espère bien.

Kay plia les pages, le contenu gravé dans sa mémoire.

Une maison victorienne de deux chambres en bout de rangée, la propriété en location devait attirer un nombre important d'acheteurs potentiels maintenant que ses locataires avaient déménagé, c'est pourquoi les propriétaires avaient choisi de faire mettre en scène l'ensemble de la maison grâce aux talents d'architecte d'intérieur de Natalie. On lui avait confié la tâche de trouver des meubles, des œuvres d'art et d'autres bibelots pour mettre en valeur la maison afin d'obtenir le prix le plus élevé possible. Ses honoraires pour ce travail étaient, selon Kay, exorbitants.

Elle espérait pour les propriétaires qu'ils obtiendraient un bon prix.

Gavin mit son clignotant à gauche, s'élança sur une étroite route droite, puis accéléra en dépassant une ferme géorgienne qui affichait des panneaux invitant le public à visiter ses jardins italiens ornés. Il ralentit pour prendre un virage serré à droite, et freina.

— Voici Windmill Hill.

— Ok. La propriété en location est à peu près à mi-chemin sur la gauche. Essaie de te garer avant qu'on y arrive, et on fera le reste à pied.

— Chef ? Je peux faire une suggestion ?

— Oui.

— Natalie ne m'a jamais rencontré. Elle te repérera de loin, alors pourquoi je n'irais pas faire un tour d'abord, et voir ce que je trouve avant qu'on débarque là-bas ?

Kay hocha la tête.

— Ne traîne pas, Gavin. On n'a peut-être pas beaucoup de temps.

Il pivota sur ses talons et partit en petites foulées, ralentissant en approchant de la rangée de maisons.

Kay se déplaça sur le bas-côté herbeux, hors du chemin de la circulation éventuelle, et tendit le cou pour regarder l'enquêteur flâner devant les maisons mitoyennes comme s'il se promenait.

Heureusement, il portait une veste en cuir par-dessus son costume et sa cravate, et avec ses cheveux blonds dressés en mèches rebelles après avoir passé du temps à surfer, il n'attirait pas l'attention de manière inopportune.

Elle l'espérait.

Il disparut de sa vue au sommet de la colline, revenant cinq minutes plus tard, et se mettant à courir une fois qu'il eut dépassé la maison.

— Aucun signe de présence à l'intérieur, dit-il, la rejoignant sur le bas-côté et se retournant pour faire face à la rangée de maisons. Il semble y avoir une chambre à l'avant, et un espace de vie en dessous, la porte d'entrée s'ouvre directement dessus, je pense. Les rideaux de la chambre sont fermés.

— Tu penses qu'ils cachent quelque chose ?

— Ou quelqu'un, peut-être. Il y a un numéro de

téléphone sur le panneau « À vendre » dans le jardin de devant, dit-il, et il le lui récita.

— Bon travail, dit-elle, tandis qu'elle attendait que l'on réponde à l'appel.

— Agence Hodges et Wilkes, que puis-je faire pour vous ? dit une voix masculine.

— À qui ai-je l'honneur ?

— Howard Wilkes, le propriétaire. Qui est à l'appareil ?

— Je suis l'inspectrice Kay Hunter de la police du Kent. Avez-vous une clé de rechange pour la propriété que vous mettez actuellement en vente sur Windmill Hill ?

— Pourquoi ?

— La vie d'une femme est peut-être en danger. Je peux soit ouvrir la porte d'entrée avec une clé, soit demander à l'un de mes officiers d'utiliser un bélier, monsieur Wilkes. Je n'ai pas le temps de tergiverser.

— Il y a une dalle de patio descellée, la quatrième en partant de la droite quand vous êtes face à la porte de derrière. La clé est dessous.

— Merci.

— Que se passe-t-il, inspectrice ?

Kay mit fin à l'appel, n'ayant pas le temps de s'expliquer auprès de l'agent immobilier.

— Très bien, Gav. On reste ensemble cette fois, d'accord ?

Il lui adressa un sourire sombre.

— Ça me va. Par la porte de derrière ?

— Ouais. Allons-y.

Ils partirent en sprint, les jambes plus longues de Gavin le plaçant en tête en quelques secondes.

Il sauta par-dessus le portail du jardin, Kay choisissant de l'ouvrir plutôt que de trébucher et tomber, avant de se précipiter le long du côté de la maison sur ses talons.

Le temps qu'elle atteigne le jardin arrière, il était déjà accroupi près du patio, soulevant la dalle que l'agent avait indiquée.

La maison avait été agrandie à l'arrière, une véranda enveloppante ajoutant désormais une nouvelle dimension au plan original de la cuisine, et Kay scruta à travers les fenêtres.

Rien ne bougeait.

— Je l'ai, dit Gavin en se lançant vers la porte de derrière.

Kay déplia sa matraque et hocha la tête.

— Vas-y.

La clé tourna facilement, et Kay remarqua que la porte était équipée d'une nouvelle serrure, sans doute remplacée par l'agent pour s'assurer que les anciens locataires ne puissent plus entrer dans la propriété. La porte s'ouvrit sans un grincement, et ils se glissèrent dans l'espace lumineux.

Le talent de Natalie en tant que décoratrice d'intérieur était évident.

Des plantes d'intérieur avaient été stratégiquement placées dans la véranda, longeant les murs bas sous les fenêtres sans empiéter sur deux fauteuils placés côte à côte de manière à donner l'impression que les propriétaires prenaient leur café du matin régulièrement.

Des magazines avaient été disposés sur une table en verre ornementale, et lorsque Kay entra dans la cuisine, elle renifla l'air.

Une légère trace de vanille s'accrochait aux murs.

— Du parfum ? dit Gavin à voix basse.

Kay secoua la tête.

— C'est une vieille astuce. On met une gousse de vanille dans le four et on la réchauffe avant une visite, ça donne l'impression qu'on a fait de la pâtisserie, pour que ça sente comme à la maison. Ils ont manifestement eu une visite au cours des dernières vingt-quatre heures.

— Oh.

Après avoir vérifié la salle de bain, qui, comme dans de nombreuses maisons victoriennes, était au rez-de-chaussée, Kay et Gavin se déplacèrent vers la droite de la cuisine, traversèrent une petite salle à manger et entrèrent dans le salon.

Là encore, le travail de Natalie transformait l'espace en un lieu de bonheur domestique.

Des pommes de pin avaient été empilées dans la grille du foyer, tandis qu'à côté, une pile de bûches avait été placée près d'un tisonnier en fer accroché à un support. Les deux canapés étaient garnis de coussins empilés, leurs couleurs vives contrastant fortement avec les tons nuancés des murs.

Cependant, il n'y avait aucun signe de Natalie, ou d'Amber.

— Où sont-elles ? dit Gavin.

— Ok, vérifions à l'étage.

Kay se dirigea vers la salle à manger. Une porte avait été construite dans le mur de gauche pour cacher l'escalier, et elle posa sa main dessus un instant, à l'écoute.

Puis elle l'ouvrit brusquement et appela en haut des escaliers.

— Natalie ? Vous êtes là ? C'est Kay Hunter.

Un bruit sourd parvint à ses oreilles, et elle jeta un coup d'œil par-dessus son épaule à Gavin.

— C'était quoi ça ? dit-il.

En réponse, elle leva sa matraque et se précipita dans les escaliers.

En haut des marches, elle se retrouva face à deux portes – toutes deux fermées.

Elle ouvrit brusquement celle de gauche et découvrit un lit simple et une table de chevet, la fenêtre du fond offrant une vue sur un long jardin sinueux qui menait à un sentier et, au-delà, à un terrain de golf.

Elle se retourna sur le seuil et vit que Gavin avait la main sur la porte de la chambre principale.

— Vas-y.

Il poussa la porte, et Kay le bouscula.

Il fit un pas de côté, et lorsqu'elle regarda par-dessus son épaule, elle comprit pourquoi il s'était arrêté si subitement.

Amber Fitzroy était assise sur une chaise près de la fenêtre, les poignets et les chevilles liés, et un bâillon si serré sur sa bouche qu'elle avait du mal à respirer.

Ses yeux s'écarquillèrent à la vue des deux détectives.

Kay poussa un soupir de soulagement tandis que des larmes coulaient sur les joues de la femme.

CHAPITRE 47

Gavin trouva un couteau dans un bloc décoratif dans la cuisine et trancha le bâillon d'Amber, puis posa sa main sur son épaule tandis qu'elle prenait de grandes inspirations.

— J'ai cru qu'elle allait me tuer, haleta-t-elle.

Gavin jeta un coup d'œil par-dessus son épaule à Kay.

— Il manque un autre couteau dans le bloc.

Kay commença à fouiller la pièce, puis s'accroupit sur le tapis qui avait été posé sur le parquet ciré et regarda sous le lit.

— Je l'ai.

Elle laissa retomber les draps ; il n'était pas nécessaire de perturber davantage la femme, et ils récupéreraient le couteau plus tard.

— Où est Natalie ?

— Elle est partie, dit Amber, tandis que Gavin commençait à desserrer les liens à ses poignets et ses chevilles.

— A-t-elle dit où elle allait ?

— Non, elle n'arrêtait pas de dire que c'était de ma faute, que si Jamie n'était pas tombé amoureux de moi, il aurait été plus prudent pour cacher la drogue. Elle a dit que si je n'avais pas rendu les boucles d'oreilles, il n'aurait pas eu de remords.

— Pourquoi avez-vous accepté de quitter la ferme avec elle ?

— Elle a dit qu'elle voulait juste parler. Je l'ai crue.

De nouvelles larmes lui montèrent aux yeux.

— Je n'arrive pas à croire que j'ai été si stupide. Oh mon Dieu, j'ai vraiment cru qu'elle allait me tuer.

— Pourquoi voulait-elle vous amener ici ?

La confusion passa sur le visage d'Amber.

— C'est sa maison. Elle a dit qu'elle voulait que je rencontre son mari et ses enfants.

Kay échangea un regard avec Gavin, puis s'accroupit à côté d'Amber et lui prit la main.

— Ce n'est pas la maison de Natalie, Amber. C'est une propriété vide qu'elle a aidé à décorer pendant que les propriétaires essaient de la vendre. Personne ne vit ici.

Un frisson parcourut le corps de la femme, et elle serra les doigts de Kay.

— Elle m'a amenée ici exprès ?

Kay hocha la tête.

— Je pense que oui.

La femme pâlit encore davantage.

— Oh mon Dieu.

— Avez-vous une idée de pourquoi elle vous a attaquée maintenant ?

Amber se frotta les poignets là où la corde avait marqué sa peau.

— Je pense qu'elle a paniqué, elle n'agissait pas rationnellement après notre départ de la ferme. Au début, j'ai eu pitié d'elle. C'est pour ça que j'ai accepté de la conduire. Je pensais que ça nous donnerait l'occasion de parler de Jamie loin de ses parents.

Gavin sortit un mouchoir en papier propre de la poche de sa veste et le lui tendit, et ils attendirent pendant qu'elle essayait de se ressaisir.

— Quand on est arrivées ici, elle n'arrêtait pas de dire à quel point elle était heureuse que je puisse rencontrer ses enfants, tout était normal jusqu'à ce qu'on monte ici. Elle a dit qu'ils jouaient dans l'autre pièce, mais en la suivant dans les escaliers, j'ai trouvé bizarre de ne rien entendre. Vous savez comment sont les enfants quand ils jouent, c'est généralement le chaos.

Elle secoua la tête.

— J'ai été si bête de la croire.

— Qu'a-t-elle fait ?

Amber frotta la chair de poule qui se formait sur ses bras.

— Dès qu'on a atteint le haut des escaliers, elle a changé. On s'est battues ; elle m'a maîtrisée, c'était comme si elle avait prévu quelque chose comme ça depuis le début.

— A-t-elle dit pourquoi elle vous avait agressée ?

— Il s'avère qu'elle pensait que Jamie m'avait dit qu'elle était impliquée dans le trafic de drogue il y a toutes ces années, que je vous l'avais dit, et que j'avais prévu de le dire à ses parents. Je n'avais aucune idée qu'elle vendait de la drogue pour Jamie jusqu'à ce qu'elle me le dise quand on est arrivées ici. Elle faisait les cent pas en agitant ce couteau devant moi.

Un sanglot lui échappa.

— Quand j'ai dit que je n'avais aucune idée de ce dont elle parlait, elle s'est embrouillée et a commencé à marmonner toute seule, et c'est à ce moment-là qu'elle a pris mes clés de voiture et qu'elle est partie.

Kay posa une main sur l'épaule d'Amber.

— Vous êtes en sécurité maintenant. Gavin va s'occuper de vous. Nous aurons aussi besoin d'une déclaration officielle de votre part.

Amber renifla, puis hocha la tête, la couleur revenant sur son visage.

— D'accord.

— Où allez-vous, chef ?

Gavin s'avança vers elle.

— Reste ici. Je vais demander à Carys de me rejoindre. Je dois trouver Natalie.

CHAPITRE 48

Kay tourna le volant et fit passer la voiture doucement au-dessus de la grille à bétail qui séparait la ferme des Ingram de la route. Une tache de bleu vif avait attiré son attention dans le rétroviseur, et elle poussa un soupir de soulagement lorsque Carys s'arrêta à côté d'elle dans une autre voiture de service.

Elles avaient parlé au téléphone pendant que Kay manœuvrait sur le périphérique animé de Maidstone, et avaient convenu de se retrouver à la ferme.

C'était le seul endroit logique auquel Kay pouvait penser pour commencer.

— Qu'en penses-tu ? dit Carys.

Elle s'appuya contre la portière arrière du véhicule de Kay et leva les yeux vers la ferme.

— Tu crois qu'elle est revenue ici ?

— Sa voiture est là. Pas de trace du véhicule d'Amber par contre, donc je ne sais pas, à moins qu'elle ne l'ait garée ailleurs ?

Elle s'éloigna du véhicule et scruta les vergers environnants.

— Je pensais qu'elle pourrait revenir ici. C'est un endroit qu'elle considère comme sûr. C'est là où elle et Jamie ont grandi, après tout, et Bridget a dit qu'ils avaient toujours été proches.

La porte d'entrée s'ouvrit et Michael Ingram jeta un coup d'œil.

— Kay ? Que se passe-t-il ?

Kay redressa les épaules et se dirigea vers l'endroit où il se tenait.

— Nous pensons que Natalie et Amber ont eu un désaccord. Natalie est-elle revenue ici ?

— Non. Quel genre de désaccord ?

— Je vous expliquerai plus tard. Pour l'instant, ma priorité est de trouver Natalie. Est-ce qu'elle et Jamie avaient une cachette spéciale, ou un endroit où ils allaient quand ils étaient plus jeunes ? Un endroit où ils pouvaient jouer loin de la maison, par exemple ?

Bridget apparut, le visage marqué par l'inquiétude.

— Kay ? Où sont Natalie et Amber ?

— Amber va bien. Nous essayons de déterminer

si Natalie a une ancienne cachette d'enfance ici à la ferme. Un endroit où elle pourrait aller si elle avait besoin de se sentir en sécurité. Des idées ?

Le front de la femme se plissa, puis ses yeux s'illuminèrent.

— Il y a un vieux châtaignier au fond du verger de pommiers, à la limite la plus éloignée de la ferme.

Elle pointa du doigt derrière Kay, au-delà de la grange.

— Elle et Jamie avaient demandé à Michael d'installer une balançoire quand ils avaient environ huit ans, on les perdait pendant des heures là-bas.

— Comment y accède-t-on ?

— Il y a un sentier qui passe devant la grange, puis descend vers un ruisseau. C'est notre limite. Le verger de pommiers est sur votre droite. Vous trouverez un échalier dans la haie à la fin du sentier, vous pouvez entrer dans le verger par là.

Michael s'éloigna de la porte, puis revint avec un vieil anorak vert serré dans ses mains.

— Je viens avec vous.

— J'ai besoin que vous restiez ici.

— Mais je peux aider. J'ai besoin de savoir si elle va bien.

— Et j'ai besoin que vous et Bridget restiez à la

maison au cas où elle reviendrait ici. S'il vous plaît, Michael. Laissez-moi gérer ça.

Il acquiesça avec un soupir, et Kay s'éloigna du perron.

Elle et Carys coururent vers la grange, effrayant un petit groupe de poules qui picoraient le sol à la recherche de nourriture avant de s'envoler loin des deux femmes qui approchaient.

Une boue épaisse giclait contre les bottes de Kay alors qu'elle ouvrait la voie, le sentier trop étroit pour qu'elles puissent le traverser côte à côte.

Elles restèrent silencieuses, chacune perdue dans ses pensées tandis que les yeux de Kay balayaient le paysage à sa droite, désespérée de trouver Natalie.

Des troncs d'arbres noueux poussaient en rangées, avec des branches nues tordues et grises sur fond de haies clairsemées et de terre détrempée. L'herbe dans le verger avait été laissée plus haute pendant les mois d'hiver tandis que la ferme se retirait dans une routine d'entretien prête pour le printemps.

Kay essaya d'imaginer les champs explosant de fleurs roses et blanches, mais le paysage morne obscurcissait son imagination et assombrissait ses pensées.

Si Natalie était aussi instable qu'elle le craignait, alors elle devait se préparer au pire.

Elle ralentit son allure lorsque l'échalier dans la haie apparut, et posa son doigt sur ses lèvres.

Carys acquiesça et baissa la voix.

— Tu la vois ?

Kay grimpa sur le marchepied de l'échalier et jeta un coup d'œil autour du verger. Elle jura à voix basse.

— Bon sang, à quoi ressemble un châtaignier en hiver ? Je ne m'en souviens pas.

— Eh bien, il sera plus grand que ceux-ci, dit Carys. Bridget a dit qu'il était juste à la limite de leur propriété, n'est-ce pas ? Si j'étais une enfant, je voudrais une balançoire à côté du ruisseau, pour pouvoir y faire un barrage si je m'ennuyais. C'est ce que mon cousin et moi faisions quand on était à la campagne.

Kay parvint à sourire.

— Bien pensé. Allons-y.

Elles traversèrent péniblement le verger, et alors que les pommiers commençaient à s'éclaircir, Kay remarqua que la forêt naturelle avait empiété sur la propriété.

Un éclair rouge attira son attention, et elle saisit la manche de Carys.

— Là.

Tandis qu'elle regardait, le rouge se déplaçait en

arc, de gauche à droite, de droite à gauche, et elle réalisa ce qu'elle voyait.

— C'est Natalie. Bridget avait raison, elle est sur la balançoire.

— Que veux-tu faire, chef ?

— Reste ici.

Kay n'attendit pas de réponse. Elle s'avança jusqu'à être dans le champ de vision de Natalie, puis mit ses mains dans ses poches et essaya d'avoir l'air détendue.

La balançoire se balançait d'avant en arrière sous l'impulsion de Natalie, ses jambes en jean poussant l'air. Sa tête pendait sur sa poitrine, et alors que Kay s'approchait, elle vit l'expression vide sur le visage de la femme.

— Natalie ? C'est Kay Hunter. Tout va bien ?

Les yeux de la femme s'écarquillèrent alors que sa tête se redressait brusquement, et elle se figea.

Kay garda une voix stable et essaya d'ignorer le son du sang qui battait dans ses oreilles. Son cœur martelait douloureusement, et elle prit une profonde inspiration.

— Que faites-vous ici ?

— On se disputait pour savoir à qui c'était le tour.

Kay s'appuya contre le tronc de l'arbre et jeta un

coup d'œil à la brume qui s'accrochait au verger tandis que la balançoire ralentissait jusqu'à s'arrêter.

— Que s'est-il passé, Natalie ? Comment Jamie est-il mort ?

— Je voulais juste parler. Il ne voulait pas m'écouter.

La femme commença à sangloter, et Kay leva le bras, faisant signe à Carys, avant de se retourner vers la femme.

— Venez, Natalie. Nous avons aussi des choses à nous dire.

CHAPITRE 49

Kay arpentait le bureau de Sharp en grignotant le bout déchiqueté de son ongle de pouce.

Une demi-heure plus tôt, Debbie l'avait chassée de la salle des opérations, lui disant qu'elle distrayait tout le monde de leur travail, tant son incapacité à rester immobile en attendant des nouvelles était grande.

Elle s'arrêta devant le tableau blanc, passant en revue les faits dans son esprit, se préparant à la bataille psychologique qui commencerait dans l'heure, une fois que les interrogatoires formels débuteraient.

— Kay ?

Elle se retourna en entendant la voix de Barnes.

Il se tenait sur le seuil, la main sur la porte.

— Qu'est-ce qui ne va pas ?

— Rien. La voiture est là. Ils l'amènent dans la salle d'interrogatoire maintenant.

— Ils les ont bien séparés, n'est-ce pas ?

— Oui. Tout est en ordre.

— Merci. Allons-y, alors.

Après l'arrestation de Natalie Stockton, un appel téléphonique avait été passé à leurs homologues de la police métropolitaine pour qu'ils se rendent sur le lieu de travail de son mari et le ramènent dans le Kent pour l'interroger.

La police de Londres avait obtempéré et, pour gagner du temps, une voiture de la police du Kent avait été envoyée pour les intercepter à l'aire de services de Clacket Lane sur la M25, où Giles Stockton avait été transféré d'un véhicule à l'autre et conduit rapidement par la M20 jusqu'à Maidstone.

En quittant le bureau de Sharp, Kay ressentit plus que jamais le poids de la responsabilité.

Non seulement elle cherchait à obtenir justice pour Jamie Ingram, mais ses collègues s'attendaient aussi à ce qu'elle défende la réputation de Sharp.

Elle suivit Barnes le long du couloir vers les escaliers et s'arrêta lorsque Larch apparut à la porte de son bureau.

— J'ai entendu dire que Giles et Natalie Stockton sont en garde à vue ?

— Oui, chef.

— Prenez votre temps, Hunter. Faites en sorte que ça compte.

— Oui, chef.

Elle se dépêcha de rattraper Barnes, sa main sur la surface lisse de la rampe en bois tandis qu'ils descendaient au rez-de-chaussée, son exemplaire du dossier d'enquête serré dans l'autre main.

Même si elle était sûre d'elle, elle savait que de nombreuses questions restaient sans réponse, et elle devait bien faire les choses. La moindre erreur aurait des conséquences dévastatrices.

Barnes utilisa sa carte magnétique pour entrer dans le couloir des salles d'interrogatoire, puis se tint la main en suspens au-dessus du panneau de sécurité de la salle d'interrogatoire numéro un et se tourna vers elle, un sourcil levé.

— Prête ?

— Prête.

Il passa sa carte et poussa la porte, la tenant ouverte pour elle tandis qu'elle le suivait dans la pièce.

L'odeur âcre de sueur et de désespoir l'assaillit, et à cet instant, elle sut que son instinct avait été juste.

Giles Stockton était assis, raide, sur l'une des deux

chaises en plastique d'un côté de la table au milieu de la pièce, le visage gris.

L'homme confiant et indigné à qui elle avait parlé auparavant avait disparu. Maintenant, elle voyait l'expression traquée dans ses yeux tandis qu'il la regardait approcher, et une peur qu'elle n'avait pas vue auparavant.

À côté de lui, son avocat bouchait et débouchait un stylo-plume, le doux double *pop-pop* formant un rythme nerveux qui accompagnait les pas de Kay sur le sol carrelé.

Barnes tira l'une des chaises libres pour elle, puis se pencha pour démarrer l'équipement d'enregistrement avant de s'asseoir à côté d'elle.

Il se présenta ainsi que Kay pour les besoins de l'enregistrement, énonça les noms de l'avocat et de Stockton, et cita la mise en garde formelle.

Ce n'est qu'alors qu'il céda la parole à Kay.

Elle lui en était reconnaissante. Ses années d'expérience signifiaient que ses actions lui avaient permis quelques instants supplémentaires pour observer Stockton et évaluer son humeur, et elle se rappela les mots de Larch.

Faites en sorte que ça compte.

— Lors de notre premier entretien, vous avez déclaré avoir rencontré votre femme Natalie lors d'une fête à Wateringbury deux ans après la mort de son frère, Jamie. Y a-t-il quelque chose que vous aimeriez clarifier ou modifier dans cette déclaration ?

Le regard de Stockton tomba sur ses genoux.

— Oui. J'ai rencontré Natalie environ dix-huit mois avant la mort de son frère.

— Où l'avez-vous rencontrée ?

— Lors d'une fête dans la City organisée par l'entreprise pour laquelle elle travaillait. C'était pour célébrer un contrat important qu'ils avaient remporté, et comme la banque pour laquelle je travaillais aidait à le financer, certains d'entre nous y étaient en tant qu'invités.

— Comment décririez-vous votre relation à cette époque ?

Il haussa les épaules et leva la tête.

— Nous couchions ensemble de temps en temps, mais ce n'était pas sérieux. À l'époque, c'était juste pour s'amuser.

— Comment avez-vous rencontré Jamie Ingram ?

— Je vous ai dit la vérité. Je l'ai rencontré lors d'une collecte de fonds caritative à la Hop Farm.

— C'était avant ou après que vous aviez commencé à coucher avec sa sœur ?

— Après. Je ne m'en suis rendu compte qu'après

avoir discuté un moment avec Jamie, j'ai fait le rapprochement et je lui ai dit que je connaissais Nat.

— Quand avez-vous, tous les trois, eu l'idée d'une opération de trafic de cocaïne ?

— Ça ne s'est pas passé comme ça.

Kay se pencha en arrière sur sa chaise et contempla l'homme en face d'elle.

— Alors peut-être pouvez-vous m'éclairer sur comment ça s'est *réellement* passé.

Stockton passa une main dans ses cheveux, son regard parcourant la surface de la table. Il s'humecta les lèvres.

— Cette première fois, Jamie s'est confié à Natalie sur ce qu'il avait fait, voler de la drogue, je veux dire. Il paniquait. Il se retrouvait avec un demi-kilo de cocaïne en sa possession, sans savoir ce qu'il allait en faire. C'était risible, vraiment. Vous pouvez imaginer le style de vie que Natalie et moi menions à Londres, nous avions des emplois à forte pression, travaillions de longues heures et faisions la fête autant que possible. Natalie m'a suggéré que nous pourrions siphonner un peu de cocaïne à chaque fois et la vendre.

— Suggérez-vous que c'était l'idée de Natalie de vendre la drogue ?

— Oui. C'est elle qui avait la plupart des contacts

pour commencer, après tout. C'est ce que j'aimais chez elle ; elle a toujours été extravertie, elle se fait facilement des amis et elle est douée pour le réseautage.

— Combien de temps cela a-t-il duré ?

— Jusqu'à ce que ce dernier lot soit découvert dans le conteneur à la caserne.

— Parlez-moi de Simon Harrison, dit Kay.

Stockton frissonna visiblement.

— J'aimerais n'avoir jamais rencontré cet homme.

— Que s'est-il passé ?

— Vous savez ce qui s'est passé, ricana-t-il. Il a fait abandonner les charges contre moi, et j'ai pu garder mon emploi.

— En échange de quoi ?

— Une part de nos bénéfices. Je ne pouvais pas dire non, n'est-ce pas ? J'avais des dettes étudiantes jusqu'au cou après l'université, j'essayais d'économiser pour ma propre maison, et j'étais l'un des rares chanceux à avoir encore un emploi après la crise bancaire. Pourquoi diable pensez-vous que Nat et moi nous sommes impliqués au départ ?

— Avez-vous tué Jamie Ingram ? demanda Barnes. Vous et Carl Ashton avez décidé que vous vous en sortiriez mieux sans lui ? Une part de moins à partager ?

— Non, bon sang. Je vous l'ai déjà dit. Je n'ai rien à voir avec la mort de Jamie.

Kay se pencha par-dessus la table et fixa Stockton du regard.

— Mais vous savez qui en est responsable, n'est-ce pas, Giles ?

L'homme se tourna vers son avocat et marmonna à voix basse.

L'avocat cligna des yeux une fois, puis leva le regard vers Kay.

— J'aimerais quelques instants avec mon client, détective Hunter.

CHAPITRE 50

Barnes s'adossa contre le mur du couloir entre les portes des salles d'interrogatoire et ferma les yeux.

— Ils font vraiment la paire, ces deux-là, non ?

— Ouais. Tu es prêt pour le suivant ?

Il ouvrit les yeux, puis mena le chemin vers la salle d'interrogatoire numéro trois.

Natalie Stockton les fusilla du regard depuis sa chaise, les bras croisés sur la poitrine, les yeux gonflés et rouges.

Kay fit un signe de tête à l'avocat assis à côté d'elle – elle l'avait déjà rencontré et elle savait combien son cabinet facturait à l'heure.

Elle résista à l'envie de soupirer. Malgré les efforts de Michael et Bridget pour offrir à leur fille le meilleur conseil juridique possible, le résultat serait le même.

Elle savait que Natalie était coupable.

— Pourquoi vous êtes-vous impliquée ?

— Jamie et moi avons toujours tout fait ensemble, répondit Natalie en laissant tomber ses bras sur la table, une expression boudeuse assombrissant ses traits. Vous pouvez demander à Maman et Papa. Inséparables, tout le monde le disait. Puis il a rejoint l'armée, et tout a changé. Il s'est fait de nouveaux amis, et je ne le voyais presque plus. S'il venait à la ferme, on avait des visiteurs, ses vieux amis qui voulaient le voir, ou des gens de l'armée. Comme s'il ne les voyait pas assez. Je les ai entendus parler, lui et Carl Ashton. C'était l'été. Ils avaient aidé dans les vergers. Après, ils discutaient autour d'une bière. Ils ne m'ont pas entendue approcher, mais j'ai entendu ce dont ils parlaient. J'ai dit à Jamie qu'il devait m'inclure.

— Sinon vous le dénonceriez.

Une lueur malveillante apparut dans les yeux de Natalie.

— Carl était furieux, mais Jamie a accepté. Il savait que je le pensais.

— Et Giles ?

Natalie renifla et baissa les yeux vers le sol.

— Il suivait le mouvement. Honnêtement, s'il n'avait jamais rencontré Jamie et moi, il n'aurait rien fait de sa vie.

— Qui étaient vos acheteurs ?

— Je ne peux pas vous le dire.

Kay posa ses mains sur la table et attendit que la femme lève le menton pour la regarder.

— C'est fini, Natalie. Vous savez que je n'abandonnerai pas tant que je n'aurai pas obtenu justice pour Jamie. Pourquoi ne pas nous dire la vérité ?

Natalie secoua la tête et cligna des yeux, une larme solitaire roulant sur sa joue.

— Au début, c'était juste pour rigoler. Puis, Giles s'est fait arrêter lors d'un contrôle routier et ils ont trouvé ce cannabis. Quel idiot.

Kay attendit pendant que la femme serrait et desserrait les poings, la mâchoire crispée.

— Ce satané flic, cracha-t-elle finalement.

— Vous avez un nom ?

— Simon Harrison.

— Continuez.

— J'ai appris plus tard par une connaissance commune qu'il avait une méthode pour passer au crible le système, cherchant des arrestations d'une certaine nature. Pas des voyous. Des gens comme Giles. Respectables.

Kay laissa passer l'ironie de l'affirmation de Natalie sans commentaire.

— Qu'a fait Harrison ?

— Il insistait pour examiner les cas où il voyait un avantage. Il s'arrangeait pour faire abandonner les charges en échange d'une part, et il présentait les fournisseurs à des acheteurs plus lucratifs moyennant une commission. Giles a paniqué, il ne pouvait pas se permettre de perdre son travail, alors il a accepté les exigences de Harrison sans nous consulter, Jamie et moi.

— Quand les choses ont-elles commencé à mal tourner ?

Natalie eut un rire amer.

— Il est tombé amoureux, vous pouvez le croire ? Jamie, de tous les gens. Bien sûr, il ne voulait pas me dire son nom à l'époque, et je ne pouvais pas le découvrir, j'aurais risqué d'attirer l'attention sur moi si je m'étais pointée à Deepcut à l'improviste, même si Jamie était en déploiement. C'est le problème quand on est jumeaux, vous voyez. Les gens l'auraient remarqué, et puis Jamie aurait fini par apprendre que sa sœur fouinait dans les parages.

Elle essuya rageusement les larmes qui rougissaient ses yeux.

— Évidemment, quand vous êtes arrivée en disant que vous rouvriez l'enquête sur sa mort, j'ai su que je devais la trouver avant que vous n'obteniez quoi que ce soit d'elle. Je pense qu'elle a toujours soupçonné que j'avais quelque chose à voir avec ça, c'est pour ça que Jamie refusait de me dire son nom il y a toutes ces années. J'ai juste dû attendre que vous fassiez l'un de vos pathétiques discours sur l'avancement de l'affaire pour découvrir son nom de cette façon.

Kay résista à l'envie de se pencher et de secouer la femme.

— Qu'alliez-vous faire à Amber ?

— Je pensais essayer de faire croire que c'était elle qui travaillait avec Jamie pour fournir la drogue.

Kay fronça les sourcils.

— Comment ?

Natalie déglutit.

— Je doute qu'elle ait un jour essayé quoi que ce soit comme de la cocaïne dans sa vie, pas de la façon dont Jamie disait qu'elle s'était disputée avec lui à ce sujet. Je me suis dit que je pourrais la forcer à en prendre beaucoup.

— Vous alliez l'empoisonner ? Lui faire faire une overdose ?

— Je n'ai pas pu le faire. Je ne pouvais pas la tuer.

Elle leva les yeux vers Kay.

— Malgré ce que vous pensez de moi, je ne suis pas une meurtrière.

— Vraiment ? Alors peut-être pourriez-vous m'expliquer pourquoi vous avez laissé votre frère mourir.

— Quoi ?

La voix de la femme monta d'un cran, la bouche béante. Elle déglutit.

— Qu'est-ce que vous voulez dire ?

— Pourquoi est-ce que vous alliez voir Jamie la nuit de sa mort ?

— Je voulais juste lui parler.

— De quoi ?

— Il l'a fait exprès, vous savez. Il s'est assuré que cette dernière livraison de cocaïne soit trouvée dans le réservoir de carburant.

— Comment le savez-vous ?

— Parce que je le sais. Il commençait déjà à avoir des remords la dernière fois qu'il était revenu d'Afghanistan. Ça se voyait. Mais j'avais trouvé le meilleur acheteur qu'on ait jamais eu, un prix plus élevé et tout. On avait juste besoin de cette dernière livraison, et il a tout gâché. Toutes ces promesses que j'avais faites. C'était embarrassant. C'était fini pour moi, en ce qui concernait le travail dans la City. Je n'avais plus rien.

— Qu'avez-vous fait ?

— Il ne voulait pas écouter, vous ne comprenez pas ? Je devais le convaincre qu'il ne pouvait pas tout avouer à son officier supérieur plus tard dans la semaine. Il allait tout ruiner pour nous tous. J'ai essayé de lui faire entendre raison, mais ensuite il nous a dit qu'on était déraisonnables, et il a dit qu'il allait retourner à Deepcut cette nuit-là et exiger de voir Stephen Carterton sur-le-champ et qu'il n'accepterait pas un « non » comme réponse. J'étais désespérée, je pensais que si je lui parlais face à face, il entendrait raison et se tairait.

— Vous conduisiez sous l'influence de drogues ?

Natalie se mordit la lèvre, puis hocha la tête.

— J'ai besoin que vous répondiez à voix haute pour l'enregistrement.

— Oui.

— Avez-vous eu un accident en conduisant ?

— Oui.

— Racontez-moi.

— Je ne voulais pas.

— Racontez-moi ce qui s'est passé, Natalie.

— Il allait trop vite. Je ne l'ai pas vu.

— Vous vous êtes arrêtée après l'accident ?

— Oui.

— Qu'avez-vous fait ?

— J'ai réalisé que quelqu'un avait fait un écart pour m'éviter. Je pensais qu'il allait bien. Je me suis arrêtée quelques mètres plus loin et j'ai couru en arrière. Je ne le voyais pas au début. Puis j'ai vu la plaque d'immatriculation à l'arrière de la moto, et—

Elle laissa échapper un sanglot et tendit la main vers le mouchoir en papier que lui tendait son avocat.

— Je jure devant Dieu que je n'avais pas l'intention de le tuer. Je l'ai trouvé allongé sur le bas-côté, son corps était tout tordu. J'ai paniqué. Je savais que je devais partir de là. Si Maman et Papa l'apprenaient... Je n'avais pas l'intention de le tuer—

— Il n'était pas mort, Natalie.

La femme regarda Kay par-dessus son mouchoir et se recroquevilla.

— Quoi ?

— Jamie n'est pas mort sur le coup. Si vous aviez appelé les secours dès que vous l'avez trouvé, il aurait peut-être eu une chance. Au lieu de cela, vous étiez trop concentrée sur vous-même et vous n'avez pensé qu'à quitter les lieux le plus vite possible. Jamie est mort à l'hôpital quatre heures plus tard des suites de ses blessures. Ils auraient peut-être pu le sauver, si vous aviez aidé.

— Non…

Kay observa Natalie s'affaisser sur sa chaise, la réalisation s'imposant lentement à elle.

— Je ne peux pas perdre mes enfants, gémit-elle.

Kay ferma le dossier et posa ses mains dessus avant de faire signe à Barnes.

— Fin de l'interrogatoire.

CHAPITRE 51

Kay poussa la porte de la salle d'interrogatoire numéro un pour voir Giles Stockton relever la tête de ses mains, et elle remarqua qu'il semblait avoir pleuré.

Elle n'éprouvait que peu de sympathie pour l'homme et évita tout contact visuel avec lui et son avocat pendant que Barnes remettait en marche l'équipement d'enregistrement et annonçait l'heure actuelle.

— Monsieur Stockton, nous allons nous entretenir avec le ministère public en vue d'inculper votre femme Natalie pour le décès de son frère, Jamie Ingram.

Elle entendit l'air s'échapper des lèvres de l'homme tandis qu'il s'affaissait dans sa chaise.

— Je ne sais pas quoi dire. Que vais-je bien pouvoir raconter à Michael et Bridget ?

— Je doute fort que vous ayez l'occasion de parler à qui que ce soit quand nous en aurons fini ici. C'est vous qui avez téléphoné à Jamie ce soir-là, n'est-ce pas ? De quoi avez-vous parlé ?

Il renifla.

— Il en avait assez. Le fait que la drogue ait été découverte dans le réservoir du Jackal l'avait effrayé, je pense qu'il savait que c'était le début de la fin. Natalie et lui s'étaient disputés trois jours plus tôt quand elle était allée à la ferme. Elle avait perdu son travail, et elle avait fait des promesses à des gens de la City qui s'attendaient à recevoir une grande quantité de ce dernier demi-kilo. Elle avait conclu une sorte d'accord avec eux, quelque chose du genre si elle fournissait la drogue, ils lui procureraient un nouveau poste. Elle était désespérée.

— Êtes-vous toxicomane, monsieur Stockton ?

Il haussa les épaules.

— Je ne fumais qu'un joint de temps en temps. Natalie, c'était différent. Je pense que c'est quelque chose dans sa personnalité, ça aurait pu être l'alcool, la nourriture, n'importe quoi, je pense qu'elle fait partie de ces gens naturellement accros. Alors, quand Jamie m'a dit que c'était fini, elle a paniqué. Elle allait perdre sa propre réserve, ainsi que ce que nous revendions. J'ai essayé de le persuader de continuer, et nous nous sommes disputés. Il a mis fin à l'appel en disant qu'il allait retourner à Deepcut cette nuit-là et exiger de voir son officier supérieur pour lui dire ce qui se passait.

— Et vous l'avez dit à Natalie.

— Oui. Elle séjournait dans mon appartement à Maidstone, alors elle a entendu ma partie de la conversation téléphonique, et quand je lui ai dit ce que Jamie avait dit, elle est entrée dans une rage folle. Il faut comprendre, elle était la préférée de Michael et Bridget. Oui, ils aimaient Jamie, j'en suis sûr, mais Natalie était leur enfant prodige. Elle ne supportait pas l'idée qu'ils découvrent ce qui se passait. J'ai essayé de l'arrêter, vraiment, mais elle était déjà complètement défoncée à ce moment-là. Elle est sortie en trombe de l'appartement, en disant qu'elle allait à la ferme pour lui parler elle-même.

— Que s'est-il passé quand elle est revenue ?

Stockton porta ses mains à sa bouche et souffla dessus, comme s'il avait peur de laisser les mots franchir ses lèvres. Après un instant, il soupira.

— Au bout d'une heure, j'ai commencé à paniquer. Je savais qu'il ne fallait pas appeler le portable de Jamie, vu la façon dont notre conversation s'était terminée, il n'aurait de toute façon pas répondu en voyant mon numéro. J'ai essayé d'appeler le numéro de Natalie, mais ça tombait toujours sur la messagerie. Elle est revenue environ une heure et demie après être partie, et j'ai tout de suite su que quelque chose n'allait pas. Elle était pâle, si, si pâle, et elle tremblait ; c'était comme si elle était en état de choc. Je l'ai fait s'asseoir sur le canapé à côté de moi, et finalement elle m'a raconté ce qui s'était passé.

Il s'interrompit et essuya les larmes qui coulaient sur son visage.

— Elle était tellement défoncée qu'elle avait oublié d'allumer les phares de la voiture en quittant mon appartement. Ça n'avait pas d'importance pour traverser la ville puis en sortir vers la ferme ; les rues sont bien éclairées jusqu'au rond-point pour la sortie de Leeds, et à ce moment-là, elle avait déjà assez de mal à garder la voiture sur la route pour s'en apercevoir. Elle a dit qu'elle ne savait pas comment c'était arrivé, elle conduisait dans le virage, puis elle a été aveuglée par une seule lumière quelques instants avant de réaliser ce qui s'était passé.

Il s'interrompit, incapable de parler tandis que des sanglots secouaient son corps.

— Pourquoi ne l'avez-vous pas dénoncée à la police ? demanda Kay.

— J'avais trop peur. Je ne voulais pas perdre mon travail. J'avais peur de perdre Natalie.

— De qui venait l'idée de la clinique de désintoxication ?

— Harrison.

— Quoi ?

Giles soupira.

— Je pense qu'il savait qu'elle représentait un grand risque à ce moment-là, incapable de penser à autre chose qu'à sa prochaine dose. Je pense qu'il avait aussi un peu peur d'elle, et de ce qu'elle pourrait raconter aux gens quand elle était complètement défoncée. Il a dit qu'il s'assurerait que l'accident de Jamie soit classé comme un simple accident, mais en échange, Natalie devait se désintoxiquer, et rester clean.

— Est-ce qu'il vous a fait chanter ?

— Avec de l'argent, vous voulez dire ?

— Oui.

Stockton secoua la tête.

— Le fait de savoir suffisait. Il savait pour nous, et nous savions à propos de son stratagème pour détourner de l'argent d'autres trafics de drogue dans le comté. On pourrait appeler ça une impasse.

— Donc, vous, Natalie et Harrison avez gardé le secret pendant toutes ces années.

— Oui. D'une étrange manière, ça nous a rapprochés, Natalie et moi. Bien sûr, nous avions alors encore plus à perdre si quelqu'un découvrait la vérité.

Kay secoua la tête, puis écouta Barnes conclure l'entretien tandis qu'elle réfléchissait à sa prochaine tâche.

Elle n'avait aucune idée de comment elle allait annoncer à Michael et Bridget Ingram qu'ils avaient résolu l'affaire et arrêté le meurtrier de Jamie.

CHAPITRE 52

Vingt-quatre heures plus tard, Kay jeta une pile de dossiers dans le bac sur son bureau et soupira.

Après avoir inculpé Giles Stockton pour avoir profité des produits du blanchiment d'argent, de la vente de substances illégales, et pour avoir entravé le cours de la justice en ne signalant pas ses inquiétudes concernant l'implication de sa femme dans la mort de Jamie Ingram, elle était rentrée chez elle à presque minuit et s'était endormie d'épuisement dans les bras d'Adam, trop fatiguée pour envisager de dîner.

Pour une fois, il ne l'avait pas harcelée.

Il l'avait cependant forcée à manger deux tranches de pain grillé avant de la laisser quitter la maison ce matin-là, et elle sourit à ce souvenir.

Elle avait quinze ans la dernière fois qu'elle se souvenait avoir pris un petit-déjeuner.

Ils avaient convenu qu'elle quitterait le travail tôt – elle et Adam devaient retrouver la famille d'accueil de Rufus à leur endroit favori sur le chemin des pèlerins où Graham voulait disperser les cendres du chien policier retraité. Il n'avait pas laissé Adam dire « non » quand il était passé chez eux en allant conduire sa fille à l'école.

— Il était l'un des meilleurs chiens de la police du Kent, alors ce serait un honneur, avait dit Adam. Il avait un sacré palmarès pour attraper les cambrioleurs, d'après ce que j'ai entendu.

Graham avait laissé échapper un rire étranglé.

— Heureusement. Il était nul pour chasser les lapins.

Kay se frotta l'œil droit, puis repoussa sa chaise et se dirigea vers le bureau de Sharp.

On ne savait toujours pas quand l'inspecteur principal pourrait reprendre le travail.

Larch avait été satisfait du résultat qu'elle et son équipe avaient obtenu, et à la grande surprise de Kay, il l'avait personnellement félicitée pour une affaire bien gérée. Son congé sabbatique avait commencé la veille, et la rumeur disait que la commissaire gardait un œil attentif sur le commissariat en l'absence d'un officier supérieur.

Kay prit un chiffon et commença à effacer les notes griffonnées du tableau blanc, retirant les photos qu'elle avait punaisées, et nettoyant les débris laissés par elle et l'équipe.

Un sentiment de fierté l'envahit. C'était la première fois qu'elle dirigeait l'équipe sans avoir à s'en remettre à un officier supérieur, et elle était surprise de constater à quel point elle appréciait cette responsabilité.

Quand elle en avait parlé à Adam la veille au soir, il avait levé les yeux au ciel.

— Je te l'avais dit, avait-il dit.

Elle sourit. Parfois, elle aurait aimé que ses émotions ne soient pas si transparentes. Souvent, son partenaire vétérinaire savait mieux qu'elle jusqu'où elle était prête à aller pour obtenir un résultat.

Elle se retourna en entendant un mouvement à la porte et vit Barnes appuyé contre le chambranle.

— Est-ce que toi et Adam voulez venir dîner à la maison demain soir ? Désolé, c'est un peu à la dernière minute, mais je me suis dit qu'on ne s'était pas vraiment retrouvés depuis longtemps, et Emma est rentrée de l'université. Je sais qu'elle serait ravie de vous voir.

— C'est une bonne idée, merci. À quelle heure ?

— Vers dix-huit heures, ça te va ?

— Parfait. On apportera le vin.

Elle se retourna vers le tableau blanc désormais propre et se demanda si Larch avait mis Sharp au courant des événements des derniers jours.

Larch avait choisi d'aller parler aux Ingram avec Kay concernant l'arrestation de leur fille, et avec le recul, elle en avait été reconnaissante.

Bridget avait été effondrée, et Michael avait simplement secoué la tête avant de les raccompagner à la porte.

Il avait interpellé Kay alors qu'elle se dirigeait vers la voiture.

— Ne revenez plus ici, inspectrice. Vous n'êtes pas la bienvenue.

Sur le chemin du retour au commissariat, Larch l'avait informée que les enfants de Giles et Natalie allaient emménager chez leurs grands-parents pour les prochaines années.

Kay avait regardé les vergers défiler par la fenêtre de la voiture alors qu'ils quittaient la ferme, et elle espérait que la présence d'enfants à la ferme une fois de plus aiderait à apaiser la douleur des Ingram.

Ses émotions avaient été stimulées par la nouvelle que Simon Harrison ferait maintenant face à d'autres accusations et recevrait une peine de prison qui le mettrait derrière les barreaux pour un certain nombre d'années.

Elle rassembla les dernières fournitures de bureau et les dossiers dans ses bras avant de les placer sur un chariot pour être transmis à l'équipe administrative pour traitement, ignorant la douleur persistante dans son bras, puis elle fronça les sourcils en entendant une agitation à la porte principale de la salle des opérations.

Elle poussa le chariot sur le côté et passa la tête par la porte du bureau.

Devon Sharp était en train de traverser la pièce – un processus lent, car chaque officier le saluait, lui serrant la main ou lui donnant une tape sur l'épaule.

Elle remarqua que la barbe avait disparu, et ses cheveux étaient coupés court dans le style collé au crâne qu'il préférait depuis son époque militaire. Sa posture avait également changé. Alors qu'il y a quelques semaines elle avait vu un homme diminué, il se tenait désormais grand et fier, riant et plaisantant avec l'équipe.

Elle s'appuya contre le chambranle et le regarda traverser la pièce, le cœur battant.

Après tout, son insistance à l'aider avait révélé la

vérité derrière la mort de son filleul et détruit la famille de ses amis les plus proches.

Lui pardonnerait-il un jour ?

Il semblait faire un point d'honneur à l'ignorer alors qu'il serpentait entre les bureaux, riant avec Barnes, taquinant Carys, et serrant la main de Gavin, et la paranoïa lui étreignit la poitrine.

Avait-elle fait une erreur ?

Il se tourna alors et sembla la remarquer pour la première fois.

Elle déglutit et essaya de ne pas paniquer.

Après tout, avec Larch en congé pour un avenir prévisible, le commandant divisionnaire Devon Sharp était maintenant son officier supérieur.

Son visage se détendit en un large sourire lorsqu'il s'arrêta devant elle.

— Chef.

La peau autour de ses yeux se plissa, puis il tendit la main.

— Bon travail, Hunter.

Elle poussa un soupir de soulagement, s'écarta du chambranle pour aller vers son bureau, puis lui fit signe d'entrer.

— Bienvenue, chef.

FIN

Rachel Amphlett est l'auteure de romans policiers et de thrillers d'espionnage les plus vendus par USA Today, et la plupart de ses livres ont été traduits dans le monde entier.

Grande voyageuse et détective privée par accident, Rachel possède les nationalités australienne et britannique.

Pour en savoir plus sur les livres de Rachel, rendez-vous à l'adresse suivante : www.rachelamphlett.com.